奔涌

何常在 著

新世界出版社
NEW WORLD PRESS

图书在版编目（CIP）数据

奔涌 / 何常在著. -- 北京：新世界出版社, 2025.
3. -- ISBN 978-7-5104-7977-9

Ⅰ. I247.5

中国国家版本馆CIP数据核字第2024LX7808号

奔　涌

作　　者：	何常在
责任编辑：	周　帆
责任校对：	宣　慧　张杰楠
责任印制：	王宝根
出版发行：	新世界出版社
网　　址：	http://www.nwp.com.cn
社　　址：	北京西城区百万庄大街24号（100037）
发 行 部：	（010）6899 5968（电话）　（010）6899 0635（电话）
总 编 室：	（010）6899 5424（电话）　（010）6832 6679（传真）
版 权 部：	+8610 6899 6306（电话）　nwpcd@sina.com（电邮）
印　　刷：	天津中印联印务有限公司
经　　销：	新华书店
开　　本：	710mm × 1000mm 1/16　尺寸：160mm × 230mm
字　　数：	310千字　印张：23
版　　次：	2025年3月第1版　2025年3月第1次印刷
书　　号：	ISBN 978-7-5104-7977-9
定　　价：	59.00元

版权所有，侵权必究

凡购本社图书，如有缺页、倒页、脱页等印装错误，可随时退换。
客服电话：（010）6899 8638

目录

第 1 章　上海往事　/001

第 2 章　临港新片区　/006

第 3 章　人生没有白走的路　/011

第 4 章　人工智能　/016

第 5 章　实用主义者　/021

第 6 章　我只是想给你一个机会　/026

第 7 章　职责所在　/032

第 8 章　你需要的我都有　/037

第 9 章　类脑芯片　/042

第 10 章　于公于私　/047

第 11 章　相　亲　/052

第 12 章　女大十八变　/057

第 13 章　不是一路人　/062

第 14 章　送分题　/067

第 15 章　服从大局　/072

第 16 章　好朋友就是用来挡枪的　/077

第 17 章　公是公，私是私　/082

第 18 章　当断则断　/086

第 19 章　大　事　/091

第 20 章　没有捷径　/096

第 21 章　五个条件和五点要求　/100

第 22 章　业内高手　/105

第23章　从概念到应用　/110

第24章　措手不及　/115

第25章　反其道而行之　/121

第26章　生活中处处充满惊喜　/126

第27章　仅此而已　/130

第28章　生活就是感情和利益的结合体　/136

第29章　支点人物　/141

第30章　阶段性进步　/147

第31章　解决方案　/151

第32章　上海之根　/156

第33章　没有办法的办法　/161

第34章　最理想的状态　/166

第35章　需要制订不同的方案　/170

第36章　对　话　/176

第37章　维护利益　/182

第38章　不是父母人生的延伸　/187

第39章　钢铁般的意志　/192

第40章　制高点不能丢　/197

第41章　隐藏的神秘技能　/203

第42章　想用技术改变世界的年轻人　/209

第43章　人类生存三大必需品　/214

第44章　时间和奇迹　/220

第45章　平生只有两行泪　/225

第46章　变　动　/230

第47章　没有退路　/236

第48章　先看人品，后看能力　/241

第49章　演一场好戏　/246

第50章　付出全部，预支未来　/252

第51章　年轻就是资本　/257

第52章　埋了一个大雷　/263

第53章　大日子　/269

第54章　开头没开好　/274

第55章　火力全开　/280

第56章　比结婚更糟心的事情　/286

第57章　绝　配　/292

第58章　回顾之旅　/297

第59章　很多东西用金钱买不来　/302

第60章　一系列的手法　/307

第61章　一切以事实为依据　/313

第62章　真相大白　/319

第63章　今天的主题是夏常　/325

第64章　惜才纳婿　/330

第65章　自主选择　/336

第66章　先结婚后恋爱　/342

第67章　不能辜负自己的青春韶华　/347

第68章　认清现实，放弃幻想　/352

第69章　百川归海　/358

第 1 章
上海往事

一进五月,上海的天气就跟道路两旁疯长的梧桐树一样,一天天愈发密不透风。夏常沿思南路一路向北。

从小在思南路长大的夏常,感受着道路几十年不变的静谧与缓慢,似乎回到了小时候。一到淮海中路,扑面而来的滚滚热浪以及不绝于耳的汽笛声,又将他从过去拉回到了现实。

每次遇到解决不了的难题或是心烦意乱时,夏常总会在思南路走一走,回味过去,思索现在,展望未来。他很喜欢思南路充分融合了域外风情和上海韵味的独特气质,那里仿佛就是上海的繁华与喧嚣都侵蚀不了的一块宝地,为每一个老上海人都保留了一份关于童年的回忆。

虽然现在已经搬到了浦东,夏常却还是喜欢黄浦。黄浦是上海的老城区代表,依然保留着很多老城应有的历史文化风貌及建筑风貌。

从小在上海长大,自幼儿园开始,到小学、初中、高中和大学,夏常从未离开过上海一步!他对上海的大街小巷就像是对自家的后院一样熟悉,大到浦东的发展与崛起,小到片区的拆迁与周围小区楼盘的升值,甚至是一个包子十几年来的涨价曲线,他都了如指掌。

夏常自认为对上海的感情深到了骨子里,他对上海的热爱是天性。他从未想过要离开上海去外地发展,但今天,他第一次动了要去北京或是深圳的念头。

因为，他再一次创业失败了！

在黄浦度过了快乐的童年，夏常本以为可以一直无忧无虑地在那儿生活下去，不料父亲夏祥因为参与开发浦东新区的缘故，带着全家搬到了浦东。

当时夏常极为不舍，毕竟小伙伴和"赤裤兄弟"都在黄浦，更不用说当时人人都说"宁要浦西一张床，不要浦东一套房"。夏常理解不了父亲为什么放着好好的黄浦区不待，非要去荒郊野外的浦东。尽管后来浦东的飞速崛起印证了父亲的远见，但夏常对当年的搬迁至今还依旧耿耿于怀。

夏常的成长经历和大多数黄浦人差不多，家就在南京路步行街后面的石库门里。父亲以前在北京东路的五金商店工作，而母亲就职于云南南路的餐饮老字号。

他从小听着外滩的钟声长大，还曾经照过大世界的哈哈镜，学生时代爱逛福州路的书店和人民广场地下的迪美购物中心。他父母和其他很多父母一样，希望他能拥有一份稳定的工作。结果追随父亲到了浦东的夏常，并没有如父母所愿，他学了理科，毕业后自己创业了。

或许是父亲不顾他反对搬到浦东的决定在他的心中埋下了叛逆的种子，又或者是他本来就是一个不喜欢循规蹈矩的人，报考大学时，父母力主他学文科，他却偏偏选了当时还是冷门专业的人工智能。

在夏常出生当年，1990年的4月18日，中央决定同意上海市加快浦东地区开发。1993年，浦东新区管委会成立，直到2000年，浦东新区人民政府正式设立，从此迈向了发展的快车道。第二年，父亲决定举家搬迁到浦东，和母亲一起，积极投身到了浦东的大开发之中。

11岁的夏常从此告别了黄浦岁月，和父母一起来到了浦东，并亲身经历了浦东奇迹般的崛起。如果说夏常的童年记忆全是思南路、石库门、人民公园、人民广场、豫园、外滩、南京路步行街，以及小资情调的绍兴路，那么他的少年回忆则是东方明珠、陆家嘴中心，以及其昌栈、周家渡、庆宁寺、南码头和烂泥渡。

别人或许不知道，夏常却是很清楚，烂泥渡的附近开发了一个楼盘，全国闻名，是上海豪宅的代表性作品——汤臣一品。在汤臣一品的盛名之下，烂泥渡的名字也渐渐被人遗忘。

虽说夏常在浦东长大，伴随着浦东从荒凉到繁华再到强大，但他最难忘的却是静安高大的法国梧桐、精致的洋房、幽静的马路，长宁富有艺术气质的电台和宁静祥和的画廊，还有杨浦的复旦大学，虹口的鲁迅公园，闸北的上海南站老广场——尽管后来闸北并入了静安，他还是不习惯把闸北叫成静安。上海的点滴过往和每一点的进步，都在夏常的心中沉淀，像是一幅浓墨重彩的油画。

夏常大学毕业后，和同学黄括一起开了一家人工智能公司。公司成立后，一开始的发展还不错，后来他和黄括逐渐在技术上产生分歧，从而导致二人创业失败。

第一次创业失败后，夏常痛定思痛，差不多休整了半年，又再次和朋友莫何一起创业，成立了奔腾人工智能公司，结果坚持了不到一年，又失败了！夏常很沮丧，对自己失望透顶！

父亲也对夏常很失望，他一直希望儿子可以找份安定的工作，创业九死一生，风险大收益低，何必非要做吃力不讨好的事情？

在就业的问题上，夏常和父亲的观念一向冲突严重。二人有过多次争吵，但结果谁也没能说服谁。最后父亲妥协了，退了一步，提出夏常可以创业，但如果失败两次的话，就得听从他的安排去上班。夏常答应了。

但在第二次创业失败后，夏常并没有兑现承诺，在父亲帮他寻找工作时，他又和黄括联手，成立了颜色科技公司。为此，父亲对夏常大为不满,和他冷战了两个月,期间一句话也没和他说。

这一次,夏常信心满满,认定一定可以成功。事实也证明了他的正确,颜色科技公司从2017年成立以来,短短两年间就已经发展成为一家拥有200多人的中型科技公司。

然而就在公司即将迎来收获之时,夏常却被黄括扫地出门了——第三次创业失败不是公司失败,而是他个人的失败。

夏常无法接受黄括在公司章程上面所做的手脚,以及在股权架构上为他设置的陷阱,他完全被黄括利用了。

夏常痛恨自己的识人不慧,他想离开上海,去北京、深圳或是广州、苏州,都可以。只要不在上海,他就不会想起曾经的屈辱。

他从思南路右转上了淮海中路,一路向东,来到了香港广场,准备去咖啡馆喝杯咖啡。对咖啡偏执的热爱是根植于他内心深处的上海人的基因。很多上海人不管住多偏远、多简陋,出门必定将自己收拾得干净利索,并且热衷于喝咖啡或是下午茶,感受生活的优雅与美好,并不因为生活的困顿而影响自己的形象与享受。这是积极乐观并且热爱生活的表现。

今天不是节假日,咖啡馆里同样人满为患。上海虽然遍地咖啡馆,却依然家家爆满。夏常好不容易找好一个位子,刚坐下,就被对面两个女孩的争论声吸引了。

这是两个穿着时尚的女孩,一个戴眼镜,长发,显得又萌又可爱;另一个不戴眼镜,短发,显得干练利落。二人说话的声音并不大,夏常却听得清晰。主要是他离得近,而且女孩的话题又与他的下一步计划切身相关。

"真的打算留在上海了?上海有什么好的!于时,你别自我感动,也别自我麻醉,还是跟我回北京吧,北京的发展空间更大。"长发眼镜女孩双手捧着咖啡,语速很快,声音清脆。

那个叫于时的女孩不慌不忙地喝了一口咖啡,摇了摇头说:"杨小与，你对上海有偏见，为什么总是认为上海没有前景了呢？我从小在北京长大，但我现在更喜欢上海的环境和文化氛围，我不会再回北京了。"她的短发被穿透玻璃的阳光照耀着，有一层朦胧的光晕。

"你的主意怎么变得这么快？三天前你还说要回北京，不想留下了。怎么今天就变卦了？你是不是吃错了什么东西？不对，你是不是谈恋爱了，为了爱情要留在上海？"杨小与左右看看，又摇头否认了自己的猜测，"不对不对，我成天和你在一起，不可能你谈了恋爱我不知道。那么到底是什么原因又让你改变了主意非要留在上海不可？"

"当然是事业了，爱情又不是必需品。"于时得意地仰头一笑，"我找到称心的工作了。你也知道我的梦想是当一名城市规划师……当你看到无数的高楼、公园、道路、绿地，等等，在你的脑中形成蓝图，规划出来，然后一点点变成现实，那是世界上最美好的事情，也是最有成就感的人生！"

真是一个可爱且天真的女孩，夏常摇头一笑，她对世界还充满了幻想，以为世界真的可以像电脑中绘图一样，画上几笔就可以在现实中得以实现……不要太幼稚了好不好？看她的样子，也不像是刚出校门的大学生。

经历过三次创业失败的夏常，现在对未来充满了悲观，就见不得天真烂漫的存在。不过他还没有冲动到站出来给于时上课，而是喝完咖啡，起身离开了。他已经决定要离开上海了，不管父亲怎么劝他，他都不会改变主意。

对他来说，上海已经没有什么值得留恋的了。不管是普陀的真如寺、长风公园，还是长宁的上海动物园、卢湾的石库门、南市的弄堂里……都随着夏常的三次创业失败而消散在他的回忆里。

夏常决定直接去机场，不给父亲拦他的机会。可推开店门的瞬间，伴随着一股热浪扑面而来的是父亲的怒吼："别想跑，跟我回家！"

第 2 章
临港新片区

父亲不是一个人,他身边还跟着一个笑容亲切、态度和蔼的中年人。

既然被发现了,夏常索性坦然了,他面不改色地说道:"爸,我已经决定了,机票也买好了,现在就和你正式告个别。"

"你哪里都不能去!"父亲抓住了夏常的胳膊,"跟我回家。你得说话算话,不能耍赖。你都答应了我创业失败后听从我的安排,现在还想跑,夏常,你还是个男人吗?"

中年人呵呵一笑,随后又正式地说道:"夏常,我是临港人工智能产业研究院的韩剑南。研究院刚成立,正是用人之时,夏老师向我推荐了您。您的条件特别好,非常符合我们的要求,我们诚邀您加入产业研究院!"

"临港?"夏常觉得父亲肯定是在和他开玩笑,怎么会想到让他去临港工作?难道是父亲想让他重走自己当年的道路,再去开辟新天地?

夏常说:"我知道临港新片区,但我不会去研究院上班的,我要离开上海了……"

夏祥大怒道:"夏常,你敢离开上海试试!我不管你有什么委屈、有什么想不开的地方,你答应我的事情做不到,你就不配当我的儿子!"

韩剑南朝夏祥连使眼色,示意他不要急躁。他微微一笑说道:"夏常,先不说你和夏叔之间的约定,就说你是土生土长的上海人,建设上海不是你应该承担的责任和使命吗?何况你又是上海的大学培养出来的优秀人才。而且人工智能产业研究院的主要职能是研究和制定人工智能的发展方向,以及去联系人工智能公司将临港新片区打造成智慧城市……在人工智能方面有所建树、做出成绩不正是你一直追求的方向吗?"

韩剑南的一番诚恳的话并没有打动夏常,他还是坚持要离开上海。三次创业失败让他备受打击,一心认定只有离开上海才能让他重新树立信心。

夏祥原本以为带着研究院的负责人过来请夏常会足以打动他。未承想夏常还是敬酒不吃吃罚酒,不由大为恼火,直接抓住夏常的胳膊,生拉硬拽地让他跟自己回家。

夏常自然不干,却又不好当众推开父亲。围观者越来越多,不少人指指点点,有人指责夏祥强人所难,有人抱怨夏常不该欺骗家长。

"叔,让我来!"正当父子二人僵持不下时,一个女孩横空杀出,来到了他俩中间,她分别抓住二人的胳膊,"我最看不惯说话不算话的人,尤其是男人。我负责解决他,你们看着就好。"

这个女孩正是方才坐在夏常对面的于时。她眉毛一挑,眼神犀利而充满挑衅意味:"你叫夏常是吧?"

夏常嘴角上挑:"是。你叫于时是吧?"

于时微有惊讶:"你怎么知道我的名字?啊,明白了,刚才我和小与的聊天被你偷听到了?行吧,正好不用介绍了。"

"我是以一个旁观者的身份和你对话,就问你三句话。"于时毫不畏惧地迎上了夏常不满的目光,"别怪我多管闲事,实在是你太过分太气人了。"

"你管得着吗?"夏常对于时的行为很不理解,一个毫不相干的外人非要插手他的家务事,真是吃饱了撑的。

"你别说，还真管得着。因为我以后可能会是你的上级。"于时得意地笑了笑，"韩老师，我马上要到规划院上班了，谢谢您的牵线搭桥。"

韩剑南此时也认出了于时，惊喜道："原来是于老师呀，我正想和你联系对接一下工作呢，就这么巧遇上了。"说着他又摆了摆手，一脸谦虚道："应该的，是我的荣幸才对。规划院正需要你这样的人才，你能留下来，是对我们工作的大力支持。"

于时一副理所应当的表情，点了点头，向前一步："夏常，想不想听我说三句话？"

"不想。"夏常拒绝得很干脆。

"你不想听我也得讲。"于时不当自己是外人，又上前一步，逼得夏常只能后退，"第一句话，我问你，你是上海人吗？"

夏常不说话。

周围人群有人起哄："你礼貌吗？"

"说话！"

"是人就吭一声。"

夏常被逼无奈，只好耐着性子回答："是。"

于时朝周围人群抱拳致谢，问出了第二个问题："第二句话，你是男人吗？"

夏常哭笑不得："你没长眼吗？"

于时又问："第三个问题，你尊重自己的父母吗？"

夏常几乎不假思索地说道："当然，是个正常人都会尊重自己的父母。"

于时哈哈一笑："第一，上海人有契约精神，说过的话签过的字，都会认真履行；第二，男人就要一诺千金、一言九鼎，就要有男人样；第三，尊重父母的人，不是说要对父母的话言听计从，而是要遵守自己对父母的承诺、敬重父母对自己的关爱。我们不能做对外人友好宽容而对最亲近的人冷漠敌视的两面人！不要以为答应父母的事情就算不认账，父母都会因为爱而原谅我们。我们对父母的背叛就是仗着父母不会拿我们怎样而肆意挥霍他们对我们的爱和信任。这是不道德的行为！"

众人欢呼鼓掌。

夏常发现他被套路了，于时从上海人、男人、儿子三个方面、三种身份对他进行约束，如果他反驳，第一会与上海人为敌，第二会被全体男人鄙视，第三会被所有尊重父母的人所唾弃……他心中喟叹一声，完了，掉坑了。

于时呀于时，我和你无冤无仇，你何必非要跟我过不去？我欠你钱了还是怎么你了？夏常暗自抱怨，可在众人一致为于时欢呼的情形下，他除了忍气吞声还能做什么？只能硬着头皮认了！

"回家！"有人带头喊了一声。

"做一个堂堂正正的上海人，上海好男人！"有人附和。

"知错能改，善莫大焉……别过度消费父母的爱，别让最爱你的人失望。"这是一个沉稳的男人的声音，"赶紧的，向你爸道歉，然后老老实实地跟你爸回家。"

众口铄金，夏常败了，一一照做。

临走时，他笑眯眯地朝于时伸出了右手："今天于老师给我上了非常生动的一课，让我受益匪浅，并且刻骨铭心。希望于老师能留个联系方式，以后我们加强联系。也许还会有其他问题要向于老师请教。"

于时似乎没有听出夏常隐藏在客气之下意图报复的言外之意，开心地加了他的微信，还主动发了电话号码："我们以后还会再见面的。我们的工作会有许多交集的地方，没准我还能指导你工作。"

"呵呵……"夏常不以为然地笑了，虽然还没有决定到底要不要去临港新片区上班，但夏常骨子里的好胜心被激发了，自动代入了他是临港的一员，想和于时争一个高低出来。

"要不，我们打个赌？"于时举起了右手，"敢不敢？"

明知是当还得上，有些当，就是这么有技巧、有吸引力，夏常和于时击掌："打就打，怕你？"

于时眨眨眼睛："还没有说什么就敢打赌，你就对自己这么有信心？"

气势不能输，夏常挺直了胸膛："赌什么不重要，因为，我肯定会赢。"

"既然你这么有自信……"于时拍了拍自己的胸口，"我们就比……谁跑得更快吧！"

"啊？"夏常目瞪口呆，于时的脑回路不是一般地清奇。

第 3 章
人生没有白走的路

更让夏常震惊的是，在跑步比赛中，他居然输了！输得一败涂地，完全没有翻盘的机会。可以说，他基本上只有望着于时的背影扼腕叹息的份儿。

太强了，太快了！

赢了夏常的于时，也没有提什么要求，转身就和杨小与走了。夏常只顾沮丧和想不明白为什么连跑步都会输给一个女孩，都忘了是怎么跟随父亲回到家里的。

出逃计划破产，夏常回家就想先睡上一大觉，却被父母叫到客厅训话。在讲了一通大道理后，夏祥强调："就这么定了。你明天就去研究院上班。你创业失败没关系，我也不指望你能成为有钱人、大老板，只要你安安稳稳地工作，争取能为临港新片区的建设出一份力，就足够了。还有，别再三心二意想着创业，你就办不了公司！"

母亲曹殊在许多事情上都和父亲保持一致，在夏常上班的大事上，更是高度同步。不过和父亲犀利的指责不同的是，母亲的话比较委婉。除了要求夏常必须上班之外，还说了一些安慰的话。

"当工程师不是你一直以来的梦想吗？研究院的工程师好歹是铁饭碗，风险小，安稳。你就别总是想东想西了，你都 29 岁了，还不赶紧安定下来，然后成个家，也算给爸妈、给自己一个交代。"曹殊说话慢条斯理，她表面性子温顺，却柔中带刚。

当年父亲去海南闯荡，算是第一批下海人，虽然以失败收场，却带回了母亲。作为海南人，母亲嫁到上海后，一开始并不适应上海的气候和饮食。为了父亲，她坚持留了下来。老一辈人对待爱情与事业的坚毅与认真，夏常自认望尘莫及。他也羡慕父母的爱情，更佩服父亲对理想的追求。但只是羡慕与佩服，却并不认可。

父亲在海南创业失利后和母亲回到上海，好不容易工作安稳下来，就赶上了浦东开发的热潮。父亲主动请求参与浦东建设，几番努力才争取了一个名额，还被人嘲笑是个傻子，非要去浦东那个偏僻的地方。后来事实证明了父亲的远见卓识，也让许多人对父亲的态度由鄙夷变成了深深的敬佩。

但夏常却清楚父亲当年之所以积极参与到浦东的开发之中，并非因为他有多长远的目光，而是他骨子里就喜欢开拓，喜欢在一片荒芜的地方建造高楼大厦。他主动参与浦东建设，其实更多的是为了满足个人内心的渴望。不过不管怎样，父亲为了理想放弃安稳的工作，在当时也算是了不起的举动了。

好不容易等母亲唠叨完，夏常摸了摸肚子："妈，我饿了，没吃午饭。"

"我和你爸晚上不吃饭了，你自己泡个面。"母亲挽起父亲的胳膊，"我们出去遛弯了。"

夏常再次坚定了他长久以来的想法——父母才是真爱，他只是父母爱情的副产品，是赠品。

母亲不但不管他的饭，操心的事情还挺多，又好奇地问道："你爸说有个女孩挺身而出替你爸教育了你，你认识她不？她是不是你的前女友之一？"

夏常绷不住了："妈，你又不是不知道，你儿子就只有一个前女友，还是大学时代谈的，分手到现在已经五年了。你儿子五年来一直和恋爱绝缘。"

父亲挤眉弄眼地偷笑了："老曹，你别乱说，小于是我让韩老师请来的客串演员，她是配合我演戏，和儿子没什么关系。就凭我们儿子的条件，肯定配不上人家，别想好事了。"

真是亲爹，夏常冲夏祥的背影喊了一声："我谢谢你！"

父亲除了请来韩剑南和于时"算计"他之外，还看不起他，他怎么就配不上于时了？明明是于时配不上他好不好？不对，他们之间根本就不存在般不般配的问题，他们就不是一路人！

草草吃过晚饭，爸妈散步还没有回来，夏常回到自己的房间，关上门，拿起手机打给了黄括——他要讨个说法，不能就这样被黄括耍了。直接把他扫地出门，他咽不下这口恶气。不同于以前每次不是拒听就是没人接听，这次打过去直接提示是空号。够狠，为了躲他居然连号码都注销了。

夏常很不愿意回忆他和黄括的两次创业经历，简直就是平生的奇耻大辱。他和黄括不但是合伙人，还是高中和大学的同学，两人认识十几年了，按理说他应该非常了解黄括的为人，却没想到被黄括骗得如此之惨。

夏常过不了自己的心理关，没有办法和自己达成和解。他除了痛恨黄括的翻脸无情之外，更觉得屈辱和难堪，无法原谅自己的有眼无珠。想了想，夏常又给黄括发微信："黄括，我现在只想和你好好谈一谈，我们的合作不能就这么结束，你总得给我一个让我心理平衡的解决方案。"

出乎夏常的意料，黄括居然回复了："解决方案已经给你了，就是……"

等了半天不见有下文，夏常就又发了一条信息："就是什么？"

"我……"夏常忍不住骂了一句脏话，因为他被拉黑了。

黄括用拉黑他的举动明确无误地告诉他——解决方案就是你被扫地

出门并且还被拉黑了。从此江湖路远,彼此是路人。算了,都过去了,不想了……夏常低头便睡。

夏常有一个自以为比一般人强许多的优点,就是没心没肺。遇到难事或是烦恼事,他会先到思南路或是绍兴路走一走,然后再睡上一大觉,基本上就过去了。这一次被黄括欺骗是他平生遇到的最大的背叛,让他差点没能挺过去,所以这次他一连睡了三天三夜,才多少缓解了心中的憋闷。

三天后,他在父亲的带领下,去研究院上班了。

研究院定位于专注人工智能产业的新型科创转化平台,致力于运用市场化机制、专业化能力、国际化视野来推进人工智能产学研融合,加速 AI 科技成果转化落地。研究院上承政府、横连企业、融通资本、外接国内外顶尖研究机构,打通人工智能产业链的"任督二脉"。

报到的过程很简单,夏常先是见了韩剑南——此时他才知道韩剑南居然是他的顶头上司,不由心中一紧,完了,日后怕是要被穿小鞋了。随后,韩剑南为夏常安排了工作。

夏常的工作主要是负责对接片区内的人工智能企业,帮助他们解决实际困难,包括但不限于政策上的扶植、方向上的带领,技术上的引导,等等。

"因为你是专业的技术人员,如果可以连带帮助人工智能公司获得技术上的突破,就更好了。"最后,韩剑南拍了拍夏常的肩膀,语重心长道,"现在和当年开发浦东不一样了,当年主要是基础建设,是制造业,而我们的主要方向是集成电路、人工智能、生物医药、民用航空等关键领域核心环节的生产研发。如果说浦东是上海腾飞的翅膀,那么临港新片区就是上海的喷气发动机,让上海飞得更高更快!"

行吧,你怎么说我怎么听,反正我就是为了兑现承诺安抚老父亲,等我三个月的试用期一过,到时你肯定会巴不得我赶紧走人……夏常拿定了主意，他就先留下来应付一段时间，到时他没有通过试用期，父亲也不好再说什么了。他还是想离开上海！

一周后，夏常基本上适应了在研究院的工作。因为新片区刚成立不久，并没有多少企业入驻，所以他的工作并不多。他也乐得轻松，每天准时上班按时下班，忽然觉得也挺有意思，既没有太大的压力，又没有让人忙得不可开交的工作量，比以前创业时算是好了不知道多少倍。

以夏常的没心没肺，到第二周时，他就与自己和解了，甚至还安慰自己——人生没有白走的路，每一步都算数，他要把和黄括两次创业失败的经历当成宝贵的人生财富，总有一天，这会转化成他成功的支点。希望以后永远不要再见到黄括！

第二周的周一，夏常刚进办公室，就有人敲门。夏常以为还是日常的工作对接，就端着泡着菊花、枸杞的茶杯去开门。

"今天早了点，平常不都是九点半才对接工作吗？"夏常喝着茶，说着话，漫不经心地拉开了房门，顿时惊呆了，"于时？"

于时笑盈盈地冲夏常挥了挥小手，一错身，身后还闪出一人："是我！是震惊还是开心？别震惊得太早了，我还为你带来了你的老朋友——黄括！"

第 4 章
人工智能

于时的身后站着一人,一身名牌西装,紧身收腰,既正式又时尚。他发型新潮,油光锃亮,用油头粉面形容有点过,用面若桃花比喻有点浮,但夏常实在想不出来该怎么描述黄括的长相,虽然他和他认识将近 20 年了。

黄括虽然和夏常同是毕业于人工智能专业,但他不像夏常一样看上去就很"技术宅",他像个工程师,而是很会说话,很八面玲珑,这让夏常一度怀疑黄括报错了专业。他应该去学习历史、哲学或是其他文科专业,而不是严谨的人工智能。

黄括见到夏常后尴尬地笑了笑,搓了搓手说道:"老班长,你先别赶我走好不好?听我解释。"

夏常没什么好脸色:"我不认识你,更不是什么老班长。"

夏常在初中和高中时都是班长。

于时并不太清楚夏常和黄括之间的恩怨,说道:"夏常,你对我有意见,可以理解。但对黄总这样的态度就过分了,他可是片区引进的第一家人工智能公司的……"

夏常震惊不已,上下打量黄括几眼:"你为什么要把公司搬来临港?"

"哎呀，有话坐下来慢慢说。"于时自来熟，拿过两个一次性茶杯，泡上菊花和枸杞茶，她一杯，黄括一杯，"我和黄总过来，是有重要的事情要和你商量。"

"不，没得商量。我和黄括……不，黄总没有可以聊的事情。你可以走了。"夏常二话不说，强行把黄括推出门外，"以后别来了，恕不接待。"

"这就是你的不对了，夏常。"于时将黄括又拉了回来，"我是代表规划院和你谈话，希望你能配合工作。"

夏常气笑了："意思是，你是我的上司了？你们规划院也领导不了研究院！"

"我不是，韩主任是。"于时打开门，门口站着韩剑南，"就让韩主任和你交代工作吧，省得我和你浪费口舌。"

韩剑南倒是态度和蔼，告诉夏常于时目前负责片区的城市规划，而夏常则负责片区的人工智能城市的建设，因此二人需要配合，就像一栋建筑中的水电一样，要同步规划同时施工，才能保证整体的协调。

而黄括则有意把公司搬来临港新片区，正在挑选地址。公司地址的选定需要符合城市规划的市政、美观要求，也要遵守智慧城市的交通、物联网等人工智能上面的设计，两者缺一不可。

夏常很清楚城市规划与建设智慧城市二者配合的重要性，只是没想到规划院派出的对接人居然是于时，他有点接受不了。

"韩主任，不是说我只负责对接企业吗？建设智慧城市的基础工作王守本比我更专业，让他负责不是更好？"夏常第一反应是拒绝，并且机智地帮韩剑南找好了下家。

韩剑南背着手，笑眯眯地围着夏常转了一圈："王守本调到其他部门了，从现在起，你的主要工作就是负责智慧城市的建设，记住了，要积极配合于规划师关于城市规划的设计。"

"好了，没我什么事情了，你们聊。"走到门口，韩剑南又站住了，似乎才发现异样地问道，"小夏，你和黄总认识？"

"认识，何止认识，还发生过许多事情……"夏常愤愤不平，正要倾诉时，韩剑南却转身走了。扔下一句："认识正好，合作起来就更方便了，减少了前期的沟通成本。"

夏常和黄括是不需要沟通成本了，问题是，他在黄括面前损失的时间和精力太大了，谁来弥补？韩剑南说得轻巧，他却没有办法原谅黄括。之前以为自己已经忘了这事儿，以为自己已经达到了没心没肺的专家级水平，现在再次见到黄括，内心还是激起了滔天巨浪，说明了他仍有血性并且充满激情，心还没有老去。

"中午一起吃个便饭，我请客。"黄括竭力找补，不想让一度尴尬的场面继续下去，"正好夏常你也可以和于时深入了解一下，也方便以后的工作。"

"不必了。"夏常当即拒绝，"我和于时没什么工作需要配合，和你没什么话好说，和你们也没有有胃口的饭要吃。就这样，你们可以走了。"

半个小时后，夏常一行三人来到了位于临港新天地商场的邵东家。黄括特意订了一个小包间，三人围坐在一个圆桌前。

最终坐在一起还是于时用三句话说服了夏常："夏常，我就问你三句话。第一，你不想知道为什么你爸会找我当群演来激励你吗？第二，你不想问清楚为什么黄总会把你扫出公司吗？第三，你不想弄明白为什么你连跑步都不是我的对手吗？"

最后一个问题夏常并不是很有兴趣，但前两个确实深深地勾起了他的好奇心。反正也要吃饭，在跟谁吃都是吃的心理安慰下，他决定给黄括和于时一个解释说明的机会。

夏常点了最贵的几道菜，刀要快手要狠，宰黄括的机会以后也许不会再有了。菜上来后，夏常才不管黄括和于时，三下五除二就吃饱了，然后静静地等二人说话。

于时吃饭的风格比夏常还粗犷，她都不擦嘴角的油渍，说道："先说第一个问题……其实我和夏叔叔早就认识了，我爸和他是在海南时的同事。我从北京来上海后，他对我一向很照顾。后来他找我，请我配合他和韩主任演一出戏，我想也没想就答应了。"

"你答应他的时候有考虑过我的感受吗？"夏常大感委屈。

"没有。"于时回答得很干脆，"我又不认识你，怎么会考虑你的感受？你这人真是的，不觉得自己的问题很傻吗？"

夏常被噎了一下："好吧，第二个问题。"

黄括嘿嘿一笑："老班长，如果我说来临港开公司是冲你来的，你会不会觉得我虚伪？"

"不会。"夏常冷笑一声，"我会觉得你很狡诈，并且荒谬。"

"对对，我来临港确实不是冲你来的，是因为临港有扶植人工智能企业的优惠政策。而且由于颜色智能中标了片区的智慧城市的建设项目，我就下定决心搬了过来。"黄括举起茶杯，"我以茶代酒，敬老班长一杯，以后还请多多指教。"

夏常没举杯，问道："把我赶出公司的事情，你从来没有过愧疚吗？"

黄括喝口了茶，放下茶杯："我们的分歧太严重了，没有办法求同存异，为了公司的发展，为了公司200多人的前景着想，我只能选择放弃你。"

"类脑芯片是未来的发展方向，而不是各种自动化设备！"夏常坚持自己的看法，"黄括，你的决策是错误的，为什么听不进我的话呢？"

"我只想做基础的人工智能，而不是超人工智能。"黄括叹息一声，痛心疾首地摇了摇头，"你是技术派，我是从商业的角度出发。类脑芯片是未来的发展方向不假，但对我来说，两年之内见不到实际运用和效益的技术，都是无用的技术。公司没有实力支撑两年不赚钱的烧钱计划！"

于时打断了二人："等等，我大概听明白了，你们是因为理念不合而分道扬镳了，对吧？你们谁能跟我解释一下人工智能到底是做什么的？"

"解释不了！"夏常和黄括异口同声。

夏常努力平息了一下心情，随后说道："这么说吧，人工智能不是一个具体的专业，而是一个很大的门类。就像金融一样，如果一个人说他是做金融的，他可能会是做量化的、风投的、私募的、基金的、行研的、柜员的、大堂经理的、理财的、风控的，等等。因为具体到某一个专业，太细分领域了，外行不懂，解释也解释不清，索性就笼统地说成金融了。"

"人工智能也一样！"

第5章
实用主义者

"如果我说我是做算法优化、决策树、模式识别、运筹控制、计算机神经网络、自然语言识别、机器深度学习、计算机影像学、大数据处理、分布式计算、蒙特卡洛树搜索等具体的工作,你知道我是做什么的吗?"

于时很配合并且很认真地摇头:"不知道,不过听上去很厉害很高大上的样子,好好玩。"

夏常很不满地白了于时一眼:"严肃点!语音识别、人脸识别、大数据分析、智能搜索引擎等都属于人工智能的范畴。从更广泛的应用来说,无人驾驶、智能交通信号灯、智能路灯,以及未来的智能排水系统,更科幻一些来讲,以后我们的城市到处是科技树,公路下面有无线充电装置,甚至会有自动公路出现,等等,都是智慧城市的一部分。人工智能是构建智慧城市的前提与基础!"

于时连连点头:"明白了。人工智能是智慧城市的神经网络,但再智慧的城市也离不开规划与设计。如果说城市是一个人的话,你注重的是逻辑、思想与功能,我在意的是美观、实用和舒适。"

夏常不是很赞同于时的话:"意思是这么个意思,但表述得不是很准确。这么说吧,规划与设计是一个人的外在,人工智能就是一个人的思想和灵魂。没有思想和灵魂，城市就是一个徒有其表的花架子。在我看来，城市的规划与设计都应该为功能让路。"

于时哈哈一笑："这么说，你是一个彻头彻尾的实用主义者了？说吧，你心目中的未来城市是什么样子的？"

夏常眯起了眼睛，一脸向往地说："我心目中的未来城市，一定要充满科幻感，必须有500米以上的高楼，而且是纯金属大楼，还得是冰冷的金属灰色调。除了高楼，就是电子科技树、自动公路、自动小型飞行器、自动汽车。自动公路的时速在50公里以内，方便短距离出行。自动汽车限定50公里到500公里之内的路程。自动小型飞行器则是500公里到5000公里的路程。至于再远的距离，就由大型的自动飞机担任飞行任务。整个城市由一个大型的中央处理器来控制日常的交通、通讯、供给以及各种能源的交换，只要是可以自动化流程的岗位，就都由机器人替代。大多数人都从事精神产品的创造工作，人类的劳动得到了最大的解放，生命的快乐得到了最大的释放。从此，再也没有繁重的体力劳动，并且彻底消灭了没有创造性的工作。"

黄括听得直打哈欠："夏常，你总是太理想主义了。社会发展到了你说的阶段，公司还怎么赚钱？人类还怎么进步？"

于时却听得入了迷，不过也提出了质疑："听上去从实用的角度来说非常美好，但如果未来的城市全是冰冷的金属灰和冷冰冰的机器，人类就算完全不用从事任何体力劳动，也不觉得有多幸福。城市就应该有应有的活力、温情和美观，不仅仅是提供衣食住行的家园，还是可以安放心灵的港湾。所以我理想中的未来城市，除了是智慧城市之外，还必须到处是花园，处处是景观，以及拥有各式音乐喷泉，最好还有裸眼3D大屏布满每个角落，当然了，激光全息投影更好。反正一个美丽的家园，除了便利、实用、智能之外，还要温馨、浪漫、漂亮，才是完美和谐的统一……"

"停，停！"黄括实在忍无可忍了，"拜托二位，今天我们的主题不是追梦，而是讨论我的公司在新片区选址的问题。我们能不能放弃科幻回到现实？"

夏常认真地点了点头："既然你是片区引进的企业，我不会为难你，会配合你的选址。对于时也是，我也会积极对接你的工作。黄括，至于我们的个人恩怨，以后再慢慢算账，你说呢？"

黄括连连点头："我也不是非要赖账，欠你的部分不会不给。我只是想让你好好冷静一段时间，等你想明白了，我们也许还会有继续合作的可能。"

夏常缓缓摇头道："五年前，我和女友分手。当时是她提出的分手，我挽留了她，但没有成功。我告诉她以后别后悔，我一旦做出决定，就永远不会回头了。五年来，她每年都找我一次，希望可以复合，我每次都是拒绝！"

黄括听出了夏常的暗示，自信地一笑："不用五年，五个月我就可以再一次说服你！"

七月下旬的上海进入了盛夏季节，炎热、多雨。

在研究院上班两月有余的夏常已经完全进入了角色，距离三个月的试用期只有半个月了，他差不多已经忘掉了要离开的想法。原因在于他和于时在城市规划上的分歧与矛盾。

黄括公司的选址很顺利。新片区对人工智能公司的安排有统一的规划，这些公司基本上都集中在一个园区之中，也就没有太大的可选择性。只是在确定最终位置时，黄括参考了夏常和于时的意见，配合未来智慧城市的规划与建设，他选了位于东南角的一栋办公楼。东南角位于两条主路的交叉处，虽然噪声稍大，但根据未来的规划，交通路口会有3D裸眼大屏展示，并且还有规划中的花园，窗外的景致极好。

黄括约了夏常几次，都被他拒绝了。夏常的理由很坚定——他已经想通了，既然他离开了公司，到了新的工作岗位，就打算放下过去的一切，重新来过。他不想再和黄括有任何的牵扯。

其实夏常只是表面上大度，他是想先让黄括拿出解决方案再谈，而不是见面空谈。他现阶段的主要矛盾是他和于时在工作上的冲突。

于时负责新片区的城市规划，大到一处人工湖的建设、花园绿地的预留，小到一根电线杆、通信塔的位置，甚至是垃圾箱数量的计算，事无巨细，她都要精心计算和设计。

而负责智慧城市的夏常也在规划新片区，只不过他的规划重点在于各类器材的架设、5G的铺设以及智慧场景的应用上。

由于夏常注重的是实用，更在意长远规划，而于时更看重美观、舒适，二人的矛盾与冲突不可避免地发生了。

二人的出发点不同，都试图从自己所理解的角度说服对方，但每次说服都会变成争论，有时甚至还会上升成争吵。在夏常看来，美观与舒适必须为实用和长远让路。而于时却认为，实用固然重要，长远也是必须，但如果没有舒适和美观，规划的意义就不复存在。舒适和美观才是基础，实用和长远包括带有科幻色调的未来智慧城市，得先为舒适和美观让步。人类只有解决了目前最根本的痛点，才能有更高的需求。

在又一次争论过后，夏常想用严谨的数据说服于时："过往的数据已经证明了上海的发展，比如最早规划的内环高架，由于当时对交通需求的预测不够准确，结果后来就发现设计过于保守了，应该一开始就建宽点！"

于时的反驳也很坚定："不对不对，你基于过去的数据来推断未来是不科学的做法。所谓大数据，是永远滞后的统计学。人类的需求永远在变化之中，并且不可能被推算出来。但人类对美好的追求是相通的，只有环境美丽了，心情舒畅了，人类才能创造出更有价值的东西。情绪是第一位的，实用反倒在其次。"

"我不赞成你的说法！"夏常被气着了，"太感性，太情绪化，太主观，太自以为是了。实用才是自然法则！无用的美就算再美，也是累赘。"

"我也不赞成你的说法。太保守，太陈旧，太落后，太唯数据论了！"于时寸步不让，"照你的说法，大自然就不会有高山湖泊、花鸟虫鱼了，只有灰色的线条和没有生机的黑白两种颜色！大自然在实用之外，从来不吝啬自己的美！"

"再见！"夏常真生气了，转身就走，"希望明天不要见到你。"

"再见！"于时不气，反倒笑得很开心，"再见的意思就是下次见。"

夏常回到家里时已是晚上六点半了，父母不在家，和往常一样，又没有给他留饭，他感觉自己越来越被嫌弃了。

桌子上倒是留了一张纸条，是母亲的笔迹："儿子，晚饭有三种解决方法：一、陪女友去外面吃；二、自己下面条吃；三、饿着，减肥。"

"真是我亲妈！"夏常愤怒地撕了纸条。

此时，手机突然响了起来。一看来电人，夏常顿时屏住了呼吸——前女友胡沧海。

第6章
我只是想给你一个机会

夏常当初喜欢上胡沧海，多少和她的名字有点关系。

第一次见到胡沧海的名字时，夏常还以为是个男生，大声笑道："哪个男生会起这么古怪的名字？蝴蝶飞不过沧海，听上去很伤感但也很矫情，对不对？"

旁边一个女生连连点头："确实是。沧海本来听上去挺大气，沧海横流英雄本色，乍一听，像是一个膀阔腰圆的大汉形象。但姓胡，胡沧海……是不是觉得不但气势没了，还有那么点别扭加尴尬，对吧？"

"对，对。"夏常连连点头，很是赞同，"胡沧海给人的感觉是一个插花抹粉的大汉扭捏作态的形象，哈哈……我是不是太过分了？"

"也没有，我也觉得胡沧海的名字太难听了。"女生热情大方地伸出了右手，"同学你叫什么名字？"

"夏常。"夏常积极回答道，对女生大生好感，她圆脸大眼，不惊艳但绝对耐看，而且笑容温婉可亲，他不由动了想要认识的想法，"同学你叫什么？"

"胡沧海！"

直到今天夏常依然记得清楚，他当时愣了足足一分钟才从尴尬至死的状态中清醒过来，讪讪一笑："我……我……我不是那个意思，我……我……我是说你的名字很有创意，让人心情激荡。"

胡沧海却丝毫没有生气的样子，也不难堪："我知道，你不用解释。我也很不喜欢我的名字，但没办法。一个人再不喜欢自己的家庭，也得从家庭中长大。有时我安慰自己，名字就是一个符号，不用在意。但符号在自己身上，不在意也得在意。"

"为什么改不了名字？"

"改不了。爸妈不同意，说我要是改名字就断了我的经济来源。"胡沧海很洒脱地笑了笑，"在生存面前，一个名字的改动就是无关紧要的小事了。"

后来夏常才知道，胡沧海是他的同系学姐，比他高一级。二人很快就确定了恋爱关系，也很快便分手了。

在一起是胡沧海先说的："做我男朋友吧，今年上海的冬天格外冷，我想有你在我身边，给我温暖。"

夏常基本上没怎么犹豫就答应了。他单身，也没有特别想追的女生，更没有更优秀的女生对他流露出爱意，他也不讨厌胡沧海，在一起就在一起，又不是什么大不了的事情。

分手也是胡沧海主动提出的。大学毕业时，胡沧海想回陕西，不愿意留在上海。她想让夏常跟她一起回家乡，夏常没同意，她就提出了分手。

"异地恋没结果，不如现在就分了，省得以后纠结。分开了，也好给对方一个空间，可以更自由地去追求下一段爱情。"

夏常本来很伤感，但见胡沧海平静得像是一片落叶，也就调整了情绪："我尊重你的决定，理解你的选择。好，分手！不过你别后悔，我要是分手了就不再回头！你不要再回来找我。"

胡沧海很认真地眨眼点头："我也是。分了就是分了，不藕断丝连，不牵扯不清，从此你是蝴蝶我是沧海，我是你永远飞不过去的人生。"

分个手而已，整这么多感慨干吗？

夏常以为凭借他的才华和颜值，分手后应该女友不断，恋爱无缝衔接，不缺爱情的滋润。却没想到，离开了沧海，他真成了飞不进爱情的蝴蝶。

尽管单身，尽管每年胡沧海都会发来信息希望复合，他却坚守了当初的豪言壮语——夏常永不回头！

几年来，胡沧海每次求复合都是发微信消息，今天打来电话还是第一次。夏常矜持了10秒钟，还是接听了电话。

"夏常，吃过晚饭了吗？"和想象中的开场白不一样，胡沧海上来的第一句话很家常、很随意，像是多年来一直在一起的老朋友的语气。

"没呢。"夏常下意识地回答了一句。

"我在下盐路，离你不远。我发定位给你，赶紧过来。"也不管夏常是不是同意，胡沧海直接挂断了电话，同时扔过来一个地址。

大学毕业后胡沧海不是就回陕西了？她什么时候又回上海了？带着疑问与饥饿，夏常打车到了胡沧海给的定位地址。

这是一家不大的餐厅，主打陕西风味，有面皮、肉夹馍、羊肉泡馍，总之都不是夏常爱吃的食物。夏常并不拒绝面食，但实在吃不下陕西面食，太硬了。

一进门，夏常就看到了数年未见的胡沧海坐在最里面的一张桌子前。她没变多少，依然青春，依旧清纯，梳了一个丸子头，穿着一身飘逸的纯色连衣裙。

"来了？"胡沧海一如往常，似乎二人不是五年未见，而是五小时未见一样，她点了点头，"已经点好菜了，别嫌弃我点的菜不好吃就行。"

夏常坐在了对面："什么时候来的上海？"

"三年前。"

好吧,一句话就被打败了,夏常还以为胡沧海才来上海。他见点的菜都是胡沧海最爱吃的几种,一如从前,也没说什么,开口问道:"在上海工作了?"

"工作加生活。"胡沧海开始吃东西,"你也吃,吃饱了才有力气谈事情。"

他和她之间应该没有什么事情好谈了吧?夏常也没多想,埋头吃饭。他也确实饿了,有一个从来不管他晚饭的亲妈,他晚上经常饥一顿饱一顿的。

两个人平静地吃饭,十分钟后结束战斗。夏常抬头:"吃好了吗?有事情就说,快九点了,我得回家。十点前要上床睡觉。"

"真乖。"胡沧海笑了笑,"你还单身吧?我现在也恢复了单身。"

夏常一惊:"什么意思?"

"结了,又离了。就这个意思。"胡沧海波澜不惊地说道,"黄括还没有告诉你吗?"

"啊?"夏常彻底震惊了,"你跟黄括结婚又离了?不对呀,他不是一直单身吗?"

胡沧海大学一毕业就回了陕西,两年后因为工作不顺心就又回到了上海。后来她认识了来自广州的林工博,二人结婚后,因为各自工作繁忙而聚少离多,又因为饮食习惯的不同和生活理念的差异,渐行渐远,最后离婚了。

夏常暗自擦了一把汗,好家伙,不是和黄括结婚就好,吓他个半死。他问:"你的意思是想让我当接盘侠了?"

"不,你想多了。我有个妹妹还单身,如果你有意向,可以介绍你们认识一下。"胡沧海抿嘴一笑,"我每年都要发消息求复合,你是不是以为我对你还念念不忘?不好意思,我其实一直在逗你玩。"

夏常无语了,看了看表,问道:"还有事情吗?"

"有呀。"胡沧海招手叫来服务员,"你先买单我再告诉你。"

夏常无法形容自己的心情了,他紧咬牙关买了单:"说吧。"

"我想追求黄括,想嫁给他。他比你有钱,还比你帅,嫁给他一定幸福。你能帮我吗?"胡沧海一脸轻松的表情,似乎认定她吃定了夏常。

"以前以为你只是心瞎,现在才知道,你眼也瞎了。"夏常冷笑,"我为什么要帮你?"

"当然是因为我们曾经相爱一场了……"见夏常要发作,胡沧海就不闹了,笑了,"别动不动就生气着急,你得改改你的性子,反思一下这么多年一直单身的原因是什么。"

"这么说吧,你帮我赢得黄括的好感,让我嫁给他。我会说服他把你应得的部分还你,我们各取所需,怎么样?"

夏常摇头:"我不相信你。"

"我劝你还是相信我,我们恋爱一场,还是有感情和信任基础的,不是吗?"胡沧海转身就走,"其实没有你的帮助,我也能达成我的目的。我只是想给你一个机会,你别以为你真的有那么重要。"

居然吃了一顿窝火的饭,夏常越想越气。等他出来,胡沧海已经不见了人影。

"刚才是你女朋友?"正生闷气时,冷不防一个声音从身后传来。夏常回头一看,是于时和杨小与。

短发的于时和长发的杨小与站在一起,像是两朵风格截然不同的花。二人差不多都是一米六五的身高,只不过于时是瘦长脸而杨小与是圆脸。于时干练而从容,杨小与温婉且淡然。

"要你管!"正没好气的夏常瞪了于时一眼,转身要走,被于时拦住了。

"不要把工作中的情绪带到生活中来!我和你在工作上的冲突,是对事不对人。"于时笑嘻嘻的样子既可爱又好玩,"我们真的需要好好谈谈。"

"我和你不是生活中的朋友，所以也没什么好谈的。"夏常带着被胡沧海戏耍的怒气说道。

杨小与拉住了于时的胳膊："于时，算了，别逗他了，他不是一个有意思的人。理工男、技术宅，死板、刻板，要有多无趣就有多无趣。"

夏常突然就被激起了火气："说吧，要怎么做才算是一个有意思的人？"

杨小与快速地眨动几下眼睛，狡黠地一笑："你敢跟我们走一趟吗？"

第 7 章
职责所在

夏常被她们带到了位于上海东南端的滴水湖。晚上的滴水湖，行人不多。夏风习习，湖波微兴，颇有夜风沉醉之意。

"上次跑步你输给了我，这次我再给你一次机会，只要你赢了我，下次再有工作中的矛盾，我让你一次。"于时伸了伸腰，按了按手指，仰起下巴，"敢不敢？"

"谁怕谁！"夏常也活动了几下，"你今晚是不是吃了什么不消化的东西，还是失恋了？"

"都不是。就是开心，想陪你玩玩。"于时挑衅加夸张地说，"不敢就算了，大老远跑过来，又尿了，行，我放过你。"

"现在就跑！立刻，马上！"夏常嚷了一声，"杨小与，你负责计时。"

杨小与拿出手机，打开计时器："夏常，如果你又输了，你想好后果了吗？"

夏常挺起胸膛道："大不了以后在工作中让于时一次。"

杨小与咧嘴一笑："怕是你没有机会让她了，只有她让你的份儿了。"

绕滴水湖跑一圈大概是 8.3 公里，夏常从来没有过长跑 8 公里的记录。开始时，他还能和于时并肩而行，他也看了出来于时故意放慢了脚步在等他。

差不多跑到 3 公里时，他感觉双腿如铅，速度慢得跟走路一样了。

"还不认输？"杨小与紧跟在二人身后，一路奔跑下来，呼吸均匀，脸色红润。

夏常服了，内心已经认输，他不但跑不过于时，也不如杨小与，心里既沮丧又羡慕，现在的女生都这么强了吗？不但智商、情商不差，连体力都那么优秀。

不行，不能就这么认输。输一次，可以安慰自己说是当时状态不好。输两次，那真的是技不如人了。怎么办？夏常迅速在脑中闪过了无数个理由，最终挑选了一个自认最有说服力的。

"哎哟，肚子疼，我要上厕所！"夏常捂着肚子，一脸扭曲的痛苦表情。

几分钟后，从厕所出来，夏常故意揉着肚子："可能吃坏了东西，还是不太舒服。下次再比，这次就先饶你一次。"

"行，谢谢夏工的大度。"于时假装不知道，背着手和夏常并肩走在滴水湖畔，"刚才吃饭的时候，我和小与就在邻桌，听到了一些话。夏工，你居然是胡沧海的前男友！"

就知道于时激他、捉弄他肯定是有事，夏常板着脸："怎么，她是你的情敌还是仇人？"

"都是。"于时咬了咬牙，见夏常一脸当真的表情，又笑了，"开玩笑的……她是林工博的前妻，林工博是小与的现男友。"

夏常突然觉得关系有点乱，认真想了一想后问道："然后呢？"

"林工博是谁你不会不知道吧？"于时见夏常没什么反应，就知道前面白铺垫了，她被气笑了，"夏工，你作为人工智能研究院的工作人员，不合格不称职！"

"林工博是集成电路的专家，在业内是有相当影响力的人物。来到上海后，他创办了一家名叫奔涌的科技公司。后来因为和胡沧海的婚姻问题影响了事业，公司停滞不前，直到他遇到了小与。"

杨小与连连点头："嗯嗯，我学的是生命科学，并不太了解集成电路，但我支持他，希望他能走出低谷，重新启程。"

夏常点了点头："很感人，很励志。祝福你们。"他又呵呵一笑："但和我又有什么关系？我又不认识林工博，和你们也不熟。"

"别急，这事儿肯定和你有关系。"于时和夏常缓步而行，微风习习，她微微眯起了眼睛，"不好意思，我对你的情况多少了解一些，知道你和胡沧海的往事，还有和黄括的恩怨……主要是通过夏叔叔、韩主任的渠道，以及黄括。"

"喜欢我就明说，别总在背后打听我。直接问我多好。"夏常很是不满，"不过我现在就可以明确地答复你，对不起，你没机会。"

于时极有耐心和涵养，不接夏常的话："林工博想把奔涌科技搬来新片区，我在帮他选址。他还有些顾虑，担心和黄括、胡沧海同一个园区会被他们针对。林工博性格软脾气弱，怕惹事。"

从个人感情来讲，夏常的确不喜欢于时，但从工作出发，他还是希望可以多引进高精尖的公司，尤其是新片区全方位聚焦和支持的集成电路、人工智能、生物医药、航空航天四大产业。

"需要我做些什么？"夏常立刻严肃认真起来。

"于公，你和我一起帮奔涌科技选好地址，位置要好，方便以后的发展，但不要离黄括的颜色科技太近。于私，希望你出面和林工博谈一谈，缓解他对黄括和胡沧海的担忧。"于时说道。

"拜托了。"杨小与一脸可怜巴巴的表情，"工博真的太善良太胆小了，明明是胡沧海欺骗了他，他甚至都不敢面对她。"

"我也很善良很胆小。"夏常装委屈，"我被黄括骗了，也拿他没办法。"

"别装了,我知道你善良,但绝对不胆小。而且你的善良带着智慧和锋芒。"于时及时奉送了一顶大高帽,"如果你能帮我说服林工博落户新片区,并且帮他疏通不敢面对黄括和胡沧海的心理问题,以后在工作中我处处让着你,并且永远尊称你为夏工。"

"别,还是叫夏常好听。"夏常嘴上这么说,心里对于时的话却很受用,愣了一会儿才说,"选址的事情没问题,职责所在。疏通心理问题,我尽力而为。主要是我没有头绪,不知道该怎么劝说林工博。"

"简单,很简单。"杨小与兴奋了,"你就告诉工博,黄括和胡沧海没什么可怕的,他们也是普通人,也可以被打败,就可以了。"

"这么简单?这么简单你们也可以说啊。"夏常不信。

"他不信我们,我们不是黄括的同学和胡沧海的前男友。只有你才有特殊身份,你是唯一的。而且,你也曾打败过他们。"于时拍了拍夏常的肩膀,"夏工,你可以的,非你不可。"

不不不,别捧杀我,我可是从来没有打败过黄括和胡沧海,一次都没有!相反,我还被他们都打败过……夏常想起他和黄括的合作以及与胡沧海的恋爱都是被对方掌握了主动,他始终处于下风。

"从打败黄括的角度出发,你也希望黄括多一个竞争对手,不是吗?"杨小与坚定地点头,"我已经说服了工博,他的奔涌科技以后专门生产可以服务于人工智能产业的集成电路设备。并且,工博还是类脑芯片的坚定支持者!"

夏常心动了,不得不说于时和杨小与把他吃得死死的。因为他一直坚定地认为,类脑芯片才是人工智能最终的未来。

不过夏常还是强调道:"我可以帮你们帮林工博,但出发点不是为了打败黄括,也不是为了报私仇,而是为了产业的良性发展。如果林工博确实有志于从事人工智能产业,并且他有相关的专业水平,我愿意尽我所能帮助他的公司成长。对我来说，这既是个人的职责，也是个人的兴趣。"

"有你这个承诺，我就放心了。你没有让我失望，是我心目中的夏常。"于时用力地点了点头，"从大的方面来说，我们是为了临港的明天更美好。从小的方面出发，是希望我们的工作可以帮助更多有才华有能力的人都来建设临港。"

"别把自己标榜得太高尚了，我这么做就是职责所在，就是一个人工智能爱好者和从业者从兴趣与专业的角度出发，愿意让人工智能的行业有更大的发展而已。"夏常忍不住又怼了于时，"你帮林工博，最根本的出发点还不是为了帮助你的闺密杨小与？说实话，还是出于私心。"

"我不否认。但我也很坦然，因为林工博确实优秀，是集成电路方面的专家，抛开他是杨小与男友的身份，他也值得帮。一个人不管做什么都会有感情因素，我们都是喜欢人间烟火的凡人。但凡人也有奋不顾身的时候，不是吗？"于时像是在反驳夏常，又像是在自言自语。

"能说说你和胡沧海的爱情故事吗？"于时见夏常陷入了沉默，就机智地转移了话题。

"不想说。"夏常沉默确实是想起了往事，想起了他和胡沧海的从前。

他们谈恋爱时，还没有滴水湖，也没有来过临港。相较于上海的市中心来说，临港太过遥远与荒芜了。1990 年，彼时的陆家嘴是"烂泥渡"，张江还是一片农田，临港则是孤悬东海的芦苇荒滩……而当时浦东的 GDP 仅为约 60 亿元。而时间到了 2018 年，浦东新区 GDP 已经突破了 1 万亿元大关。

二十八年，沧海桑田，辉煌巨变！临港也正是在此时横空出世。

第 8 章
你需要的我都有

在奔涌的时代大潮中,每一个时间节点都是一朵无比耀眼的浪花。但对于置身其中的普通人来说,这些节点只不过是生命中平凡的一年。

夏常的恋爱时光基本是在上海的老城区中度过的,尤其是杨浦。从北部的新江湾城和五角场到中南部的杨树浦和工人新村,以及北面的五角场环岛和南面的沪东工人文化宫,就连沿黄浦江的许多货运码头,附近的大片的棚户区和旧式里弄等,都留下了他和胡沧海的身影与足迹。

除了杨浦之外,夏常最喜欢去的地方就是普陀了。

胡沧海最爱去的地方是真如寺。作为古寺,真如寺还保留着以前的特色。胡沧海喜欢古色古香的建筑,认为古建筑有灵魂。

世事变幻,时光流转,夏常感觉他的成长史就是伴随着上海前进的开发史,他就像是黄浦江中的一滴水,在斗转星移间目睹了上海不断创造的奇迹。

但经过了几十年高速发展的上海还能继续保持一往无前的势头吗?当下的上海年轻一代,还有多少人可以像老上海人一样不怕吃苦,勇于奉献并且开拓创新?

如果夏常不是两次创业失败,憋了一口气非要证明自己,他也想躺平。虽然自家不算富裕,房子只有一套,但他也确实什么都有,他不需要奋斗就可以活下去，哪怕不是活得很好。

想到这里，夏常忽然觉得有问题要问："于时，我记得你是北京人？"

于时点头："正宗北京人。想吃老北京冰糖葫芦就和我说，保证能帮你买到最地道的。"

夏常直接过滤了于时后面的话，问道："你为什么来上海？好吧，更准确地说，为什么要来临港？"

"这可就说来话长了，你有耐心听我从头开始说？"于时背着手，原地转了一圈，"我可是话痨。"

夏常看了看时间说："还不到10点。我平常都是10点开始准备睡觉，10点半上床。今天就破例11点睡觉了，你有半个小时的时间。拣重点说，别扯太多没用的。——对了，你是哪里人，小与？"

杨小与嘻嘻一笑："深圳人。深二代。"

"我可是要说了……"于时摆出了长谈的架势，"自从建立深圳特区、上海浦东新区之后，国家又设立了雄安新区、海南自贸港以及上海临港新片区。从大的形势来说，新的机遇与挑战摆在了我们90后的面前。总有人认为，90后乃至00后是躺平的一代，是错失机遇的一代。我不这么认为，一代人有一代人的追求，也有一代人的宿命与机遇。60后和70后赶上了改革开放，80后遇到了深圳崛起、浦东开发和综合国力的飞速上升。90后有雄安新区、海南自贸区和临港新片区。每代人都不缺机遇与挑战，缺的是抓住时代潮流的眼光和勇气！我有冒险精神，喜欢看着一片荒芜的地方慢慢成长为繁华之地。临港的蓝图就绪，各项基础建设差不多准备就位，正是我的专业可以大展拳脚的时机，所以我就来了。个人的兴趣与志向正好契合国家的需要与临港的发展方向。最好的事情就是你需要的我都有，我想做的你都准备好了。"

等了一会儿，见还没有下文，夏常问道："就这？说完了？不是说你要长篇大论吗?"

"还不够长吗?"于时哈哈大笑,"你对我有误解,对我来说,超过三句话就算是长篇大论了。"

"你呢,小与,为什么来上海,尤其是来临港?"夏常放过了于时。

"我来上海的出发点就很简单啦,在上海上的大学,毕业后就留下来了。虽然上海的气候比深圳冷,冬天让人难以忍受,但上海的冬天很短。还有一点,上海更有文化底蕴,更有文艺气息。然后……"杨小与想了一想,笑了,"然后上海还有我喜欢的人,就没有了。"

次日一早,夏常刚到办公室,于时、杨小与和林工博就到了。

林工博头发很长,且乱,戴一副黑框眼镜,是一副标准的技术宅男的形象。他先是向夏常介绍了自己的经历,又简短说了说他和胡沧海的短暂婚姻。

"沧海很有特色和个性,我一见面就被她吸引了。认识了不到三个月,她说结婚我们就结了。结婚后才发现我和她有太多理念上的冲突,没有办法调和,就像集成电路中绝缘的两极。离婚也是她先提出来的。"

夏常太了解胡沧海了,问道:"分财产了吗?"

"分了一半。"

"其他方面的好处呢?"

"其他方面……好像没有什么好处了。"想了一想,林工博才又恍然大悟,"她通过我拿到了上海户口。"

这就是了,胡沧海看似任性随意之下,其实事事都有规划,是一个表面个性粗犷实则内心细腻的人。

在进一步了解了林工博的诉求后,夏常和于时陪同林工博、杨小与前去选址。

临港有很多特色产业园,比如生命蓝湾、东方芯港、大飞机园、海洋创新园、信息飞鱼等。

每个产业园的定位各有不同,因为林工博的公司以集成电路为主,所以他就选定了东方芯港园区的一处办公地点。那里离黄括的颜色科技所在的信息飞鱼园区,直线距离超过了5公里。

中午,夏常代表人工智能研究院请林工博吃饭。饭间,二人聊到了人工智能的发展方向。林工博的状态比刚来时好了许多,他慢热,但还是被夏常的热情与认知感染了,滔滔不绝地谈起了他对人工智能的看法。

"类脑芯片的架构是未来的主要研发方向,谁最先在类脑芯片上面获得突破,谁就掌控了未来的科技密码。类脑芯片的应用十分广泛,从最简单的脑机接口,到植入后辅助大脑,等等,类脑芯片几乎可以无所不在。夏常,你对类脑芯片的看法和我非常相似,为什么不创业做一家类似的公司呢?相信你一定可以成为行业的引领者。"

夏常连连摆手:"不不不,理论与实践操作是两回事儿,我可能只擅长做技术上的探讨,并不适合做研发和创业。"

"先打断你们一下,类脑芯片到底是什么东西,又有什么用处?你们说了半天,我都没有听明白。"于时像个学生一样举起了右手,"如果你们不能说服我一个终端产品的使用者,你们所谓的未来技术,就只能一直存在于未来,而不是当下。"

林工博想了想,挠头一笑:"我说不来,没办法用简单明了的语言解释,还是你上吧,夏常。"

夏常瞪了于时一眼:"能不捣乱吗?我们正在聊最专业的部分,你一个外行就不要插嘴了。"

"我这是为了你们未来的产品着想,对于高端的科技来说,所有使用者都是外行。只有让外行都可以便捷使用的技术才是有用的技术,不是吗?"于时故意用话语来刺激夏常,"你不是一直自称是实用主义者吗?你从实用的角度出发,告诉我类脑芯片可以应用到哪些地方和场景。"

夏常被说服了，想了想说："这么说吧，类脑芯片架构是一款模拟人脑的神经网络模型的新型芯片编程架构，这一系统可以模拟人脑的感知方式、行为方式和思维方式。有人说，ASIC（专用集成电路）是人工智能芯片的一个主要发展方向，但真正的人工智能芯片未来发展的方向是类脑芯片……"

第 9 章
类脑芯片

"停，停！打住！"于时马上叫停了夏常，"不要讲专业术语！不要讲专业术语！都说过了我是外行，如果我说规划方面的专业术语，你也会听得云山雾罩，信不信？"

"别打岔。"夏常不理于时的抗议，继续说道，"现在使用的计算机基本上都是遵循冯·诺依曼结构体系。它的核心架构就是处理器和存储器是分开布局的，所以才有了CPU（中央处理器）和内存。而类人脑架构是模仿人脑神经系统模型的结构，因此，CPU、内存、通信部件等都集成在一起，形成类人脑的巨大芯片组，至于发热问题、内存条微型化问题等，人类最终会找到解决方法。"

夏常见于时听得目瞪口呆，不由得笑了："我得先简单普及一下相关知识，才好深入浅出地告诉你类脑芯片能干什么。简要言之，所谓类脑芯片，就是可以像人类大脑一样工作的芯片，一个芯片可以解决许多芯片才能胜任的工作。不但发热量低，而且耗能低、速度快。"

于时点了点头："明白了，多快好省，以一当十，对吧？"

夏常第一次对于时表示赞同："对，太对了。只有把芯片高度集成，并且大幅降低能耗，做小做强，才有可能植入人脑之中，成为人脑的一部分而不引发排异。"

"啊！"于时惊呼一声，下意识地摸了摸自己的后脑，"植入人脑？那不是成了机器人了？多残忍！你们是不是想用一个芯片控制全人类？"

"想哪里去了，看你长得挺阳光的，居然喜欢阴谋论！"夏常对于时的说法嗤之以鼻。

"那我就不明白了，好好的为什么非要往人脑中植入芯片？对人类有什么帮助吗？"于时提出了强烈的疑问。

夏常和林工博对视一眼，笑了。

夏常解释道："有些身体有残疾的人，如行动不便、半身不遂、失明或智障的人，是由于大脑局部受到了损害，或是传输神经出现了问题。如果有一个芯片可以植入大脑并修补损伤的部分，就会让患者重新获得行动能力、重见光明或者提升智力，你说对人类有什么帮助？"

"我不知道才问的嘛，凶什么凶？"于时嘿嘿一笑，带了几分自嘲，"还有呢还有呢？除了帮助身体有缺陷的人之外，对正常人又有什么用？"

"如果拿你来举例子，我要在你的大脑中植入一个芯片……"夏常站了起来，绕到了于时的身后，在她的脑袋上比画，"比如植入语言功能区，在芯片中安装英语表达系统，你就可以流畅而熟练地运用英语和别人交流了。"

"哇，这么厉害？"于时很配合地惊呼一声，然后一脸委屈，"可是，我的英语水平很好，不用植入芯片就可以和别人无障碍交流。"

夏常气笑了："我只是打个比方，也可以植入别的语言。"

"还有呢？"于时连连点头，"有那么点意思了。"

思索片刻，夏常猛然笑了："你可以这样想象，你通过意念就能控制手机、电脑及其他电子设备。一个类脑芯片就可以承载你所有的需求，并且永不断电永远在线，你说未来类脑芯片的前景是不是很广阔？"

于时猛然站了起来，热血沸腾地说道："黄括真没远见，这么好的项目他不投入，非要去做自动化设备的开发！工博，不如你的公司转型研发类脑芯片吧。如果我理解没错的话，类脑芯片其实和集成电路是同一类产品，只不过类脑芯片要求更高技术更先进，对吧？"

林工博尴尬地咳嗽几声："有相通的地方，但不是一个方向。如果转型，需要调整的技术方向太多，需要攻克的技术难点也太多。"

"不怕，有夏常在，还有我，还有小与，我们一起帮你。"于时被类脑芯片所能带来的美好前景打动了，激动不已，"等芯片研究成功了，先给我植入一片，我要修补我的五音不全，要成为麦霸和歌王，一张口就震惊所有人！"

"目标这么远大？"夏常讽刺于时。

于时丝毫不觉得被伤害："对，对，就这么容易满足。当然了，除了能当上麦霸之外，如果还能瞬间提升我的驾驶水平，那就更好了。"

林工博有一说一："恐怕要让你失望了，类脑芯片就算可以成功地植入大脑之中，短时间内可以提升人类的记忆力、学习能力，但只包括理论体系，不包括实操技能。否则，植入了特工训练程序你就能瞬间变身为特工吗？植入了赛跑程序你就能变成运动员吗？不会的。"

"是的，不会的。"夏常接过话头，"需要肌肉训练的技能，必须还要实际操作之后才能练出肌肉记忆。你五音不全可能是硬件缺陷，天生的不足，植入芯片也没有办法解决。"

"这么没用的吗？连个五音不全都拯救不了。"于时生气了，"还说是最高的科技，不知道能不能改变基因，让秃顶的人恢复一头浓密的头发。如果不能，就是没用的技术！"

几人哈哈大笑。

下班时，夏常正在整理文件，突然有人敲门进来了。夏常以为是韩剑南，头也没抬："下班了主任，工作都处理完了，今天不加班。"

"老班长，是我。"黄括大步进来，身后跟着胡沧海，"晚上一起吃饭？"

夏常不想去，直接拒绝了黄括："有约了。"

"跟谁呀？于时还是杨小与？要不就是林工博？"黄括点出了几人的名字，"没关系，都一起，我请客。"

"不是他们，是莫何。"消息够灵通的，才接触上林工博就被黄括知道了，于是夏常就随口说道，"莫何打算来新片区成立一家以研发类脑芯片为主的人工智能公司。"

莫何原本是黄括公司的一名工程师，来自河北，人踏实能干，做事认真。他因为坚持认为类脑芯片才是未来人工智能发展的主流方向，在和黄括有过几次争执后，被黄括辞退了。

黄括大笑："莫何要开公司？别闹了，就凭他的能力谁会投资他？他就是一个不切实际的理想主义者，成天想的都是怎么做出一款产品一鸣惊人成就自己，而不是从商业的角度出发，研究能造福大众的技术和产品。"

夏常依然没有好脸色："还有事情吗？"

黄括呵呵一笑："行，行，就算是和莫何一起吃饭也没问题，我请客，一起，一起。"

"他不想和你一起。"夏常被黄括纠缠得头大，悄悄给于时发了一个消息，"快来我办公室，江湖救急。"

"别这么小心眼，工作上的事情，有分有合才正常。以前的事情都过去了，现在，我们要一起面向未来。"黄括试图说服夏常，"夏常，我是真心想和你和解，寻求一个双方都满意的解决方案。"

此时门一响，一个人风风火火地冲了进来，一进门就大喊："夏常，发生什么事情了？需要我江湖救急的话，没问题，只要你请我吃饭就好。"

话说完，于时才发觉不对，不好意思地一吐舌头："草率了，仓促了，不好意思，重来一次。"

说完，于时转身出去，又推门进来："夏常，有个事情需要和你对接一下，下班后得加个班，没问题吧？"

于时一本正经的假装，把黄括和胡沧海都逗乐了。胡沧海笑得前仰后合："于时，你能不能认真点？我们在聊正事！"

"我很认真的，确实有工作需要夏常配合。"于时拿出一份文件，"经过我的劝说和鼓励，林工博决定扩大奔涌科技的研发方向，除了集成电路之外，增加了人工智能的部分，并且邀请莫何加入了奔涌。"

真是一个天大的好消息，夏常开心地一拳砸在桌子上："好事，值得庆贺。好，现在我有时间了，黄括，今晚请我们吃什么？"

"你们？"黄括心里泛酸，他来找夏常就是为了奔涌科技而来，没想到林工博还是决定要和他正面竞争了，"你们都有谁？"

"我、于时还有莫何。"夏常对于黄括的失魂落魄很是得意，故意加码，"如果你愿意，还可以再加上林工博和杨小与。"

"不叫他们。我不想见他们！"胡沧海立刻回应道。

第 10 章
于公于私

一个小时后，一行五人来到了位于古棕路口的一家私房菜。

既然是黄括请客，夏常就不客气了。当黄括让夏常选地方时，夏常将光荣而艰巨的任务交给了于时。于时没有辜负夏常的期望，选了附近最贵的一家。

莫何中等个子，方脸浓眉，乍一看并不帅，但非常耐看，属于越看越有味道的类型。他和林工博一样属于内敛沉稳的性格，只不过他比林工博更多了一些从容的气质，不那么像技术宅男，也不像黄括那么油头粉面。可以说，莫何很好地中和了黄括和林工博的优点。

夏常和莫何认识多年，很认可莫何的为人，在人工智能的发展方向上，他和莫何也有许多共同观点。莫何离开黄括公司后，听说一度去了北京和深圳。现在他回到上海，又加入了林工博的公司，这让夏常大为欣慰。

席间，夏常坐在莫何身边。"真去北京和深圳了？"

莫何点头："说来话长……是去了北京和深圳一段时间，以为可以适应，却还是想念上海的氛围。没办法，只好回来了。刚回来就听说工博要成立新公司，并且要加大对人工智能的研究，正好他也联系了我，我们一拍即合。更让我想不到的是，你居然进了研究院工作。研究院是我向往的地方，既可以接触到最前沿最先进的技术，又可以和最有活力创意的公司对接，等于你掌握了人工智能从理念到研发的全阶段情况。"

夏常一瞬间自豪起来了！再一想，莫何说得还真对，他现在确实起到了桥梁的关键性作用，最主要的是，他本身是工程师出身，懂技术和市场，又掌握着一定的资源，就是说，目前的工作对他来说可能是最合适的岗位。

原本只是为了兑现对父亲的承诺，干满三个月试用期就走人，突然被莫何这么一说，夏常油然而生一种舍我其谁的豪迈。

"真的很羡慕你，夏常。"莫何抱住了夏常的肩膀，"等我加盟了奔涌科技，肯定有许多需要你帮忙的地方，到时可不要推脱。"

"不怕你麻烦我，就怕你没有难题要我解决。"夏常开心地抱了抱莫何的肩膀，随后看向了黄括，"黄括，可以说事情了，让我看看你的诚意到底有多少。"

黄括和胡沧海坐在一起，也别说，他们看上去还真有点般配。

黄括举起了酒杯："别急，先喝酒。今天在座的除了于时之外，都是老同学、老朋友、老熟人，就不虚伪客气了。来，我先敬大家一杯。都在酒里了！"

黄括一饮而尽，胡沧海也喝完了，莫何喝了一半，于时抿了抿嘴唇。

夏常都没端酒杯："只说吃饭没说喝酒，我戒酒了。"

"什么时候戒酒了？"黄括惊讶。

"就刚才，就现在，就从见你的一刻起。"夏常一点儿面子也不给，"有事说事，别铺垫。"

"行，行，你说了算。"黄括一脸无奈，却还是听话地放下了酒杯，"由于我们太熟悉了，认识也太久了，有些事情你不好开口，我也不好意思说。正好沧海加入了公司，她现在是公司的副总兼财务总监，关于对你的补偿和解决方案，就由她来和你对接，可以吧？"

夏常不动声色地笑了："行，别管是谁和我对接，只要真心解决问题，拿出应有的态度就行。我当初在公司是技术入股，只有分红权没有投票权。把我赶出公司，至少也要谈谈分红的事情，对吧？"

胡沧海看了看于时，又看了看莫何："夏常，你确定要在他们在场的情况下，谈解决方案？如果你不在意，我也没意见。"

莫何站了起来，要出去。于时却坐着不动，一脸浅笑着喝茶。

"我不介意他们在。毕竟你们人多势众，他们在，也好给我打打气。"夏常故意示弱，让莫何坐下，"说吧，我听着呢。"

"行。"胡沧海拿出了一份文件，"当初你以技术入股，在颜色生物科技持股10%，只有分红权没有投票权。公司自成立以来，年年亏损，期间黄总数次增资，按说应该稀释你的股份。但黄总念旧，讲感情，就没有这么做……实际上按照几次增资的比例计算，你所持的股份应该降低到1%左右才符合常规。"胡沧海继续冷着脸，"公司搬到了临港新片区后，决定增加类脑芯片的研发，初步估算，需要追加投资一个亿，按照1%的股份计算，夏常，你是跟投100万，还是退股保平安？"

这就是黄括有诚意的解决方案？如果说之前是先把他从职务上扫地出门，现在就是从股权架构上彻底把他清理出去了？够狠够硬！夏常本来很气，忽然就笑了："明白了，我的股份让出来后，就到你的名下了，对吧，沧海？"

"你真聪明。当年喜欢上你，就是因为你的聪明。后来和你分手，也是因为你太聪明了。"胡沧海得意地笑了，"你让出股份，既成就了你，也成全了我，还化解了你和黄总的恩怨，一举三得，何乐而不为？君子有成人之美……"

莫何气呼呼地站了起来："黄括，你太过分了！欺人太甚！当初你把我扫地出门，我就不说什么了。夏常可是和你一起创业的合伙人，你这么对他，还有良心还有人性吗？"

"过奖,过奖。"黄括毫不生气,笑嘻嘻地说道,"生意是生意,良心是良心,不能混为一谈。白纸黑字的合同,写得清楚,愿赌服输。我没让夏常按照比例追加投资,就已经很有人性了。"

"怎么样夏常,对解决方案还满意吗?"

于时抿着嘴唇捧着茶杯,暗中观察夏常的反应,心想夏常如果不同意的话,非要闹,她等下肯定是要持中立的立场。但她还是在内心为夏常打抱不平,黄括的条件太苛刻了,完全就是摆明了要让夏常双手空空地离开。换了是她,她肯定不干。毕竟付出了那么多,到头来一无所有不说,还让对方占据了道德的制高点,她才咽不下这口恶气,非得闹一个天翻地覆不可。

以她对夏常的了解,恐怕夏常也得闹个没完,不会善罢甘休!

"满意,非常满意!"出乎所有人意料的是,夏常愣了一会儿之后,满面笑容地一口答应了,"行,就这么着吧,你们出协议,我来签字。"

黄括和胡沧海都不敢相信自己的耳朵。

黄括站了起来,他原本打算要打一场硬仗,不承想第一个回合夏常就投降了:"夏常,你真的没意见?"

"你想我有什么意见?"夏常依然笑得很灿烂,"不同意?耍赖不签字?哭着闹着要赔偿?所有的不满说到底不就是因为觉得待遇没到位钱没给够吗?我当初和你成立公司,并不是单纯地为了钱,而是为了实现自己的抱负。抱负,有时体现在金钱上,有时体现在成就和认可上。我不是说我有多高尚多了不起,但我更愿意我的成就是因为类脑芯片的研究,是人工智能的突破!"夏常转身看向了莫何,"莫何,我要和你一起加盟奔涌科技,我会免费担任奔涌科技的技术指导,把我关于类脑芯片的所有研究都无偿赠予你们,希望你们能够获得关键技术上的突破。"

胡沧海惊呆了:"夏常,你是傻子吗?为什么要无偿为他们做事?"

"有些事情想要做成,总是需要一些傻子做一些在外人看来很傻的事情。"夏常不是受到了刺激，而是想通了许多事情，"我原本还想在研究院干满三个月就辞职，也算是给父亲一个交代。现在我改变了主意，我要在研究院一直干下去，尽我所能帮助人工智能公司发展与进步。"

"这是受刺激了还是受启发了？"胡沧海一愣，嘲笑夏常，"研究院能赚几个钱？你要是一直干下去，怕是连老婆都娶不上，哈哈。"

莫何用力握住了夏常的手："早就等你这句话了，好，有了你的帮助，相信工博和我的公司可以大步前进，很快就能有研发成果出来！我现在就有一个想法想和你交流一下，要不要聊聊？"

"好！"夏常当即点头，"走，去我办公室。"

黄括惊呆了："不吃饭了？"

"不吃了。"

"你退股的合同细节还没有商量呢！"

"不用了，你拟好合同，我签字就是了。"夏常挥了挥手，说走就走，连于时都被扔到了一边。

于时却没有跟随夏常离开，而是继续吃东西。

黄括笑问："于时，你站谁？"

"于公，需要我配合的工作，我一定尽力，不管是对你还是对林工博。于私，如果你非要请吃饭，我又恰好饿着肚子，而且还有时间，就一定赏光。"于时说得很轻松随意。

"于私如果是对林工博呢？"黄括似笑非笑。

第 11 章
相　亲

"我和林工博不是很熟，但和小与熟。工博通常不会请人吃饭，他没那闲情雅致，也不是一个喜欢疏通关系的人。"于时打了一个巧妙的太极，放下筷子，摸了摸肚子，"吃好了，你们继续，我先走了。谢谢你们的款待，再见。"

黄括和胡沧海坐着没动。

于时走后，黄括的脸色阴了下来："没想到把夏常逼到林工博的阵营中了，失算。早知道应该再缓上一缓，我们还是太急于求成了。等于是我们逼夏常加入了对手的阵营。"

"不急也不行，公司马上要引进新的投资人，如果夏常的股份还在，公司升值的话，他等于坐享其成了。不行，必须得把他清理出去。"胡沧海冷笑不断，"怕什么，他就算和林工博联手，也不是你的对手。他们两个人，一个木讷得像木头，一个固执得像石头，他们能做出什么大事？钻木取火？哈哈，别担心，木头和石头再优秀，也变不成黄金。没有人比我更了解夏常和林工博了。毕竟，他们一个是我的前男友，一个是我前夫！"

黄括忍不住笑了："你真行，一网打尽两个高手。我在上海也认识不少人了，还没有一个人像你一样有这么高明的手腕。"

胡沧海脸色一变："瞎说什么大实话？我不是手腕高明，只是真心对人罢了。我当年可没有骗他们！"

"对我也一样？"黄括戏谑加挑衅。

"对你不一样。"胡沧海温柔一笑，"对他们可能只用了60%的感情，对你，用了120%，耗尽了我的全部。"

黄括满意地点头："接下来我们可能要正面和奔涌科技竞争了。园区有优惠政策，更有扶植政策。优惠政策是普惠政策，只要是入驻的企业就都有。扶植政策，就只向同一个门类中的最优秀的一家倾斜了。如果奔涌科技和我们的研发方向相同，最终扶植哪一家，就会在两家之中二选一，那就要看谁的研发成果更先进更有代表性了。"

"我有一万个信心打败夏常和林工博。都说三个臭皮匠顶个诸葛亮，扯淡！三个臭皮匠还是三个臭皮匠，永远顶不了半个诸葛亮。同样，两个窝囊废加在一起，难道就变成勇敢者了？肯定不会。"胡沧海咬了咬牙，一脸坚定，"放宽心，黄括，有我在，夏常和林工博就算联手，哪怕有于时和杨小与，好吧，再加一个莫何，也是白忙。"

黄括连连点头："你就是我的人间至宝。"

和莫何谈了一个小时，极度兴奋之下的夏常回到家时，已经晚上十点多了。平常他都是一下班就回家，今晚是难得的例外。

他一进门就觉得气氛不对，客厅的灯全亮，父母端坐在沙发上，一副审视的表情。

"你们是要离婚还是要离家出走？别这么吓人。"夏常上来就有意缓和气氛。

父亲面无表情："别以为打马虎眼就能糊弄过去，坐下，老实交代问题。"

父亲年轻时闯荡海南，后来开发浦东，走南闯北不说，还结识了许多全国各地的朋友，有时说话就会不自觉地带着各地的语气习惯。

夏常老老实实地坐下："交代什么问题？一没偷二没抢三没上墙，

还能有什么事情值得惊动父母大人呢？"

"少贫嘴，听你爸说。"母亲及时出面维护父亲的尊严。在大事上，父母从来都是保持高度一致。

"你是不是又和胡沧海见面了？"父亲轻轻咳嗽一声，是加重语气外加提醒夏常慎重对待的意思。

"又"字用得好，夏常差点上当，忙解释："哪里有又？五年了，就才见了一面。你们别多想，她结婚了。"

当初夏常和胡沧海谈恋爱，父母坚决反对。尽管反对的原因不同，但目的却完全一致。

父亲反对的原因是他觉得胡沧海嘴唇太薄脸上肉太少，是刻薄之相，没福气。母亲反对的原因就科学多了，她觉得胡沧海是外地户口，虽然上的是上海的名牌大学，但想要落户上海也没那么容易。从门当户对以及生活习惯的方面考虑，她强烈建议夏常找上海女孩。

不管是父亲的迷信还是母亲的科学，他们的坚定反对，让夏常和胡沧海的恋爱充满了斗智斗勇的过程。事后想想，如果不是父母的坚决反对，他和胡沧海的恋爱也许还持续不了那么久，说不定半年就结束了。

偏偏是父母的反对激发了他的逆反心理，他就非要带着胡沧海来家里不可，就想让父母认可他的眼光和选择。从小到大，父母总想决定他的一切，吃饭穿衣也就算了，上学报志愿、谈恋爱、结婚、找工作，为什么事事都要顺着他们的心？

他是独立的个人，他生下来是为了活出自己，不是为了完成他们没有完成的事业。

"结婚了呀？"父亲长出了一口气，"结婚了好，你就没什么想法了。她那个样子的都结婚了，你怎么还单身？你也不好好反思一下自己到底哪里出了问题吗？"

又来了，父母只要有能敲打他的机会就会不遗余力地出手，夏常也就没好气地说道:"又离了。"

"啊?!"父亲差点噎着,"不行,绝对不行。以前我就不同意你们在一起,现在她都离异了,更不可能同意了。夏常,你要是敢找一个离婚的女人,信不信我一分钱都不会留给你?"

"那么问题来了,爸,你到底有多少财产?先透露下,我好心里有数,根据咱家的实际经济情况来找相应级别的女朋友,也好提高命中率,不是吗?"夏常当即顺势说道。

"滚!"父亲气笑了,"只有在我咽气的前三秒,你才会知道家里有多少钱。"

"儿子,爸妈不是和你开玩笑,真的不能和胡沧海复合,她不是善茬。"母亲苦口婆心,总是会在关键时候以红脸的形象出现。

以前夏常不相信父母对胡沧海武断的判断,现在发现老人们用人生阅历积累的经验,并非全无可取之处,确实,胡沧海不是良人。

"就算我想复合,人家还看不上我呢。现在人家攀了高枝了。"夏常既是自嘲,也是想让父母放心。

不料父亲却非要问个清楚:"谁?还有谁会看上她?"

"黄括!"夏常只好实话实说。

哐当!父亲的茶杯失手落地,他张大了嘴巴:"黄括啊?还真是黄鼠狼遇狐狸、老鼠遇大米,什么人遇到什么人。"

母亲也笑了:"好,真好。"又想起了什么,脸色微微一变,"你说黄括和胡沧海那样的人都能找到对象,你为什么就不能呢,儿子?是你长得太丑了,智商太低了,个子太矮了,还是收入太差了?都不是。你不会是有什么心理问题吧?"

"妈。"夏常想笑又笑不出来,"我以前谈过正经八百的恋爱好不好?现在不谈,是没遇到合适的。"

"是不是也想谈?"母亲又追问了一句。

为了让父母相信他心理和生理都正常，夏常忙说："想，想得很，当然想。"

"想就好。"父亲含蓄而自得地一笑，"既然你想，爸妈就为你安排了相亲。明天上午，去见见孙照。"

完了，又上当了，父母一唱一和的水平见长，以前他还能抵挡几招，现在总是不知不觉中就掉坑了。原来前面的部分全是铺垫，就是为了让他无话可说，必须去相亲。

好吧……夏常心里苦，却有苦说不出："孙照是谁？"

"和你从小一起长大的照照啊，你不记得了？"母亲想要打开夏常的记忆，"最早我们还住在黄浦的时候，她家和我们家一个里弄。有一天你在下面玩耍的时候，她还在上面的阁楼倒了你一头洗脚水。你就骂她，她不服气，说大不了长大给你当媳妇。"

这都多少年前的陈芝麻烂谷子的事情了，夏常反正是记不起来孙照的模样了，却依稀有这么个印象，知道有这么个人。见就见吧，父母既然安排好了，又费心费力地演了这么一出，他多少得给点面子，不过他还是强调道："我明天下午加班，只有上午有时间。"

次日，一早起来，夏常就在父母的带领下，穿着整齐，并且刻意打扮了一番后出门了。

相亲地点定在了离家不远的一家名叫"任他明月下西楼"的咖啡馆。

周末，又是早上九点，人不多。一进门，夏常就注意到了正对门口坐着一家三口。长辈是和自己父母差不多的年纪，从穿衣风格以及背着的名牌包包来看，生活水平应该比自家高出一大截。

坐在中间的女孩应该就是孙照了吧？夏常心中咯噔一下，到底是家庭条件好，多年未见，女大十八变，如果不是事先知道她是谁，在大街上遇到，打死他都不敢认。

第 12 章
女大十八变

夏常记忆中的孙照是一个瘦小的黄毛丫头，平时总穿一身永远大一号的宽大衣服，黄黄的头发微卷，蜡黄的脸色。按说在 20 世纪 90 年代中期，生活水平已经提高了，不应该出现饿得面黄肌瘦的情况。但也许是她消化不良，又也许是别的原因，反正在夏常的固有印象中，孙照长大后应该也是一个瘦瘦高高的姑娘。

眼前的孙照，跟瘦瘦高高相差了十万八千里，她身高差不多一米六，体重应该有一百六十斤。最可怕的是，她的面前摆了一大堆食物以及三杯咖啡，她正吃得飞快喝得畅快。

夏常想跑，却被眼疾手快的父亲一把拉了回来。

"以貌取人是庸俗的。"父亲小声警告他。

好不容易挪到了孙照一家三口面前，努力热情地打过招呼后，夏常勉强半个屁股坐在了座位上，做好了随时开溜的准备。

孙照自始至终都没有抬起屁股，只抬起眼皮斜了夏常一眼："夏常，你和小时候一样瘦，是不是不好好吃饭？多大的人了，还挑食。你是不是不记得我了？没关系，我也记不起你了。如果不是爸妈非说要和你见个面相个亲，我才懒得来。以前在里弄住的小伙伴，没几个有出息的，配得上我的更是一个都没有。"

父母在一旁只能讪讪一笑，很无奈又不敢发作的样子。

夏常点了点头，诚恳说道："是，我承认我配不上你。要不我们先这样？"

"别呀。"孙照不肯放夏常走，"你配不上我是事实，但我可以迁就你，可以下嫁。我又不势利，我是一个宽容、随和并且大度的人。"

"行……吧。"夏常只能手足无措地喝了一口咖啡，"聊聊？"

"聊聊。"孙照喝了一口咖啡，又吐了回去，"太难喝了，跟洗脚水似的。我原本只喝星巴克的，只有星巴克才配得上我的身份，可是爸妈非说这里离你家近，为了迁就你，我也只好勉为其难了。"

好吧，夏常想说星巴克的咖啡是快消品，这家是手工磨制的，想了一想又算了，跟她讲那么多既浪费口舌，又自讨没趣。

"这些年你谈过几次恋爱了？"孙照又打量了夏常几眼，从他的脸上到身上，再到衣服、鞋子和手机，暗中还盘算着价格，"应该一次也没有吧？以你现在的条件，也不可能会有女生看上你。"

夏常立即明白了什么，说道："你也是一次也没有谈过吗？理解，可以理解。像你这么优秀、杰出、独一无二的女生，确实世间少见，配得上你的男人估计还没有出生。"

"别这么说，我知道我是遗世而独立的绝代风华，很多年来一直体会着高处不胜寒的清冷。但又能怎样？我总不能怨恨自己的优秀而非要让自己变得平庸吧？也是怪了，你说世界上那么多优秀的英俊的专一的男人，为什么我总是遇不上一个呢？我不贪心，只想遇上一个，一个就行！"

夏常没说话，心想这位肯定是电视剧看多了，被洗脑了，以为生活中处处都是有钱又闲得发慌、英俊又禁欲的霸道总裁，随时会降临到她的身边，给她一次惊天动地的爱情，直到地老天荒。

夏常没忍住，笑道："肯定是看剧看多了，你不知道电视剧中的逻辑和生活中的实际情况，正好是两个方向吗？"

"知道，当然知道了。"出乎夏常意料的是，孙照很清楚现实的模样，"正是因为现实中找不到既英俊又有钱还专一的好男人，我们女生才爱看剧，才会从剧中寻找感觉。如果现实中到处是优质男人，我们怎么会傻呵呵地把希望寄托在电视剧里面？"

夏常不由得又瞄了孙照几眼，从他的角度出发，如果他真的既英俊又有钱还专一，他肯定不会选择眼前的这位，于时倒是可以考虑一下。虽然于时爱和他争论，还固执，并且总是自以为是，至少于时认真踏实，活在现实里而不是天天做梦。

不对不对，他是在相亲，不是工作，和于时有什么关系？为什么会想起她？似乎是哪里不对？

"是不是被我优秀的品质吸引了？这才哪儿到哪儿，我展示的才是我的冰山一角。"见夏常沉默不语，孙照以为夏常被她吸引了，"等继续接触下来，你会更加欣赏我的。"

夏常的父母赔着笑，孙照的爸妈一脸高傲。

夏常觉得别扭："爸妈、叔叔阿姨，要不你们出去走走？"

父母领会了夏常的意思，刚要站起来，孙照爸爸严肃地摆了摆手："不用了，我们得先替小照把把关。虽然你从小就认识，但这么多年没见，谁也不知道都经历了什么。当年我们一起住里弄的老邻居们，有的坐牢了，有的出国了，有人混得很差，只有很少的人发财了。"

"像爸妈一样抓住了时代的机遇坐上了时代飞速发展列车的人，不多。"孙照突然就说了一句很有格调的话，"我特别佩服他们，他们最早靠拆迁赚了一笔钱，没有学别人去炒股，也没有存进银行吃利息，而是拿去办厂子。他们先是在苏州开了轴承厂，后来又开了自动化机器人厂，现在每年都有十几个亿的销售额……"

在这一点上，夏常确实要高看孙照爸妈一眼，他们借当年政策的东风，拿到补偿款后没有去炒股，而是去做实业，直到今天，实现了财富自由，实属难得。不少和他们一样的拆迁户，不是买了房子就是去投资，其中一半返贫，剩下的一半中，三分之一负债累累，三分之一倾家荡产，三分之一还能保持着中等偏上的生活。只有不到百分之一的人借助第一桶金起步，成就了一番事业。

"叔叔阿姨是同龄人中的楷模，踩对了时代的鼓点，紧跟时代潮流，是我学习的榜样。"这句话是夏常发自肺腑的真心话。

听了这句夸赞的话，孙照爸妈的脸色才稍微缓和了几分，孙照妈妈姜一叶问道："听说你学的是人工智能，倒是和我家的产业有可以结合的地方。如果你和孙照在一起了，你得来公司工作，负责技术，行不？"

想得还挺长远，夏常只好假装谦虚："我怕我不能胜任，我只是有理论基础，没有实践经验。"

"听说你对类脑芯片有研究？"孙照爸爸孙飞天问道。

"谈不上研究，了解一些。"夏常继续保持着谦虚谨慎的作风。

"你这么年轻，有研究才怪了，顶多也就是皮毛。类脑芯片是未来，但现阶段还是太复杂太先进了，就算能设计出来架构，国内也生产不了。年轻人，别好高骛远，要埋头苦干，从最基础的地方做起，才能成长起来。"

夏常连连点头："孙总说得对。不过事情要从两方面辩证地看待，现在中国正在奋起追赶与世界先进水平的差距，基础工作需要有人做，高端的理论研究也需要有人来做，只有双管齐下，齐头并进，才能有赶上和超越的可能。如果不打好扎实的理论基础，等基础制造业追赶上来之后，我们还会停滞不前。现在国家正在向智能制造转型，孙总可以把厂子开在苏州，技术部门放到临港新片区。如果有需要，我还可以帮忙对接其他人工智能的公司，强强联手。"

孙飞天摆了摆手："不用，你们年轻人玩的都是概念，不落地，我不相信你们所谓的理论和最新技术。不过在临港新片区开设一家分公司，我有想法，前期也做好调研工作了。"

"太好了，我代表人工智能研究院欢迎孙总。"一谈到工作，夏常立刻进入了状态，站了起来，向孙飞天伸出了右手。

孙飞天却拒绝了夏常伸来的欢迎之手："工作上的事情先往后放放，今天只谈相亲。说吧，你对孙照满意不？"

"不……"夏常支吾一句，见父母眼神不善，话到嘴边又改成了，"不知道，刚见面，还不够了解。主要是不清楚孙照对另一半的要求是什么，我估计没有达到她的要求。"

"我的要求不高……"孙照示意夏常转个圈，"你有一米八，虽然没有达到我一米八五的标准，但身材还不错，念在从小青梅竹马的感情上，勉强可以接受。"

别，从小是认识，但不到十岁就分开了，远远算不上是青梅竹马，夏常想否认，见母亲的眼神犀利，只好又沉默了。

"对了，你有多高？"夏常下意识问了一句，话一出口就又后悔了。

"自己人，不说假话，净身高一米五八。"孙照面不改色，"穿上高跟鞋能到一米六三，再梳个头发能到一米六七，我对外报一米六八不算过分吧？"

不算，不算，报一米七八才算过分，夏常暗笑。

第 13 章
不是一路人

"其实我只有五个硬性要求：第一，身高一米八五；第二，上海户口；第三，年薪百万；第四，英俊不凡；第五，名校硕士。"孙照扳着手指说道，"第一点，你勉强达到。第二点，你没问题。第三点，估计还差了不少，听说你月薪不到两万？第四点，你长得不难看，但离英俊不凡还差很多。第五点，你才本科学历吧？"

夏常低调地点头："正在读在职硕士，估计明年能拿到毕业证。这么算来，我有好几个条件达不到你的要求，真的配不上你，耽误你的时间了，不好意思。是我的错，我自不量力……"

"别这么说。知道自己有差距，也算是一种优秀，我很欣赏你的坦诚。可以给你一次机会，只要你足够用心地追求我，说不定也可以打动我，让我甘愿为了你而降低标准。"孙照说得也是很真诚很用情。

"别，千万别。别因为我而耽误了你找到更好的另一半，我真的不值得你这么做。你值得拥有更好的！"夏常都快要哭了，难道孙照听不出来他没看上她吗？这孩子是缺心眼还是真的这么实诚？

"行啦，你们也别推来推去了，这事儿就这么定了。两家人知根知底，先处着，看以后的发展。"孙飞天大手一挥，拿出了老总说一不二的气势，"那么从现在开始，飞天制造在临港新片区设立分公司的事情就交给你了，你要当成自己的事情来办。"

这是相亲还是要找免费的劳力？以前都说每到收庄稼的时候，总有一些姑娘"套路"小伙子到家里相亲，等小伙子干完农活，就以不合适为由赶走。现在看样子，似乎孙总也是同样的路数？夏常赔着笑："孙总说的哪里话，就算没有和孙照相亲，您来开设分公司，我也一定会全力配合。只要是我的工作职责所在，我都会认真对待。"

"废话就别说了，就这么着了。"孙飞天站了起来。

夏常以为相亲局就这么结束了，也迫不及待地站了起来。不料孙飞天伸手把他按了回去："你先坐，继续和孙照聊聊，聊一些你们年轻人的话题。我和老夏、老曹出去走走。"

夏常急了："快中午了，要不一起吃饭？"

"不用，你们吃你们的，不用管我们。"孙飞天示意夏祥和曹殊，"别坐着了，走吧，要给年轻人留出空间。"

双方父母离开了，只剩下夏常和孙照时，夏常感觉他尴尬得要死，差不多能用手指抠出两室两厅的房子。

"别抠手指头了，和我单独在一起，真有这么紧张吗？"孙照还细心地安慰夏常，"不要这么有心理压力，我很随和的，虽然我很优秀，但我从来不会高高在上，很愿意和群众打成一片。"

这句话让夏常破防了，瞬间笑了出来："我不是紧张，是尴尬。真不好意思，孙照，我就实话实说了吧，我们真不合适。"

"哪里不合适？"孙照愣住了，"不要觉得你配不上我，没关系，只要我不嫌弃你，你就算再穷再丑，哪怕你只是一棵狗尾巴草，在我光辉的照耀下，你也会有春天。"

夏常真心受不了了："孙照，你不是我理想中的另一半的类型。"

"你是不是嫌我太有钱了？"

"不是，和钱没关系。"

"嫌我太胖了？"

"也……不是。"夏常犹豫一下，还是违心地说了出来，"我们的生长环境和家庭环境相差太多，没有共同语言。比如我喜欢的人工智能和类脑芯片，你知道是什么吗？"

孙照怔住了，忽然又惊喜地叫了起来："类脑芯片？是可以让人减肥、增高并且变美的芯片吗？"

好吧，这么说也没毛病，夏常只好承认："也可以有类似的功能。但基础功能还是为了人类的健康、长寿和生活的便利……"

"我不管，只要能减肥、增高和变美，我就买。"孙照兴奋了，"看，这不是有共同话题了？"

夏常彻底服了，从未见过如此自恋自信之人。接下来的一个小时里，不管他提出怎样的理由想要离开，或是自谦到极点，说他坐火箭也跟不上孙照的脚步，孙照就是不放他离开，并且不同意他不喜欢她。

夏常先是被父母绑架来相亲，然后骑虎难下，现在进退两难，卡住了。谁来救救他呢？

好在在连喝了三大杯咖啡后，孙照要去洗手间。趁她短暂离开之时，夏常迅速起身离开。不讲究就不讲究吧，再待下去，他说不定得疯。

像逃出生天一样来到外面，呼吸了一口新鲜空气，感觉到自由的美好与宝贵，夏常差点热泪盈眶。

他回头看了一眼，孙照还没有出现，必须在被她发现之前离开，夏常一弯腰，快步如飞，片刻之间就跑出了百米开外。如果以刚才的速度和于时比赛的话，于时必输无疑。可见人类的潜力巨大，只要被逼到一定份上，就能爆发出惊人的力量。

到了下一个路口，右转，夏常长出了一口气，应该摆脱孙照了。他愣了愣神，叫了一辆车，去了单位。

比起恋爱，还是加班更有意思。夏常埋头查看有关类脑芯片的相关文章，以及最新研发成果，不知不觉入了迷。

也不知道忙了多久，觉得脖子酸痛时，他刚抬头揉揉脖子，门猛然被人推开了。于时风风火火地闯了进来。"夏常，你干吗关机？让我一顿好找！"

夏常为了不被父母骂、不被孙照"追杀"，特意关了机，就是为了图个清静。他没好气地回应了于时一个凌厉的眼神："要你管！关机都关不住你。说吧，大周末的找我什么事情？"

"有家自动机器人的公司申请在片区成立新公司，需要选址，对方指定要你对接，并且希望下周一就确定好地址，我只好加班找你来了。"于时气喘吁吁，她一边擦汗一边找水喝，"快给我弄点水，渴死了。"

夏常为她倒了水："是哪家公司？"

"叫飞天自动化，总部在苏州，但是是上海人的公司。公司老总叫孙……"

"孙飞天。"夏常心中一紧，执行力好强，前脚才说后脚就要落地了，老一辈的企业家身上还是有许多值得年轻一代学习的地方，他点了点头，"好事，好事。欢迎，欢迎。没问题，现在我们就根据孙总提出的要求去选址。"

对于工作，夏常从来不会懈怠。

"不急，还有一个人。"于时神秘而狡黠地一笑，"等一下她，她马上到。她说她是飞天自动化的全权代表，还是你的初恋女友……不对，我明明记得你的初恋女友是胡沧海，怎么又冒出来一个？是不是在你所有女友的心中，你都是她们的初恋？"

"永远年轻，永远初恋，永远热泪盈眶。"夏常才不接于时的调侃之刀，猛然打了个寒战，"她是不是孙照？"

"对呀，你不会连初恋女友之一的名字都记不住了吧？孙照到处找你，找不到，正好在研究院遇到了我，问我是不是认识你。我说何止认识，简直太认识了，就带她找你来了。"于时注意到了夏常的尴尬慢慢变成了惊恐，笑得更开心了，"把感谢我的话藏在心里就行了，不用当面说出来。我就喜欢帮助别人，尤其是上当受骗的女孩，希望她们都能得到梦想中的爱情。"

夏常想要说脏话了，好在教养强迫他咽了回去。

孙照此时走了进来。"扔下我就跑，夏常，真有你的，"孙照咬牙切齿，"不想负责可以明说，不用逃跑好不好？你让我很失望很伤心。"

"我走的时候买单了。"夏常只好强行找补，"刚好单位有紧急工作要处理，我顾不上和你说一声，就……"

"别说了，我原谅你了。"孙照咬了咬嘴唇，"既然选择了你，就得支持你做的一切。以后我不会再因为你忙于工作而和你生气了，好不好？"

于时感慨万千："多好的女孩，夏常，你几辈子修来的福气，还不好好珍惜？看你眉清目秀的，像个好人，千万别当渣男。"

"我和孙照的事情你少管。"夏常恨不得踢于时一脚，"你天天闲的，操心别人的事情，自己为什么不找一个男友解决一下终身大事？"

"主要追求我的人太多了，我正在挑选。选好后我会告诉你的，放心，肯定比你高比你帅比你有钱还比你专一，并且他会是我真正的初恋。"于时上前拉住了孙照的胳膊，"走，现在我们就去选址。"

孙照甜甜一笑："谢谢于姐姐，你真好。我要和你成为好朋友，最好的那种。"

"我完全同意。"于时回应了孙照一个微笑，又暗中挑衅地看了夏常一眼，意思是现在她和孙照联合了，有夏常好日子过了。

夏常不以为然地咧了咧嘴，塑料姐妹花的情谊还是算了吧，他才不会相信于时会和孙照成为要好的朋友，开什么玩笑，她们压根就不是一路人。

第 14 章
送 分 题

　　女性之间的友情总是来得既迅速又猛烈。在选址时，夏常跟在于时和孙照身后，看着二人时而窃窃私语时而哈哈大笑，亲密得像是多年的姐妹一般，他就暗暗咬牙，"看你们的亲密还能保持多久！"

　　选址选了一下午，直到夜色降临，也没有明确的目标。夏常早就看出来了，孙照既不懂，又没有决定权，她表面上是选址，其实就是为了刷存在感。

　　见孙照还在装模作样地挑选，夏常没办法只好拆穿她："我们还是等明天孙总过来再决定吧，孙照，要不你向我们介绍一下飞天自动化的主要业务范围？"

　　孙照从未在自家的公司上过班，也没有了解过自家公司的业务范围，被夏常问住了，她顾左右而言他："今晚吃什么？我请你们吃。"

　　夏常暗笑："不知道是吧？我来向你和于时解释一下。"

　　于时立刻摆出了虚心好学的姿态："夏老师快上课。"

　　孙照却有几分不耐烦："我走累了，能不能先吃饭？"

　　"自动化制造一般是生产智能机器人的，智能机器人按照智能程度可以分为：弱人工智能机器人、强人工智能机器人和超强人工智能机器人。"

　　孙照一脸不快："能不能听话？别说了！"

夏常不理会，继续按照他的节奏来："按照应用领域可以分为：家用机器人、服务机器人、特种机器人和仿生机器人。按照功能和结构可以分为……"

于时听得认真，连连点头："大概能明白一些，仿生机器人应该就是模仿生物的形态和特点的机器人吧？"

"完全正确，你真的非常聪明，于时。"夏常由衷地赞叹，又转过头问道，"孙照，你们家的工厂主要生产哪种类型的智能机器人？"

孙照想了想，摇头："不知道！我从来不关心这些问题，好无聊好没有意思，我们现在可以吃饭了吗？"

"除了吃饭，你就没别的事情了吗？"夏常生气了。

"有呀，我还要买包包、买手机、买车、买房子……"孙照眼睛一亮，滔滔不绝地说了起来。

夏常推了于时一把："你的好闺密，你来对付，我无能为力了。"

于时现在算是领教到孙照的内涵了，自嘲地一笑："闺密有很多种，有的可以谈人生，有的可以聊名牌，还有的可以陪吃饭。别这么挑剔，总要学会适应不同的人群。"

闺密是可以有很多种，女朋友只能有一个好不好？夏常狠狠地瞪了于时一眼，意思是你干的好事，你自己善后。早先不带孙照过来，不就没这一出了？

在夏常即将耗尽所有的耐心之前，总算陪孙照吃完了晚饭。回到家里时，见客厅灯火通明，他就知道坏事了。果然，父母又都是一脸严肃地端坐在沙发上，摆出了审问的姿态。

"说，中途溜走，扔下孙照一个人，你是什么意思？"父亲上来就是质问的语气。

夏常神色平静地说道："出去上了个厕所，回来接到电话说是单位有急事，就去单位了。"

"胡说八道！"父亲一拍茶几站了起来，"你明明是溜走了，还想狡辩？孙照哪里配不上你了？"

茶几过低，父亲拍的时候腰得弯下来，就显得有几分狼狈。

夏常忙上前一步扶起父亲："别，爸，注意别闪了老腰。"

"要你管！"父亲一把推开夏常，"爸妈看上孙照了，这门亲事就这么定了吧！"

夏常忽然脑中闪过一个强烈的念头——原来他的口头禅"要你管"是受父亲的影响，也不知道自己还有哪些方面深受父母潜移默化的启发。

为什么父母这么看轻他？难道除了孙照，他就真的找不到女朋友了？他有这么不受异性欢迎吗？夏常有点生气加不甘。

"妈呢？"夏常决定不正面反抗，而是从母亲身上寻找突破口。

母亲下意识地看了父亲一眼，才慢慢地说道："孙照是胖了点，又不是很懂事，但家里有钱，她爸妈就她一个女儿，以后家业都是她的。你娶了她，以后就什么都不愁了。"

"这些我都想过了。"夏常以退为进，"说心里话，我也觉得孙照不错，性格是不太好，但有时也知道照顾别人的情绪。她从小家庭条件优越，有些小脾气也正常。主要是她的家业太大了，而我从小在小户人家长大，真接不住天上掉下来的这么一大块馅饼。"

"接着说。"父亲似乎想明白了什么，态度缓和了几分。

"我也想遇到一个真心爱我的女孩，家庭条件还不错的，可以在成家的同时又立业。但问题是，我想也白想。爸妈，你们好好想想，以孙照的家世，她其实有很多挑选余地，这么多年没有嫁出去，不只是她眼光太挑剔的原因，肯定还有我们不知道的深层次问题。"

"儿子说的也有道理。"母亲被说动了，"你想呀老夏，孙照长得是不好看，但也不丑是吧？胖是胖了点，个子也不高，但她家里有钱。就按照她列出的条件，招个上门女婿都不难。可是为什么还是单身呢？这件事情恐怕没那么简单。"

父亲想了想，似乎想明白了什么，又似乎没想明白，他站了起来，背着手在客厅走了几圈，忽然间下定了决心："要么娶孙照，要么留在研究院，两件事情必须选择一个，没有商量的余地。"

父亲为什么总是喜欢把他的想法强加在别人身上？是为了彰显他的父权？夏常始终想不明白为什么父亲总想让他接过他的接力棒，完成他未实现的心愿。

父亲当年参与浦东开发，从一名基层的技术员做起，一步步干到了工程师，却最终没有如愿以偿当上副总工程师，这是他平生最大的遗憾之一。

还有一件事情也让父亲耿耿于怀，他本来有机会参与标志性建筑东方明珠的建设，但由于各种原因却失之交臂。他希望夏常可以从一开始就参与临港新片区的开发，等有一天临港新片区腾飞之后，每一个地方、每一个时间节点，都有夏常的脚步和身影，这样他也就心满意足了。

夏常本来就已经决定留在研究院了，父亲的二选一选择题，对他来说是送分题。可他不能表现得过于高兴，于是故意迟疑半天，还一脸悲壮道："如果两个都不选择呢？"

"你敢！"父亲再次施展他的"暴君统治"策略。

"好吧，确实不敢。"夏常假装示弱，"如果两个都选择呢？"

夏祥一下愣住了，他原本的想法是用孙照逼夏常就范，平心而论，他也没看上孙照，更不喜欢孙飞天和姜一叶的咄咄逼人外加目中无人的态度。他很清楚如果夏常真的娶了孙照，基本上相当于当了上门女婿。

"那就最好不过了。"夏祥还嘴硬，"你要真娶了孙照，算你有真本事。"

"行，你说的，别后悔，我就娶给你看。"夏常在和父母斗智斗勇的过程中学会了迂回战术，"不过我可有言在先，爸妈，真要和孙照结婚，儿子差不多就是上门女婿了，你们可别后悔。孙家那么大的产业，我要拿到手，前期不付出一些代价是不可能的。至少前两个孩子都得姓孙，三胎四胎姓夏，应该问题不大。"

"你要气死我是吧？"夏祥知道上当了，举手欲打，"你敢当上门女婿，我就和你断绝父子关系。"

"断就断，我认贼作父，不，认钱作父。"夏常哈哈大笑，转身躲开。

迷迷糊糊快睡着时，夏常又被父亲喊了起来。他以为他已经过关了，不料父母经过一番"密谋"之后，又想出了对付他的全新策略。

"我和你妈商量好了，你留在研究院不算选择题，现在有一道新题，你必须得解答。"父亲很严肃很认真地说道，"必须二选一，孙照和于时，你必须选择一个。"

夏常揉了揉眼睛，心想："好好的怎么做起噩梦来了？"

可他刚躺下就又被父亲拽了起来："别装，你没做梦，也别想逃避。"

夏常无奈地苦着脸说："爸，你觉得你儿子真有这么紧俏，别人都抢着要？还二选一，你有没有想过如果她们两个都没看上我呢？做人贵有自知之明。"

"当年你妈就没看上我，但我看上她了，我就想娶她，费了一番力气成功地把她骗来了上海。"父亲拍了拍夏常的肩膀，"儿子，要对自己的脸皮有信心。"

"时代不同了，爸，以前可以靠死缠烂打，现在人家女孩都有硬性要求，硬件不达标，软件再好也没用。"夏常说道，"我现在只想一心工作，只想在人工智能上面有所突破，超过国际先进水平。"

"不冲突。再优秀的人也需要另一半。"父亲不肯放过夏常，"如果不在孙照和于时她们中二选一的话，后果非常严重，你承受不起。"

"什么后果？"夏常顿时清醒了。

第15章

服从大局

"我和你妈离家出走,让你成为孤儿。"父亲扔下一句狠话走了。

夏常半天没睡着,心想父亲是不是分不清威胁和安慰的区别?他说的严重后果分明是奖赏而不是惩罚!

第二天,孙飞天亲自过来选址,孙照陪同。

出人意料的是,孙飞天不想入驻五大园区的其中之一,非要让新片区在新城城市公园中划出一块地皮给他,他要自己建造一座办公楼。

于时当即拒绝了。

根据市政规划,公园属于公共事业性质的用地,没有办法改变性质,更不可能批准建造办公楼。孙飞天的要求不但过分,而且还很自以为是。

孙飞天却坚持他的想法:"我建造一栋自己的办公楼,再加上后期的各项费用,总投资少说也在五个亿以上。你向上级汇报一下,不要轻易拒绝五个亿的投资。分公司成立后,每年上交的税收,也不是少数。不要因为一个选址的问题就寒了一家优秀企业的心,凡事都会有回旋的余地。你也可以向上级领导反映一下,夏常,飞天科技分公司落户新片区后,会以类脑芯片为主要研发方向。以飞天科技的实力,应该是片区内最有希望在几年内获得突破的人工智能公司了。一旦有了关键性突破,会是新片区乃至整个上海的骄傲。而且我会让于时担任办公大楼的总设计师,希望于时能设计出一个像东方明珠一样的地标性建筑矗立在临港之东,成为全上海每天都会最先见到阳光的高楼。"

必须得承认,孙飞天的话很有感染力和煽动性,并且准确地命中了夏常和于时的需求。夏常眼前一亮,于时也是双眼放光。

"怎么样,是不是接受我的提议?"孙飞天笑得很自信,他相信他肯定可以打动夏常和于时,以他的经验判断,夏常和于时坚持不了五分钟。

"不就是公园里面规划出来一块地吗?有什么不可以的?"孙照哼了几声,"这么偏僻的地方,又有大片大片的不值钱的荒地,还当金子一样?如果没有更多的企业入驻,新片区怎么建设得起来?赶紧的,别犹豫了。你们再矫情,我就让我爸不来新片区了。"

夏常连嘲笑都懒得嘲笑孙照了,他深吸了一口气:"我还是建议孙总落户到信息飞鱼园区。园区内都是人工智能企业,有集群效应,也好互相促进进步。公司建在公园里面,感觉太个性了,而且位置偏僻,不利于以后的发展。"

"不,我就喜欢偏僻。越偏僻越安静,越安静越有利于工作,我不喜欢集群。"孙飞天一口拒绝,"这事儿没得商量,你也别劝我,劝不来。研发本来就是一项艰苦卓绝的工作,需要的是自我封闭。真正能做出成绩的科研人员,谁不是能忍受孤独与寂寞?"

夏常只好不再委婉,而是单刀直入:"新片区定位为智慧城市,一切按照智慧城市的标准打造。从城市规划来说,公园内不允许建造办公楼、住宅等建筑。从智慧城市的规划来看,公园内也不允许建办公楼。"

"个人要服从大局,企业再大,也是园区的一部分,也要遵循新片区的定位和未来布局。孙总,您的要求我无法满足。未来,您想要建造办公楼的地方会是一个智慧健身场地,是留给未来临港人的一片蓝天绿地。我无权剥夺他们的权利!"夏常加强了语气。

"夏常，你要弄清自己的身份，别以为你负责智慧城市的建设，就真当自己是新片区的主人了。"孙照气势汹汹，"我告诉你，我爸是给你面子，他其实可以直接找你的上司，不，上司的上司。只要你的上司同意了，你还敢反对吗？"

夏常态度坚决地说："不好意思，我一样会反对！我会遵循科学规划、局部服从整体的原则，不管是孙总还是上级，只要他提出了有违园区规划总体方针的思路，我都不会同意。除非开除了我，否则我会坚持到底。"

"你也一样吗？"相比孙照的气焰万丈，孙飞天就冷静多了，他气定神闲地问于时，"于时，你也不听上级的要求非要自以为是吗？"

"才不呢，我比夏常灵活多了，也更变通。只要是上级同意的事情，我就不会反对，反正有上面担着。"于时嘿嘿一笑，"我很听话，也很有原则。原则的前提就是上级定下来的事情，坚决执行。上级要更改的事情，也要认真完成。"

孙飞天满意地点了点头："行，就先这么着吧。我去一趟规划院，再回来和你们商量执行层面的事情。"他又拍了拍夏常的肩膀："小夏，做人做事有时需要认真，有时也需要变通。你要多向于时学习，她比你厉害。"

回到办公室，夏常还在生气，见于时也跟了进来，没好气地说道："你怎么不跟着孙总回规划院，好让他在你领导面前夸夸你？"

于时自己接水喝抱怨道："我每次来你办公室，你从来不主动为我倒水，夏常，你的待客之道有待提高。"

"你是特例，别人来了，我都会客气的。"夏常拿出了规划图，又从电脑中调出了智慧城市的蓝图，摇了摇头，"孙飞天的要求太过分了，在公园里面建造办公楼，破坏了整体规划和智慧城市的建设。如果领导真的答应了他，我就辞职。"

"遇到事情不要动不动就说辞职,一个大男人,不要这么小气好不好?"于时喝了水,又翻出了夏常的咖啡,冲了一包,"来,请我吃午饭,姐教你一招。"

"吃饭是小事。"夏常拿起手机看了看,"恐怕中午没时间,孙照非要过来,说要一起吃饭。"

"没事,我可以当电灯泡。只要能蹭到饭,我脸皮的厚度就会自动增加。"于时俏皮地笑了,"你真的在和孙照谈恋爱吗?要不要听我一句实话?"

等了一会儿看夏常没反应,于时就说:"不说话我就当你默认了。其实你和孙照还挺合适的,你有才,她有财。你有技术,她有工厂。你有理论,她有实践。你瘦,她胖。你们还真是天造地设的一对。"

"我谢谢你。"夏常决定逗逗于时,"我爸也说了,让我在你和她之间选一个,是必选题。如果不选,他就和我妈离家出走。你觉得我该怎么办?你猜他们更想我选谁?"

"叔叔阿姨对你的魅力缺少一个清晰的认知,不过不要紧,反正是假设的问题。假设的问题不存在对错,只当是一个乐趣就好。"于时平静地一笑,"他们应该更希望你选择我,而不是孙照,对吧?"

"何以见得?"就自恋来说,于时自称第二,夏常都不敢自称第一。

"多简单的事情呀,一想就明白了。"于时自信地仰起头,"首先,我比孙照漂亮。漂亮就是资源,就是优势,对不对?"

夏常点头,于时何止是比孙照漂亮,而是漂亮多了。

"其次,我比孙照有才华。孙照就是一个只会花钱、只会吃喝玩乐的富二代,既不温柔体贴,也不会照顾人。作为一个女性,她只能为你提供物质价值,而没有情绪价值、陪伴价值以及其他价值。"

于时说的都对,夏常心想,但问题是,难道于时就温柔体贴,就会照顾人了?真是笑话。

"最后，也是最关键的一点，我们是一路人。"于时问夏常，"我说得对不对？"

夏常答非所问："他们希望我选择你，我最终会选择谁呢？你再推测一下。"

"谁也不会选择。"于时回答得很干脆，"因为你的选择并不重要，重要的是，我和孙照到最后都不会选择你。这才是关键。"

"为什么？"夏常不甘心，"我觉得我还没有那么差吧？我哪里不够好？告诉我，我还可以抢救过来的。"

"你差不差的先不说。我和孙照都不会选择你，是有别的原因。"于时很为夏常迫切的态度而满意，"孙照最后不会选你，是你们没有共同语言，是你不听话，成不了她想要你成为的人。我最后不会选你，是你和我本来就是绝缘体，产生不了化学反应。爱情，得有化学反应才能动心。"

"有道理，有道理。"夏常连连点头，似乎是认可了于时的结论，"那么你能帮我介绍一个既和我有化学反应又有共同语言还门当户对的女友吗？"

第 16 章
好朋友就是用来挡枪的

"行，包我身上了。我身边有好几个女孩都还单身，应该会喜欢你这样的类型。有机会介绍你们认识一下。"于时看了看时间，"差不多时间到了，等一下你要配合我演一出戏，好不好？"

夏常一惊："多大的坑，多深的陷阱？"

"你想什么呢？我顶多会捉弄你一下，但绝对不会害你的。"于时拿出了手机，"这个时候孙总应该见到了我的领导滕主任了。不出意外，滕主任会打电话给我，了解一下详细情况……"

话未说完，手机响了起来。于时示意夏常一定要配合她，接着便接听了电话并打开了免提。

"小于啊，刚才孙总过来找我，表明了要在城市公园建造办公楼的想法，他希望我们从规划上帮他扫清障碍，我记得城市公园的土地性质是公共事业用地？"

"是的主任，规划用地就是公共事业。"于时只管回答问题，不主动提出解决问题的方法。

滕主任咳嗽几声，无奈之下只好说了出来："孙总是我的老朋友了，非说就公园的地皮不可。咳咳，小于，土地变性从操作上虽然复杂了一些，也有难度，但也不是没有可能，对吧？"

于时继续装傻:"是有难度,得一层层报上去,还需要市局审批。"

夏常听出来了滕主任话里话外的意思,明显是想让于时主动提出变更性质,上报到区规划局,可于时就是不肯接招。他不由得暗暗佩服于时的镇静,别看她表面上粗枝大叶,其实心细如发,大事上有原则,小事上有细节。

于时回答得滴水不漏,没毛病又让人没法挑理,夏常第一次觉得他还真有需要向于时学习的地方。

滕主任见于时像是不开窍的榆木疙瘩,只好明说:"这样吧小于,你负责提出变性,也不用太大的地方,大概5000多平方米就足够了。要以更有利于新片区的长远发展为出发点,从规划的角度写一份报告,尽量写得详细、迫切一些……"

于时暗暗一笑,依然不动声色地问道:"然后呢?"

滕主任几乎气得要骂人了,却只能强忍着,努力保持声调的平和:"然后提交给我,我来审批后,再提交到市局,走一下流程。"

"好,没问题,请主任放心,保证完成主任交代的任务。"于时的嗓门很大很响亮。

"咳咳……"滕主任又猛烈地咳嗽几声,"不是完成我交代的任务,是你个人从长远出发,有了更有利于新片区发展规划的全新思路,提出了局部的改进意见。"

夏常抿着嘴忍住笑,姜还是老的辣,滕主任非要让于时挑头,成为发起人,自己却躲在后面,估计于时不接招也得接了。他不信于时还有招可使。

"明白,主任,我马上就办。就以我个人的名义提交!"于时答应得特别干脆,好像前面装傻的部分是真傻一样,"但还有一个小问题,主任,可能得需要您出面和人工智能研究院协调一下……"

夏常心中咯噔一下,坏了,于时在算计他,要拖他下水。一想也是,如果不是要拉他当垫背的，干吗打着免提和他一起接听电话？

"正好我在夏工的办公室，他说城市公园的地皮不能变性，根据研究院智慧城市建设的规划，公园的所有土地都预埋了智慧城市的线路，变更土地性质的话，需要由市委领导同意才行。"

被当枪使了……夏常凶狠地冲于时挥舞了一下拳头。于时得意地一笑，边将手机递给他边说："夏工就在我身边，主任，您可以直接问他相关细节。"

于时做了一个抱拳的动作，言外之意就是，我们的诉求是一致的，不要乱讲话呀。

夏常明知道被于时利用了，却还是得替她说话，当然，也是替自己说话。夏常说："滕主任好，我是人工智能研究院的夏常，主要负责智慧城市的建设工作。之前我和于工陪同孙总选址，孙总选中了城市公园的一块地方。正如于工所说，我回来后查了资料，公园的定位除了是市民休闲场所之外，以后还会是一处非常重要的智慧城市示范点，是市重点项目……"

于时用力捂着嘴巴，强迫自己不笑出声来，连连朝夏常竖起拇指。

滕主任沉默了一会儿："这样呀……等我再看看，先这样。"

于时开心地跳了起来："胜利！夏常，你太了不起了，智慧城市示范点的提法太有创意也太有冲击力了，一下就堵住了滕主任的嘴！谢谢你，今天我请你吃饭。谢谢你善意的谎言！"

"什么谎言？别乱说。"夏常递过去一份资料，"关于在城市公园设立智慧城市示范点的提议，我几天前就提交上去了，上面已经批复同意了。我是实话实说，不像你，自己不想干还怕得罪领导，最后拿我当枪使……"

"下次我当你的枪，不就成了？有来有往才是好朋友嘛。"于时低着头，装委屈，其实在偷笑。

门一响，韩剑南敲门进来了。

"小于也在呀？你最近跑研究院挺勤快的嘛。"韩剑南意味深长地看了于时一眼，将一份材料递给了夏常，"夏常，你提交的关于在城市公园设立智慧城市示范点的提议，市里的最终批复下来了。"

夏常迫不及待地打开一看，眼神瞬间变得黯淡下来："怎么是稍后再议？"

"稍后再议就是暂时搁置了。"韩剑南安慰夏常，"新片区是一盘大棋，就目前的工作重点来说，引进支柱产业是重中之重，智慧城市的建议可以适当为支柱产业让路。"

"难道为了发展经济就要牺牲环境？我们要吸取之前有些经济区开发时因为经验不足、规划不够长远而导致一些项目失败的教训。"夏常一听就知道韩剑南受到了压力，孙飞天能量确实不小，"韩主任，您可不能屈服于外来的压力。"

"说什么呢，我是那么没有原则的人吗？"韩剑南突然大了嗓门，又自嘲地一笑，"不过话又说回来，夏常，既然智慧城市示范点暂时不推行了，城市公园的地皮如果改变用地性质的话，从我们研究院来说，就不存在障碍了吧？"

"不存在，完全没问题，可以放行了。"夏常很佩服孙飞天的活动能力，现在他第一时间后退一步，就是为了让出冲锋陷阵的位置，好让于时替补。

好朋友就是用来挡枪的，好搭档更是用来虚晃一枪的，夏常朝于时抛了一个你行你上的眼神。

于时回应了夏常一个舍我其谁的眼神，挺身而出："从智慧城市建设的角度来说，你们可以放行。但从城市规划的角度出发，还是不行。城市公园是新片区的重点规划项目，未来要打造成城市和谐美观的示范点，规划方案我也已经上报了，在等批复。"

"我就想,在城市公园里面设立一座具有中国传统建筑风格的阳光塔,正对东方,肯定会有意义,也象征着新片区步步向上的精神。"于时脑海中迅速成形了一幅憧憬的画面,"让市民们漫步在阳光塔的周围,沐浴阳光,享受宁静与美好,比起建造一栋办公楼破坏公园的整体美观,不知道要好上几万倍。"

韩剑南没有心情听于时的描绘,只问最关键的部分:"你的意思是,就算过了研究院的关,规划院的一关也过不去?"

于时点头,又连忙摇头:"也不一定,如果韩主任非要亲自出面,到市局说服领导,领导大手一挥,也可以改变原有的规划。"

"人工智能研究院出面请规划院变更规划?我还没有那么闲,也没那么大的面子。我知道自己的斤两。"说话间,韩剑南转身就走,走到门口又站住了,回头说道,"小于,你和小夏打配合真的很默契,你们两个挺厉害的,了不起。"

夏常笑了,他发现他越来越喜欢韩剑南了,虽然之前韩剑南配合父亲坑过他。

第 17 章
公是公，私是私

中午，为了庆祝两人第一次联手的成功，夏常请于时吃饭，地点就在离研究院不远处的一家本帮菜餐馆。餐馆不大，顶多容纳十几人。正是中午用餐高峰时，餐馆里却只有夏常和于时一桌客人。

老板是一对夫妻，安徽人，来上海多年，之前在杨浦开店，刚搬来新片区不久。

"要不是你们经常光顾，我们的店怕是开不下去了。"店主胡三金好客，爱说话，他和夏常也认识，"夏老师，你说以后临港的人会不会多起来？"

这个问题可把夏常难住了，他认真地想了一会儿，说道："说实话，真不知道。"

"连你都对新片区没有信心了吗？"胡三金一脸忧虑，"我是不是步子迈得太大了，来临港太早了？三个月了，生意也不见起色，再这样下去就撑不住了。"

三个月来，夏常也目睹了临港的现状，并且也在思索临港的明天。

现在的技术更先进，经验更丰富，比起当年开发浦东，条件好了太多。他们既不需要搭建简易工棚，也不用人力推车，全部是快速组装的活动房外加大型机械设备进场，在短短不到一年的时间里，临港从规划到落地，再到引进企业入驻，并且初具规模，速度远超当年的浦东开发。

当然，这一切除了和现有的技术水平大幅提升有关之外，也是因为临港在确定大开发之前就已经有了基础。

对于大多数上海人来说，临港依然遥远和陌生，比起当年浦东的偏僻有过之而无不及。夏常来到临港时这边已经初具规模。

胡三金的店刚开张时，夏常就和他认识了，慢慢地成了他的常客。

"别呀，一定要坚持住。"于时为胡三金打气，"最早的开拓者，总是要比别人快上一步，但同时，也要忍受常人无法忍受的孤独与寂寞，要有耐心。"

夏常嘲笑于时："光说不练不算好汉，你说得轻巧，要坚持下去需要足够的客源来维持日常开销，你能保证每天都来这里吃饭吗？做不到实际行动上的支持，就别嘴上说得漂亮了。"

"能。"于时当即站了起来，扫码支付了3000元，"我先预付一个月的饭钱，不管我能不能保证每天都来吃饭，反正3000元先存下。"

于时想到做到的性格深得夏常的心，夏常也被激起了好胜心，问道："胡老板，你这房租一个月多少钱？"

"5000元。"

"5000元的房租，加上原材料的采购和日常开支，一个月7000元应该可以维持了，对吧？"

"够，7000元就没问题了。"胡三金连连点头，"临港的物价低一些，要是在上海市中心，起码得17000元。"

"行。我也预订一个月的饭。"夏常扫码支付了4000元，"我吃得比于时多，就多出1000元。我们两个人虽然帮不了你们太多，但至少可以维持你们的生意。相信不用多久，客人就会多起来的。"

"临港现在人不多，再过几个月，还会有更多的企业入驻，到时人会慢慢多起来的。别急，生意会好起来的。"夏常习惯了胡三金饭菜的味道，希望他可以留下来，现在的临港才只有六七十万人口，而整个上海有2400多万人。只要临港的优质企业多起来，人才就会进来，就会带动消费。

胡三金想要拒绝，夏常不给他机会："别家的东西我也吃不惯，就当你吃点亏，专门为了我们两个人服务行不行？"

胡三金抹了眼泪，说："夏老师都这么说了，我就不说什么了。只要夏老师不离开临港，我就不离开！"

饭后，刚回到办公室，夏常还没有和于时说上几句话，孙照就推门进来了。

"于时，你怎么天天和夏常在一起？你是喜欢他要当我的情敌吗？可以，我会让你输得很惨的！"孙照上来先表达了对于时的强烈不满。

于时笑着说："不不，你误会了，我和夏常只是因为工作上的交集，我和他只有工作没有私事。还有，我有男朋友，比他高比他有钱比他嘴甜。"

夏常咧了咧嘴："怎么不说比我帅？"

"我是一个实事求是的人，从来不夸张。他确实没有你帅，但比你温暖多了。"

"但愿是定向温暖，而不是集中供暖或中央空调。"夏常嘲讽一句，"孙照，有事？"

"没事就不能过来看你了？"孙照上前挽住了夏常的胳膊，"别忘了，我是你女朋友，我要行使我的所有权。"

"不好意思，你单方面行使所有权，无效。"夏常抽出了胳膊，"有事说事，别套近乎。"

"讨厌，不好玩，没意思。"孙照不高兴地扭过头去，"我爸说了，你和于时演双簧没用，他会各个击破。"

夏常刚要怼上几句，于时迅速朝他使了一个眼神，抢先说道："好呀，只要领导点头了，我们当然会认真执行，我们也是按流程办事。不过话又说回来，就算我去执行，我还是会反对在公园里面建造办公楼。公是公，私是私，要分得清。"于时态度坚决地表明了立场。

"无所谓，到时你只要认真干活就行了。"孙照不以为然地摆了摆手，"我早就说过了，就凭你们的力量，自不量力！"

"是吗？"夏常轻松自若地笑了，"相信我，就算市里同意了，我也可以阻止。"

"你为什么非要阻止呢？是对我爸不满还是对我不满？"孙照气呼呼地说道。

"都不是。"夏常摇头，"我只是在为了临港的全局着想，为了临港的明天更美好，不希望属于市民的绿地中出现一栋属于特权的办公楼！"

"你有病。"孙照生气了，"夏常，如果你敢阻拦我爸的计划，我就和你分手！"

怎么总有人分不清惩罚和奖赏的区别？夏常心里简直乐开了花。

"你不用和他分手，他阻拦不了我的计划。"门一响，孙飞天迈着大步进来了。

第 18 章
当断则断

夏常见来者不善，其实心里也是有了应对的策略，定了定神，说道："孙总，我来为您算一笔账吧。由于城市公园是公共事业用地，并且打算在里面设立智慧城市示范点，所以埋设的各种管线管道和一般的办公区域有很大的区别。孙总如果想要上马办公楼，首先要清除原有的地下管线管道，换成可以为办公楼配套的管线管道。我初步估算了一下，要修建一条 1.5 公里长的道路，还要跨过 3 条河架设 3 座桥，还得穿过农田，给农田的补偿不能少。这条路看似不长，但施工难度不小，而且还要配合土地出让，再加上加班加点的支出，少说也得 2 个亿以上。另外还要新建临时道路，新开道口、电力燃气等等，估计也得增加 1 个亿以上的预算。总的算下来，至少需要 3 个亿的额外费用。"夏常递过去一张纸，上面详细地列明了各项开支，"孙总，您觉得市里或区里，谁会出这笔钱呢？"

"企业行为，政府怎么会买单？钱肯定得由孙总来出。"于时开心了，才知道夏常前期早就做足了功课，考虑到了每一个环节和可能性，比她想象中厉害，于是她就及时递上了刀子，"孙总实力雄厚，不就是多了 3 个亿的预算吗？他大手一挥，也就是签个字的事情。"

孙飞天脸色由晴转阴，慢慢铁青，他看了几眼夏常列出的详细清单，只思索片刻就有了决定:"在园区为我挑选一个办公地点,至少要一层才行。"

"爸,怎么不自建办公楼了?"孙照还没有明白过来,拉住了孙飞天,"不就是多3个亿的预算吗,我们承担了不就行了?"

"别说了,就这么定了。"孙飞天转身就走,扔下孙照,"夏常,你可以的。"

"孙总过奖了,分内之事。"夏常送到门口,"孙总慢走。"

随后,他们只用了不到半个小时的时间,就选好了地址。孙照说什么就是什么,孙飞天完全没有反对,全权交由孙照处理。不能建自己的办公大楼,在园区办公,办公环境不都一样,还有什么好选的?除了楼层。

孙照所选的地方正好在黄括的颜色生物科技的楼上。黄括听到动静后,上楼查看,见是孙照,吃了一惊:"孙照,飞天科技也要过来办公了?"

孙照对黄括的态度不冷不热:"我爸非要过来,说临港未来发展前景广阔,我是不大赞成。但有我的男朋友在,过来也可以离得近一些。"

"你男朋友?"黄括敏锐地捕捉到了什么,看向了夏常,"夏常?"

"对呀,他没和你说?"孙照上前又要挽夏常的胳膊,被夏常巧妙地躲开,她也不生气,"我和夏常青梅竹马,小时候我倒了他一头洗脚水,答应他长大后当他媳妇。"

"真是感人的爱情故事。"黄括讥笑一声,"夏常,你捡了天大的便宜,祝贺你!飞天科技是业内非常有实力的公司,你结婚之后,就成了富二代赘婿。不管是原生家庭的富二代,还是入赘之后的富二代,总之从此走向了人生巅峰。"

"以后多合作,多交流。"黄括热情地要和夏常握手,"飞天科技是我学习的榜样,我们颜色科技也有不少专利技术,以后肯定有可以合作的地方。"

夏常假装没听出来黄括的嘲讽，呵呵一笑："好啊，希望你们可以合作，争取多为园区的发展做贡献。"

黄括听出了夏常刻意想和飞天科技保持距离，暗暗一笑："说来我和孙照的认识还很有戏剧性，你还不知道吧，夏常？"

夏常很冷漠地回答："不知道，也不想知道。"

黄括才不管夏常有没有兴趣，他继续说个不停："我原本是先认识的孙总。孙总是人工智能制造业的前辈，行业内都非常尊重他。我也是抱着虚心好学的态度很快就赢得了孙总的认可，孙总在得知我还是单身时，就有意撮合我和孙照……"

夏常立刻就来了兴趣："然后呢？"

"然后我就和黄括相亲了。"孙照上前挽住了夏常的胳膊，"不幸的是，他看上了我。幸运的是，我没看上他。"

夏常乐了："黄总多优秀、多与众不同的一个人，你为什么没看上他？"

"主要是他太油腻了，一看就是会出轨的人。我可不想以后被戴绿帽子。"孙照从来不会照顾别人的情绪，有一说一。

黄括却不生气，哈哈一笑："谢谢不嫁之恩。如果当时娶了你，我就遇不到胡沧海了。"

"胡沧海？"孙照微微一想，惊呼，"你前女友？"

夏常沉重地点头："是不是很不幸？"

"哪里有？是很幸运！他们相爱，就是为民除害，哈哈。"孙照自己笑得乐不可支，"你们真的很配，祝你们白头偕老。"

"谢谢。"黄括假装听不懂孙照的反讽，"你和夏常也一样。希望夏常在我这里没有得到的东西，可以通过婚姻在你身上得到。"

"呵呵，呵呵。"夏常冷笑几声，"这个就不劳你操心了。"

黄括回身看了看若无其事的于时，心想她到底是不是喜欢夏常，孙照抢人的架势如此明显，她还无动于衷，难道她对夏常一点儿也没有感觉？

原本以为可以借机挑动孙照和于时的对立，莫非失策了？黄括脑中迅速转过几个念头，想了想，还是转移了话题，说到了正事："夏常，临港新片区离市区太远，有没有可以借住的人才公寓？"

夏常说："临港人才公寓精装修工程将于明年3月份开工，预计6月份完工……"

于时兴奋地连连点头："等明年人才公寓装修好后，我就搬过来住。天天回市区住，太远了，也不方便。"

"我也搬过来好不好？"孙照问夏常。

"这事儿，你得问管委会。只有管委会认定你是新片区需要的人才，你才有资格申请入住。"夏常打起了太极。

黄括看出了夏常对孙照的冷漠态度，不由得暗暗思忖，难不成夏常真会拒绝孙照？就算孙照长得一般，飞天科技可是了不起的企业，从付出和收益来计算，夏常不亏。忍受个八年十年以上，再一离婚，少说分一半家产。夏常还是太清高了，这么好的机会都不知道珍惜，傻子！

心里这么想，黄括嘴上却说："夏常，我代表颜色科技邀请你到公司视察工作。请一定赏光！还有于老师也请一起来。"

夏常和于时下楼，来到了黄括的办公区。孙照留了下来，开始带人根据需求测量房间，并且设计装修方案。

黄括的办公区也占据了整整一层，装修风格以简洁实用为主，不过他自己的办公室足有50平方米之大，极尽奢华之风，真皮沙发、水晶灯，一股浓浓的会所风。

于时东看看西看看，很好奇的样子："感觉像是进了酒吧，不，影院，也不对，更像是KTV。"

夏常却坐也没坐，自顾自拿出了笔："合同呢？拿来，我签字完事。"

黄括愣住了，以为还要再费一番口舌夏常才肯签字，不料夏常如此爽快，倒是出乎他的意料，精心准备的说辞没有了用武之地，反倒让他有些有力无处使的感觉。

胡沧海推门进来，递给夏常合同。夏常拿笔要签，被于时叫停了。

"等一下，得看下合同条款，别有坑。"于时嘻嘻一笑，"虽然我相信黄总和胡总的人品，但万一你们也是过于相信法务而没有仔细检查合同呢？还是得自己过一遍才踏实。反正我就是劳碌命，就是干活的，不嫌累。你们别急，等我十分钟。"

十分钟后，于时抬起头来，呵呵一笑："果然是我多虑了，合同很犀利，没有一处有坑，但也没有一处有回旋的余地。夏常，你一签字，就等于放弃了以前的一切，净身出门，从此和颜色科技再也没有任何瓜葛了。"

"签！"夏常二话不说签上了自己的名字，虽有不甘和不满，但他不是一个抓住过去不放的人。有时只有彻底切断过去的一些事情，才能轻装前进。

黄括伸出了右手说："感谢你曾经为颜色科技做出的贡献……"

夏常没和他握手，转身就走，却被胡沧海拦住了。

第 19 章
大　事

"等一下再走，我还有几句话要说。"胡沧海淡淡一笑，"我们曾经相爱一场，你也曾经和黄括合作一场，说起来我们都是在彼此生命中留下过痕迹的人，念在过去的情分上，我想和你说一些心里话。"

"心里话留给黄括听就足够了。"夏常还是要走。

"好吧，说心里话不够准确，是真心话……"胡沧海再次拦住了夏常，"听我一句劝，夏常，别再任性了。你就算是个天才，任性也会让你成为孤家寡人，何况你还不是一个天才。"

夏常站住了，双手抱肩："接着说，我就爱听批评。"

"于时在，我也要说，就算她不爱听也得说。夏常，于时和孙照都不适合你，真的。最好选她们之外的人。如果非要在她们中间选一个的话，我建议是……"胡沧海看向了于时，"孙照。"

于时微微皱眉："为什么？"

"孙照的父亲孙飞天能承载夏常的能力，你不能。你对他的帮助有限，所能提供的情绪价值、陪伴价值，没有办法和孙照提供的物质价值相比。"

等夏常和于时走后，黄括悠闲地泡了一壶茶，为胡沧海倒了一杯："相信你刚才的一番话会让夏常更加倾向于孙照，也会让于时打消对夏常的想法。只有夏常和于时反目,我们的颜色科技才能争取到扶植政策。"

"我了解夏常,他很聪明,也能看清形势。对他来说,孙照所能提供的物质价值太诱人了,他拒绝不了。"胡沧海喝了一口茶,"这么说吧,只要夏常和于时不联手针对我们,我就有把握让颜色科技在几家公司的竞争中胜出。"

黄括点头:"别看夏常和于时都是最基层的工作人员,但上面领导很重视他们的意见,他们认可的公司,领导才会认可。"

"我们会不会做得太绝了?直接把夏常扫地出门,让他没有得到一丝好处,在扶植公司的评选时,他肯定不会投我们的赞成票。"胡沧海微有忧色,"虽然我知道夏常在工作上比较正直,但人都有私心。"

"这叫欲擒故纵,先让他对我们恨之入骨,等过后再给他一丁点好处,他就会觉得我们特别好。再继续给好处,他对我们的印象就会完全翻转过来。心理学上这个现象叫斯德哥尔摩综合征……"黄括自信满满,"你是他的前女友不假,别忘了,我和他可是认识了十几年的朋友,是赤裸兄弟。我比你更了解他!"

胡沧海点头笑了,却又有几分不确定:"我和他分手后,每年都试探他说要和他复合,他每次都是毫不犹豫地拒绝……你的计划能行吗?"

"能,肯定能。"黄括连连点头,"我是男人,相信我对男人的判断。男人对待爱情和友情的态度截然不同,友情被破坏了可以修复,爱情受伤了就无法回头了。"

"男人真虚伪。"胡沧海冷笑道。

到了10月份,上海的天气依然热度不减。更加热火朝天的是临港新片区,各项预定的工程项目陆续上马,到处是一片繁忙的景象。平地上有无数塔吊、挖掘机在工作,海中也有许多疏浚船在作业,机器轰鸣,船笛声声。

在忙碌了一天后，夏常拖着疲惫的身子回到了办公室。窗外，远处就是正在封顶的人才公寓，可惜最早也要到明年6月份才能入住，他现在还得每天回家。

几条主干道的拓展工程已经开工，最新引进的几家高科技公司也在上马建设，临港新片区初步呈现欣欣向荣的景象。夏常大为欣慰，如何在新片区绘制智慧城市的蓝图，他心中的规划越来越清晰。

正准备下班时，韩剑南进来了。他身后还跟着一人，年龄约50岁，浓眉方脸，既和蔼又有几分威严。

"小夏，这位是管委会的付周年主任。"韩剑南朝夏常悄然使了个眼色，示意他重视起来。

夏常忙上前握住了付周年伸出来的右手："付主任好，不，应该叫您周年主任。"

付周年热情洋溢地笑道："哈哈，年轻人不必在意这些务虚的细节，我们直接谈工作。到明年7月，将会有总投资约480亿元的18个重点产业项目陆续开工建设，周期短任务重，需要各部门加快协调，积极配合工作。你年轻有为、年富力强，应该承担起更重要的工作。"

夏常心中一跳，刚要谦虚几句，付周年却不给他机会。

"临港新片区有不少土地是围海造田造出来的，原本也是一片荒地，你看现在，高楼林立、工厂众多，是不是有沧海桑田的感觉？"

夏常及时地回应道："沧海桑田，天翻地覆！"

付周年点了点头："原本你是负责智慧城市的规划与设计，现在你还负责智慧城市的规划与设计……"

等于没说，夏常心里稍微放松了几分，只要不让他当领导，什么都好说。

"不过原定临港新片区的智慧城市只是区示范点，现在上升了，被列入市重点项目，是市示范点了。希望你能把临港新片区打造成上海市的智慧城市示范点，打出名气，争取以后成为全国的智慧城市示范点。因此，管委会决定成立智慧城市示范点小组，你任组长！"

担子有点重，夏常腰一弯，有点接不住的感觉。

不等他说话，付周年又语重心长地说道："知道你肯定会有心理负担，不要紧，有什么困难尽管说，能解决的一定帮你解决。解决不了的，我向市里要政策要人，都没问题。为了配合你打造全市智慧城市示范点的工作，管委会特意挑选了几家公司配合你的工作，并从区规划院抽调了人手……"

夏常心想不妙问："区规划院……不会是于时吧？"

"就是她。剑南说你认识她，你们的工作配合也很默契，就特意抽调了她过来。"

"能不能换个人？"夏常有几分不情愿，直接就说了出来，"声明一下，我不是对于老师本人有什么看法，是因为我在和她合作的过程中总有一些磕磕绊绊，不是那么顺畅。"

"这就对了，就她了，不换了。"付周年哈哈一笑，"根据我多年来的工作经验，越是合作顺畅、没有一丝矛盾的合作伙伴，越会出大问题。反倒是日常吵架斗嘴的合伙人，倒是能走得长久。是不是这个理儿，剑南？"

"是，是，主任说得太对了。"韩剑南连忙附和，呵呵直笑。

夏常心中却还是抱了一丝缥缈的希望问道："两位领导，我还是希望可以另外换一个人……"

"换不了！"付周年态度坚决，"主要是没人可换，其他人都有各自的工作，抽不开身。只有于时从一开始就负责新片区的规划，除了她，没别人了。"

早说没人可换不就行了？夏常无奈地点头："管委会挑选了几家公司配合全市智慧城市示范点的工作？"

"一共挑了四家，你可以再筛选一下，留下两三家就行。"付周年说道，"四家全是人工智能公司，有挑选的余地，选谁不选谁，你来决定。"

行吧，还算有点小小的权力，夏常刚要沾沾自喜，却又愣住了——四家人工智能公司除了一家名叫中有科技的不了解之外，其他三家分别是奔涌科技、颜色科技和飞天科技！

看了四家公司的详细资料，经过慎重思考，夏常最终选择了奔涌科技、颜色科技和飞天科技。

"没问题。"似乎早就料到他会选择以上三家公司，付周年一口答应。

送走了付周年，韩剑南留了下来。他先是强调了智慧城市示范点小组的重要性，以及小组的工作方向与艰巨任务，然后又说到了于时，希望夏常一定要和于时打好配合。虽然于时是小组的副组长，但她是派来协助新片区的工作人员，要给予她足够的尊重。

不管韩剑南说什么，夏常都一一应下，现在他的心思不在如何和于时配合，而是怎样开展工作。

申请成立智慧城市示范点的批复终于下来了，可夏常心中的喜悦却被沉甸甸的责任感淹没了。

打造智慧城市示范点不是一件小事，是一件了不起、了不得并且极其耗费财力、物力和精力的大事。

第 20 章
没有捷径

智慧城市的含义很宽泛，也有很多种解决方案。智慧城市可以有助于缓解"大城市病"，提高城镇化质量，实现精细化和动态管理，并提升城市管理水平和改善市民生活质量。

智慧城市的整体解决方案是指在城市发展过程中，在城市基础设施、资源环境、社会民生、经济产业、市政管理五大核心领域中，充分利用物联网、互联网、云计算、高性能计算、智能科学等新兴技术手段，对城市居民生活工作、企业经营发展和政府行使职能过程中的相关活动和需求，进行智慧的感知、互联、处理和协调。

夏常系统研究过各地智慧城市的建设，应该说，上海已经走到了前列。

"我可以进来吗？"门外突兀的声音打断了夏常的思绪，不等夏常说话，门就被人推开了，"不说话就当你同意了。"

于时笑盈盈地走进来："智慧城市示范点小组副组长于时前来向组长报道。"

夏常不耐烦地挥了挥手："别闹，我对你一没管辖权二没财权三没人事权，我只是一个虚名组长，你再巴结我也涨不了工资。"

"庸俗了不是？我是一切为了钱的人吗？"于时小声嘟囔了一句，

"有时也为了钱，但不是一直好不好？"

"我刚接到通知就赶紧赶了过来，是想和你商量一下你选定的三家人工智能公司的分工。"于时早有准备，拿出了一叠资料，"我找了一些能给出智慧城市整体解决方案的公司名单。"

夏常不置可否地笑了笑："你的意思是，我们需要购买集成商的整体解决方案，再由奔涌、颜色和飞天来执行做配套服务？"

"不然呢？"于时歪头一笑，"你会让他们三家其中之一出整体解决方案吗？怎么可能！他们谁也没有这样的实力！"

"现在是没有，以后说不定。"夏常问道，"你更倾向于哪一家的整体解决方案？"

"华为。"于时扬了扬手机，"不是因为我用的是华为手机，而是我觉得华为的整体解决方案最科学，也最合理，并且由于华为在 5G 方面的领先优势，会有利于各种底层的架构。"

具体选择怎样的方案，还需要根据临港新片区的实际情况来决定。夏常想了想，说道："最终选择哪一家集成商，由我们商量之后拿出几个方案交由领导决策。"

于时像不认识一样地打量夏常几眼："什么时候学聪明了？我还以为你会一直天真下去。"

"我一直很聪明的好不好？你觉得我天真是你的错觉。"夏常当即回怼于时，"本来我想让领导将副组长人选换成别人，领导说你无可替代，最后我只能勉为其难地答应了。希望你不要介意我对你的不信任，我对事不对人。作为一个饭友，你还是很合格的。"

"说我是干饭人是对我最大的褒奖。知我者，夏常也。"于时脾气好得出奇，毫不生气，"领导也和我说了，和你搭档是没得选择，因为负责智慧城市的人中，只有你有空闲，别人都忙得不可开交。你现在成为组长，不是因为你的不可替代性，而是你恰好站在了门口。"

"谢谢。说我踩对了时代的鼓点也是对我最大的鼓励。"夏常日常埋汰于时,"于时,你戴个帽子,是不是没洗头?"

"是哪一任女友告诉你女孩子戴帽子是因为没洗头?"于时抿着嘴笑,"不过你是我见面时不需要刻意洗头并且不用化妆的人。"

夏常寸步不让地说:"一样,一样。我见你,连脸都不用洗。"

"到饭点了,不请我吃饭?"于时看了看表。

"走,胡三金饭店,你存了饭钱,随便吃。"

二人赶到胡三金饭店时,门口围了一群人,还有几辆货车。胡三金和他老婆韩萌萌正在和人争吵。

出事了!夏常和于时分开人群,挤到了中间。

人群中间,胡三金拿着勺子,韩萌萌拿着锅铲,二人背靠背,被几名工人模样的人围在中间。

"不行,撞坏了东西就得赔!"胡三金脸涨得通红,眼中既有不甘也有心疼,他身后有一台冰箱倒在地上,冰箱中的东西散落了一地。

除了冰箱,还有冰柜、空调以及灶具,也都散落在地上。再看餐馆里面,桌子、椅子乱七八糟地被撞翻了一地,就连电视机也被砸得稀烂。整个餐馆像是刚经历了一场浩劫。

"怎么回事?"夏常正义感爆棚,立刻挡在了胡三金夫妻前面,"你们是谁?为什么要打人砸东西?"

闹事的为首者是一个长着络腮胡子的彪形大汉,个头比夏常高了一头有余,他向前一步,俯视夏常:"你谁呀?想清楚了再多管闲事,小心被收拾!"

于时毫无畏惧之意,也上前一步,和夏常并肩而立:"我已经报警了,你们有种都别走,等警察过来处理!"

"你又是谁?怎么都吃饱了撑的吗?"大汉哈哈大笑,"你们瞧见没?刚才打了一对,又冒出来一对。"

胡三金拉住了夏常，不让他出头。

韩萌萌说出了事情经过。

原来，为首者姓刘，是一名货车司机，其他人不是司机就是搬家公司的员工。刚才大车路过餐馆门口的时候，撞坏了放在门口的冰柜。

胡三金要求对方赔偿，刘师傅原本答应了，正商量价格时，他接到了一个电话。放下电话他就变了脸，说要赶紧过去卸货，晚了的话要被处以10倍罚款。赔偿的事情，等他回来再说。

胡三金认为刘师傅是想肇事逃逸，不让他走。双方争执时，又撞翻了冰箱。闻讯而来的刘师傅的同事，上来二话不说就砸了东西。

"撞坏了东西，可以是交通肇事。带人砸东西，性质就不一样了，就是寻衅滋事了。前者顶多罚款，后者可是要坐牢的。"夏常不是吓唬刘师傅，他懂法律，"现在你只能好好说话，请求胡老板不告你们了。"

刘师傅原本气势汹汹，毕竟自己一方人多势众，可听了夏常的话，气焰顿时减弱了几分："我就是不小心撞坏了他们的东西，也没想砸东西。他抓住我不放，我的工友们以为在打架，冲过来就砸东西。一冲动就砸多了……这事儿，能不能别惊动警察？"

于时摇头，语气坚决地说："晚了！警察马上到！"

"都怪业主，非要催我们过去卸货，说是晚5分钟罚我们5倍，晚10分钟罚10倍，还投诉我们！"刘师傅摇头叹息，"我们是两头受气。兄弟们心里窝火，又被胡老板几句话挑动，就冲动了些。该赔的一定赔，千万别把我们抓进去。我们还要养家糊口的，一进去，要是十天半个月的没有收入，就麻烦大了。"

第21章
五个条件和五点要求

一句话让胡三金心软了,他叹息一声说道:"都是普通百姓,都不容易。这样吧,你们只要赔偿了我的损失,我就放过你们,不再追究。"

"行,一言为定。"刘师傅这下高兴了,"不过我们真的得先去卸货,要不被罚款、被投诉,又是半个月白干。我们去的地方不远,就在新片区内,是一家叫飞天科技的公司。"

夏常一惊:"威胁要罚款、要投诉你们的人是不是叫孙照?"

"就是就是,您认识她?"刘师傅的脸色更是缓和了几分,并充满了期待,"要是您能替我们说几句好话,不让她罚款和投诉,您让我干什么我都同意。"

"真的?"夏常心中有了主意,笑道,"干什么都行?"

"只要不杀人放火!"

"好,你们只要答应我两件事情,我就可以不让孙照投诉你们。一是全额赔偿胡老板的所有损失;二是只要来新片区送货,赶上饭点了,就得来胡老板的餐馆吃饭,能答应不?"

"能,能,都能!"刘师傅以为夏常会刁难他们,没想到是这么简单的条件,当即连连点头,"我们车队一共有30多个兄弟,每周都要来新片区送货,少说也得三五次。我答应您,每次只要过来,一定会来胡老板的餐馆吃饭，说到做到！"

"给您看我身份证！"刘师傅递过去了自己的身份证，"我叫刘锋，湖南人，您先扣下我的身份证，我不会跑的。回来后肯定赔偿！"

"不用。"夏常把身份证塞回去，"我陪你去见业主。"

车上，于时坐在夏常的身旁，她悄悄揉了揉肚子，一脸不悦，拉了拉夏常的衣服："干吗去见孙照？肚子饿了，先吃东西好不好？我不是反对你多管闲事，胡三金的事情也不算闲事，但得吃饱饭才能有力气继续管闲事，不是吗？"

夏常被于时逗笑了："第一，这不是闲事，是一件很有意义的正事，也是一个关键的契机，回头再告诉你。第二，根据我对孙照的了解，她挑剔又讲究，总是喜欢处处彰显自己的与众不同，她搬过来的第一件事情就是会先打造一个超级厨房……"

"哇……"于时立刻惊叹了，"师傅，能开快点儿吗？"

也就是夏常出面才能说服孙照不再追究刘锋等人的责任，换了别人，她还会不依不饶。孙照不明白夏常为什么对搬家公司的一帮人感兴趣，笑话他得有多无聊才会和他们交朋友。

夏常笑而不语。

果然被夏常猜中了，孙照在办公区辟出了一大块地方打造成了超级厨房，还专门聘请了一个厨师，只为她一人服务。她让厨师为夏常和于时做了一顿丰盛的午餐。

于时吃得很开心很兴奋。

"以后你们就当这里是你们的餐厅，随时欢迎你们过来吃饭。"孙照见夏常和于时吃得不错，她也开心了，"我还邀请了黄括、林工博他们一起。对了，听说林工博的公司刚搬到楼上了？"

孙照到底是真傻还是装傻？夏常忽然觉得他看不透孙照了。之前她有时跋扈有时盛气凌人，十足像是一个被惯坏了的富家女。但现在，她精心打造了一个厨房，还要邀请黄括和林工博，等于是说她的厨房会成为三家公司的休息室，大家一起吃饭时聊一些业内的话题，有意无意中，都会透露一些关键消息。

到底孙照是无心之举还是有意为之呢？

林工博的奔涌科技不久前提出了要搬来园区的想法，夏常自然欢迎。在莫何和杨小与的联合劝说下，林工博决定增加类脑芯片的研发方向，并且作为公司的主要业务。类脑芯片尽管研发周期长，成功率低，可一旦有所突破，必将是轰动性事件。

夏常很为林工博的决定而高兴，他愿意尽自己的力量帮助奔涌在类脑芯片上获得突破。目前的格局是，颜色科技在三楼、飞天科技在四楼、奔涌科技在五楼。三家研发方向一致但侧重点各不相同的人工智能公司，是目前夏常联系得最密切的三家公司，也是园区内目前最有实力的三家人工智能公司。

"应该已经搬好了吧？"于时起身出去，"我吃饱了，上楼看看，正好消化一下。最近没和小与联系，她说忙着公司搬家的事情。"

"搬好了。你别上去了，他们马上下来。"夏常刚才微信通知了莫何、林工博和黄括，"黄括也会上来，正好借孙照的地方开一个小会。"

"什么叫借我的地方，明明是你自己的地方好不好？"孙照羞涩地一笑，"别当自己是外人，等下钥匙给你留一把。"

说完，她站了起来，冲在场的所有员工喊道："你们都听好了，夏常是我男朋友，以后他过来就等于我过来，他的吩咐你们就当我的吩咐来办，听到没有？"

众人异口同声地回应："听到了！"

夏常只觉得一个头两个大，对孙照说："别弄这么大声势行不？我不记得我们已经是男女朋友了，你这样做会让我难堪的。"

"你同不同意不重要，重要的是，我已经同意了。时代不同了，两个人处朋友，不一定非得男人主动，女人一样要敢于追求自己喜欢的人。"孙照上前要挽夏常的胳膊，"你就是我一定会拿下的目标。"

夏常连忙躲开："别，你不能因为我而降低择偶标准，继续保持你对异性高标准的要求，才符合你的身份。要不，你考虑一下莫何？"

此时，正好莫何和林工博、杨小与下来了。

莫何个子和夏常差不多，又没有上海户口，更没有年薪百万，几个硬件条件都不符合孙照的要求。夏常只是随口一说，要的就是好让孙照转移目标。

不料孙照当真了，上前打量了莫何几眼，当即问出了灵魂五问："第一，一米八五；第二，上海户口；第三，年薪百万；第四，英俊不凡；第五，名校硕士。五个条件，你符合几个？"

莫何手足无措："我做错什么了吗？为什么要这么对我？"

林工博也是一脸疑惑："你要干吗？孙照，莫工有女朋友了，你别骚扰他。"

于时暗暗摇头，两个理工男，一个会说话的都没有。

莫何愕然一愣："林总记错了吧？我早就分手了，现在是单身。"

林工博苦笑道："我是替你圆场，你非要说实话干吗？"

"没什么，实话实说一向是我的本色，我认为是优点。"

"可问题是，孙照的五点要求，对你来说是打脸……我说你有女友，不就不用回答她的问题了？"林工博埋怨莫何不懂他的意思。

莫何哈哈一笑："怕什么？她有她的五个条件，我也有我的五个条件。"

几人被莫何和林工博的对话惊得目瞪口呆。

"问你话呢，你符合几个？"孙照不耐烦了，又问了一遍。

莫何摸了摸脖子，傻呵呵地一笑："一米八五？肯定没有。上海户口？这个应该会有，临港新片区对落户政策有优惠，没准3年后我就是上海人了。"

"年薪百万？现在没有。但我是奔涌的联合创始人，我对奔涌未来的前景有信心。3年后，奔涌的估值达到5亿以上，我的身家也能到1亿，年薪百万不是梦。英俊不凡？没有英俊，只有不凡。名校硕士？这个可以是，我是复旦的硕士，应该达标吧？"

孙照难以置信地上下打量莫何几眼："哟，没看出来，你还是一个优质潜力股，身上有这么多闪光点，未来还挺有前景，要不是身高不到一米八五又不够英俊，我都快要动心了。"

"千万别浪费感情，更不要在我的身上耽误时间。不值得。"莫何连连摆手，一脸诚恳。

"哎呀，你怎么这么实在？我都真的快要喜欢你了。"孙照乐开了花，"很难再见到和你一样能够认清自己的人，好多人虚伪、矫情得不得了。"

"不，不是的。"莫何认真地摇头，"我的意思是，你不符合我的五点要求，所以就算你再喜欢我，我们也不可能在一起。"

"我……"孙照险些没被呛着，"你还敢挑剔我？说说看，你有哪五点要求？"

莫何说道："我也有五点要求，你应该一条都不符合。一、善良；二、温柔；三、顾家；四、贤惠；五、会做饭。"

第 22 章
业内高手

孙照气笑了："你这都是什么要求？一条也不科学，都是从物化女性的角度出发的。善良？什么叫善良？逆来顺受叫善良？温柔？怎么是温柔？听话、乖巧是温柔？顾家？天天在家里守候你们男人回来，大门不出二门不迈叫顾家？贤惠？通情达理叫贤惠，还是要让女人事事顺从男人，不吵不闹不提要求才是贤惠？最后一点会做饭就更可笑了，男人就不能做饭吗？我钱赚得比男人多，能力不比男人差，为什么还非要女人做饭不可？综上所述，你就是一个物化女性、老气横秋、带有封建遗毒思想的老顽固、大直男！"孙照越说越气，上前推了莫何一把："你走吧，我讨厌你，不让你吃饭。"

莫何很听话地转身就走："不吃就不吃，道不同不相为谋，而且我也吃过饭了，不饿。"

夏常上前拉住莫何："不吃饭可以，会必须开。孙照，如果你这里不能容下别人，以后开会就换奔涌公司了。"

孙照忙收敛几分："行，行吧，开会可以。以后开会，只聊工作，不谈私事。"

夏常主持了会议："成立智慧城市示范点小组的事情，想必大家都已经知道了。管委会要求我推举三家人工智能公司参与智慧城市示范点的建设，我推荐了奔涌、颜色和飞天。不过前期参与并不代表后期落地建设时也一定参与。最终能不能全程参与到智慧城市示范点的建设中，还要看自身的实力。现在，我们有必要就分工问题进行讨论。"

黄括和胡沧海暗中交流了一下眼神。对于夏常选择颜色科技成为三家参与公司之一，黄括心中惊喜的同时，又有几分担忧。夏常能不计前嫌地让颜色科技加入，不知是他心胸宽广，还是另有所图，他们不得而知。以黄括对夏常的了解，在大事上，夏常从来不含糊，也一向坚持原则。否则也不会因为理念分歧而和他闹得不愉快，最终被扫地出门。但黄括虽相信夏常的为人，却又不相信人性。人性善变，也许每个人都有自私的一面，夏常真能做到大公无私吗？不可能！还是小心一些为好，以免上了夏常的当成了他踩低捧高的支点。

孙照对飞天科技成为三家参与公司之一没什么感觉，夏常这么做不是理所应当的吗？而且她对自家公司参与到智慧城市示范点的建设之中意味着什么，也没有什么概念。

林工博就不一样了，他无比激动，朝夏常投去了感激的目光。三家公司之中，论实力，奔涌最弱。但论潜力，他相信奔涌可以排到第一。他和莫何都是各自领域内的专家，杨小与也是业内的佼佼者。奔涌科技绝对是一家以科技为主导、以技术为先锋的公司。当然，前景广阔不代表现在实力强，能入选，还是得多谢夏常的认可与支持。

夏常并不在意三家公司各自有什么想法，只要他们愿意参与建设就行，他的出发点也全是为了工作。

夏常继续说道："现在还没有最终确定由哪家公司担任集成商，不出意外，应该从排名前六的六大公司中选择一家。你们三家公司可以作为配套商，负责基础工作。目前来说，主要工作有物联网、数据湖、人工智能和视频云。"

"飞天科技在人工智能自动化上面有多年的经验，并且产品也得到了市场的验证，由飞天科技负责人工智能的部分，你们有没有意见？"夏常以商量的口气征求大家的意见。

"我没意见。都听夏常的。"孙照在不该表态的时候，第一个表态。

黄括和林工博也都表示赞同。黄括盘算了一下，他希望可以拿到物联网和数据湖，视频云留给林工博就行了。

夏常小声和于时说了几句，于时起身拉起孙照，走到了一边："你最好和孙总通个气，听听他的意见。"

孙照连说不用："这点小事儿我能决定，不用向我爸汇报。我爸说了，分公司的事情我可以全权做主。"

见孙照如此笃定，于时也不好再勉强。

夏常问黄括："黄总，你觉得以你们的实力，更匹配哪一块呢？"

黄括微微后仰，姿态显得更从容一些："其实以颜色科技的实力和在人工智能行业多年的经验，四大块都拿下也没有问题。既然只剩下了三块，不如都由颜色科技来主导，奔涌可以做一些辅助工作。"

好大的胃口，夏常没笑，林工博却笑了。

"黄总，多吃点沙拉，可以减肥，更可以减去一些不切实际的幻想。"林工博将一盘沙拉推到黄括面前，"现在流行健康的轻食。"

"谢了，不用。我不胖，刚做过体检，身体很健康。"黄括呵呵一笑，"凡事还是要靠实力说话，要不得半点弄虚作假。承认差距才能进步。奔涌也得认识到自己的实力不行，要跟着前辈学习才能进步。我们愿意给奔涌一个机会。"

胡沧海也是轻轻一笑："黄总的话虽然犀利了一些，但忠言逆耳，也是为了奔涌可以更快地前进。如果奔涌愿意在颜色的主导下做一些辅助工作，颜色也愿意分享一些技术让奔涌学习。"

"你们应该没有什么值得奔涌学习的技术，而且研发方向也不太一样，你们的技术都比较初级，对奔涌来说就像是小学生，而奔涌已经在做研究生的课题了。"莫何有一说一。

黄括脸色都变了:"莫何,你什么意思?"

莫何依然一脸淡定:"没什么意思,实话实说而已。颜色的技术架构都是我弄的,现有的技术储备都是当初夏常留下的底子,你跟我们说你要主导,让奔涌辅助,说你开玩笑都是抬举你了,你是不知天高地厚。"

黄括大怒,拍案而起:"莫何,我当初开除你,是你太自以为是,不按照公司的发展方向来研究。你对我怀恨在心,我可以理解。但你不要公报私仇,不要贬低颜色的技术水平!"

"我没有贬低,是很客观地陈述。你自己说,现在颜色的技术负责人都有谁?"莫何依然一脸沉静,"还有,当初不是你开除我,是我先提出了辞职。"

胡沧海示意黄括不要失态,她淡然一笑:"现在技术方面的主要负责人是我,同时,黄总也会参与到技术问题的决策之中。既然奔涌不愿意做辅助工作,不如这样,颜色负责物联网和数据湖版块,奔涌负责视频云。"胡沧海看向了夏常:"你觉得呢,夏常?"

夏常想了一会儿,却将难题抛给了于时:"于老师是副组长,我们听听她的意见。"

于时正在一旁坐山观虎斗看得开心,突然被点名,微有不满地瞪了夏常一眼:"其实现在只是一个大概意向,是征求意见阶段。最终哪家公司负责哪个版块,还得报上去由领导决定。"

"就我个人来说,我更倾向于让奔涌负责物联网和视频云,而颜色负责数据湖。"于时见胡沧海想说什么,就及时制止了她,"先别忙着发表意见,目前还只是征求意见阶段,还不清楚到底哪个版块的业务量更大,也许一个视频云的版块就顶其他三大版块的总和。"

于时的话让胡沧海心思大动,也是,现在就争抢负责哪个版块,显得太急切了。何况夏常和于时又没有决定权，只有推荐权和建议权，不如以退为进，先拿出高姿态再说。

"好，颜色就先负责视频云。"胡沧海坐直了身子，显得她高人一等似的，"接下来大家各自就所负责的版块出方案，再交由专业的评定机构来打分。"

夏常点头："我和于老师也是这个意思，大家各自就初步定下的版块出一个主要方案，再就其他版块出一个次要方案，我们组织专家打分评定，再最终决定谁负责哪一块。"

会后，夏常到楼上的奔涌科技做客。这也是夏常第一次来到奔涌。

奔涌搬来的时间不长，是三家公司中最后一个。装修风格既不同于颜色的简洁实用，也不同于飞天的欧美风，而是朴实风。墙壁上裸露出砖墙的原生态，桌子也是带着天生疤痕的原木桌子，乍一看，如同北京中关村的一些互联网公司。

第 23 章
从概念到应用

奔涌的主要创始人是林工博、莫何和杨小与。林工博的专业是集成电路，莫何是数字经济，而杨小与是生命科学。三人三个专业，似乎风马牛不相及，但整合在一起，正是类脑芯片所需要的学科。

类脑芯片需要高端集成电路的设计与制造，需要数字经济与生命科学融合在一起的指令，如此才能让芯片更有智慧。

林工博作为最大股东，却没有单独的办公室，而是和杨小与一间。莫何是第二大股东，他的办公室却最大。莫何邀请几人到他的办公室里聊聊。

对于智慧城市的建设，莫何有自己的想法。智慧城市的概念提出的时间不长，到底什么样的城市才算是智慧城市，并没有一个通用的标准。

莫何不等夏常几人坐稳，也顾不上倒水，上来就侃侃而谈："有人认为智慧城市就是物联网的普及，就是自动送货装置，比如机器狗可以送货上门，无人机可以送外卖上天，自动驾驶可以穿梭在城市的每一个角落，5G 以及未来的 6G 网络，速度快到近乎无延迟，等等，应该说，这些应用场景是智慧城市的一部分，但远远不是全部。

"我心目中的智慧城市，除了保证基本的交通和生活便利之外，还可以将各种城市公用资源包括水、电、油、气、交通、公共服务等连接起来，监测、分析和整合各种数据能做出智能化的响应，以便更好地服务市民。一个智慧城市就像一个庞大的智慧生物，有一个高度发达的大脑，每秒可以处理无数的信息，掌管着城市中的每一件事情，并且分毫不差。"

于时点了点头："很科幻，也很现实。我觉得智慧城市的一个最简单、最基本的应用就是 Wi-Fi 全方位无死角覆盖，同意的请举手。"

杨小与当即举手："必须同意。"

"还有，我想象中的智慧城市必须有虚拟购物的体验，不管在哪里，随时随地都可以让我通过网络试穿各种衣服，而且要逼真！"于时再三强调，"逼真是第一生产力，不要弄得很模糊并且有很大的延迟，很影响体验好不好。"

夏常哭笑不得："你这不叫智慧城市的应用，叫在线试衣好不好，一个具有里程碑意义的智慧城市的建设居然被你当成了购物体验……"

"我觉得智慧城市不仅仅是指在大的方面方便居民，细节上也要到位！"于时不服气，"而且，还要漂亮、干净、整洁，如果我们居住的地方不能让人舒适，再智慧又有何用？"

"我心目中的智慧城市，除了有以上的便利之外，还能根据天气的变化、季节的变迁自动调节喷洒装置，保证一年四季花开不断，不同季节对应不同的鲜花。同时，还要保持空气的流动、监测天气的污染，等等，这样我们才能生活在一个舒适健康的环境之中。"于时继续发表看法。

"赞同！"杨小与又及时附和了于时。

夏常这一次没有反对，而是点了点头："也对。智慧城市的智慧不仅仅体现在便利上面，也要舒适和美观。好，加入解决方案里面。"

林工博静静地听每个人发表意见，最后才说："我认为，智慧城市应该从以下几个方面来着重解决：1. 应急联动；2. 食药监管；3. 智慧园区；4. 电子政务；5. 数字城管；6. 智慧环保；7. 平安城市；8. 智慧旅游；9. 智慧医疗；10. 智慧交通；11. 智慧物流；12. 智慧社区；13. 智慧教育；14. 智慧消防……"

等了一会儿，于时才问："没了？"

"没了。"林工博很惊讶，"已经很详细了，还有什么？"

"太宽泛了，应该有更细节化的应用……"于时想要深入说一说，见林工博一脸疑惑，就又摆了摆手，"算了，当我没说。"

"更细节化的应用都会写到程序里面，是编程时需要考虑的问题。"林工博愣了一愣才意识到于时想要表达什么，"你所在意的方面都会在智慧园区、智慧环保和智慧社区中体现出来。更具体的方案会让小与来负责。关于花花草草的事情，我实在弄不来。"

"你不总结发言一下？"于时见夏常一直沉默，就有意将他一军。

夏常摇了摇头："还是赶紧出方案吧，时间紧任务重，我们智慧城市示范点的建设不能落后于临港新片区的全面建设。"

回办公室的路上，夏常和于时同行。二人扫了共享单车，慢慢骑行。

"你好像留了刘锋的联系方式，为什么要对一个搬家师傅这么上心？"于时很好奇，"是不是想着万一以后和黄括打架，好有人帮忙？"

夏常被逗乐了："你的脑袋都在胡思乱想些什么？怎么就不能想些好事呢？"

"我是替你着想，怕你走向错误的道路。"

"认识他们、关注他们的生存状态是我需要了解的课题之一。只能说这么多了，能领悟多少就看你自己了。"

"什么课题？"于时才懒得猜。

前面是个路口，本来该往右转，夏常却突然左转弯："自己想，想不到就算了。"

"你去哪里？"于时慌乱中也赶紧跟着拐弯。

夏常没回答，于时小声嘟囔："耳朵不好使也不去看看医生，别越来越严重。"

牢骚归牢骚，于时还是跟了上去，她现在特别好奇夏常到底要干什么，因为她发现她越来越看不透他了。

夏常来到了胡三金的餐馆。

此时，这里的东西都归了原位，几台崭新的电器也正在安装。刘锋师傅说到做到，赔偿全部到位不说，还另外附赠了几箱啤酒与饮料。倒是一个守信之人。

胡三金再三向夏常表示感谢，声称要免除夏常未来三年的饭钱，但被夏常拒绝了。经过一番商量，二人最终达成共识——夏常和于时每人每年交3000块的饭费，可以不限人数和次数来餐馆就餐。

回到办公室，夏常还沉浸在喜悦之中。于时自己倒了杯水喝，笑他："才多大点的事情，值得高兴成这样？你是做大事的人，别这样。"

"别哪样？大事都是由小事汇聚而成的。临港新片区的繁荣，不仅仅要靠我们，还需要像胡三金、刘锋这样奋斗在一线的工作者。如果没有他们的辛勤付出，城市就会停止运转。"夏常告诉于时，"城市就像是一个人体，人体中，有许多红细胞在无时不刻地运转，它们运输氧气和二氧化碳等人体新陈代谢所必需的物质。"

"没有红细胞，人体这个庞然大物就会轰然倒塌。"夏常得意地说，"小朋友，多学一些人体机能的知识，你就会对城市的运转和智慧城市的含义有更深的认知。"

"不用你教，我都懂。"于时嘴上这么说，却还是摆出了一副虚心好学的姿态，"我不明白的是，黄括人品这么差，这么对你，你为什么还要推荐他的公司入围？是不是想让他到时再出局，好让他成为垫脚石，报仇雪恨？"

夏常直直地看了于时一会儿，忽然哈哈大笑："于时，你长得挺阳光的，阴谋诡计倒不少。你可真会想，还真提醒了我到时非得黑黄括一次不可！"

"真的？"于时兴奋地搓手。

"胡闹！"夏常作势欲打，"我要是想要黑黄括，用不着这么费劲，摆在明面上的就有101种方法让他难受。但没必要也犯不着，我和他的事情是私事，示范点的工作是公事，必须拎得清。"

"三家进来，是想综合对比一下哪家的方案更科学更先进。黄括是人品不怎么样，但技术水平有，在人工智能方面的研究成果也不差。要一分为二地看待事情，如果他的方案真的有助于智慧城市示范点的建设，我也会推荐并采用。"夏常不是标榜自己有多无私，而是实话实说。目前在人工智能领域，公司不少，都各有侧重点，各有特色。

第24章
措手不及

颜色科技也算是一家有实力、有潜力的优质公司。于时一缩脖子躲到了一边，似乎是怕夏常打她："接下来的工作怎么开展，请组长指示。"

夏常看了看时间："你不回规划院？天天待在研究院，不合适吧？又不是研究院给你开工资。"

"领导说了，我从智慧城市示范点小组成立之日起，就可以长驻研究院了，直到智慧城市建设完工之日。我在规划院也主要负责临港新片区的规划，韩主任说了，准备为我在研究院申请办公室。"

"我办公室小，容纳不下两个人。"夏常吓了一跳，忙说，"楼上楼下都还有房间。"

"别想好事了，房间已经安排好了，就在你的隔壁。谁要和你一间办公室办公？天天看着你的冷脸，怕是会抑郁。"于时得意地一笑，"下午我就不打扰你了，要搬家。"

"搬什么家？"夏常一脸警惕。

"我要搬来办公呀。"于时开心地出去，"估计车都快到了，我的东西也不多。"

等于时出去后，夏常才小声地问了一句："需要帮忙就说一声，不说就当你不需要。"

于时压根就没听见，夏常长舒了一口气："是你不需要的，不是我不帮。"

下班时，夏常悄悄推门出去，见隔壁房门紧闭，没有动静，就悄悄过去贴着门听了一听，里面也没有声音，他这才拍了拍胸口，下楼而去。

等他到了楼下，于时办公室的门才慢慢打开。于时探出头来，脸上花了好几块，身上也有灰尘，鼻尖上有一处明显的污渍。

"咦？刚刚明明有动静，怎么会没人呢？"于时东张西望一番，楼道中已经空无一人了。

"算了，不管了，我先干活。打扫干净才能心情舒畅，心情舒畅了才有利于工作。估计夏常偷偷下班走了，小气鬼，不帮忙也就算了，下班也不打声招呼就走，生怕别人要他请客。"

于时的嘟囔和埋怨，夏常自然是听不到了。他下了楼，扫了共享单车，骑到地铁站，挤上了地铁。

一个小时后，夏常回到了家里。他一进门就觉得气氛不对，不但客厅灯光大亮，其他房间的灯也全开着。出什么事情了？一向节省的父母从来都有随手关灯的习惯，今天开这么多灯，是什么大日子吗？

"夏常回来啦？"迎接夏常的不是父亲微带沙哑的声音，也不是母亲并不标准的普通话，而是一个洪亮的男声。

"孙总！"夏常一惊，就见孙飞天、孙照和姜一叶从他的房间中走了出来，后面跟着父母。

这么兴师动众地迎接他下班回家，夏常不是受宠若惊，而是心惊肉跳，他就知道估计没什么好事。

"孙总来家里也不提前说一声，我好准备准备……"夏常虚伪地客气着，脸上的笑容有几分勉强。

孙飞天哈哈一笑："你好准备什么？准备不回家是吧？要的就是打

你一个措手不及。"

居然被猜中了，夏常也就不假装了："孙总英明。早知道您要来，我就在单位加班了。又管饭，又给报销打车费用，九点后还有夜宵，又能不见不想见的人，多好。"

"就这么不想见我？"孙飞天也不恼，呵呵一笑，"说说理由。"

"怎么和你孙叔说话的？"夏祥狠狠地瞪了夏常一眼，"越来越没有样子了，十三点！"

夏常假装没听懂父亲是在骂他，笑道："十三点是正午阳光，很明亮很热烈，如日中天，是一天中最好的时候。"

"不是不想见孙总，是现阶段不太想见。于公于私，我们现在好像都没有太合适的共同话题，对吧？"夏常打量了一眼孙照，"今天这身衣服不错，比较配你。"

孙照换了一身运动衣，宽松、随意，很好地遮盖了她的身材缺陷，让她显得没那么臃肿，并且头发也挽了起来，显得脸小了一些。

"要是你喜欢的话，我天天穿给你看。"孙照立刻欢呼雀跃了。

"当我没说。"夏常后悔自己给自己挖坑，"孙总，我突然想起来还有一项工作没完成，我得回去加班……"

不料夏常的父亲早有准备，动作迅速地关上了房门，并且挡在了门口："想走？没门！今天有两件事情你必须说清楚，要不，别想迈出家门一步。"

夏常调整了情绪，有些事情有时需要以退为进，有时也要迎难而上，他冷静地为客人倒了茶，安然坐下："孙总，有什么指示，请讲。"

孙飞天没喝茶，想了一想说道："本来今天想和你谈谈工作，我又改变主意了，今天只聊私事不谈公事。工作，等上班时间到你办公室谈，也是对你的尊重，对吧？私事就是你和孙照的事情，定个日子吧。"

"啊？！"夏常惊得一下子站了起来，"定什么日子？我和她还没有正式确定恋爱关系呢。"

"不重要,我和你爸当年都是先结婚后恋爱,不一样过得很幸福?"孙飞天一副自信满满的姿态,"婚姻这件事情,只要有一个人心甘情愿,忍让加包容另一个,日子就能过得下去。孙照现在对你很顺从很迁就,只要你不胡来不乱来,你们就能幸福地在一起。"

夏常无奈地摇头:"强扭的瓜不甜。"

孙照咬着舌头笑:"但能扭下来我就高兴了,不甜,能解渴就行。"

夏常无语了,随便他们怎么想吧,不信还能绑着他去结婚。

"不是结婚,是订婚,你想多了。"孙飞天似乎看穿了夏常的心思,"也不会绑着你去,会让你心甘情愿地和孙照订婚。孙照这么优秀,又不是嫁不出去。她是喜欢你,但我对你还没那么满意。"

夏常以退为进:"要不这样,先不订婚了,我和孙照先谈着,等水到渠成时,直接结婚不就得了?现在订婚,弄得兴师动众,尽人皆知,多折腾。万一订婚了最后又没结婚,多尴尬?"

夏祥语重心长:"儿子,就听你孙叔的,先订婚。而且还得邀请以前的街坊邻居参加,就是要让他们知道我们两家关系好得不得了……晓得吗?"

"不晓得,有什么意义吗?"夏常想不明白,"以前的街坊邻居?都有谁呀?"

"你张伯、马叔,还有你程伯、文伯……"

夏常真记不清谁是谁了。

"干吗要让他们知道?"夏常理解不了老一辈人的想法,"早就不住一个里弄了,好多都没有联系了,人家才不关心我们的事情。"

"谁说不关心?关心得紧。"父亲来劲儿了,"前几天你张伯刚建了一个老里弄群,拉了一群人进来。一聊才知道,你张伯现在是董事长了,你马叔是主席。你程伯当上了主任,你文伯现在子孙满堂,一大家子人……"

算起来从里弄搬出来至少也有十几年了，正是中国天翻地覆变化巨大的十几年，又地处最发达的城市之一——上海，世事变迁，也在情理之中，不用大惊小怪。夏常理解父亲的震惊和失落，可能他以为他走的道路最正确，孙飞天的成功最大，但忽然发现别人也都非常不错，甚至还有人不比孙飞天差，他就有几分不服气。

人，总是喜欢跟身边的人攀比。攀比也并非全是不好，可以让人进步，也可以让人警醒。但如果一味地攀比，只是为了单纯地压对方一头，失去了激励的作用，就是坏事了。

这么说，父亲要化攀比为动力了？夏常忍住笑："爸，张伯、马叔都是谁？我现在都记不清楚了，他们有成就本是好事……"

"是好事呀，所以我替他们感到高兴。张伯和马叔都记不得了？你小时候他们还抱过你，你还尿过张伯一身。还有你程伯，小时候特别疼你，总给你糖吃。你文叔也是，在你三岁时就说要招你当上门女婿。"

怎么夏常不记得自己小时候还这么受欢迎？难怪现在还是单身，原来桃花运在童年就被用光了，夏常苦笑："文叔的女儿是不是叫文成锦？"

"对，对，你们小时候调皮捣蛋，都叫人家文成公主。"

想起来了，夏常眼前浮现一个模糊的影子，虽模糊，却比眼前的孙照还清晰——她扎一对辫子，上面有蝴蝶结，穿一身漂亮的公主裙，眼神高傲，鼻子高挺，嘴角微微带有弧度，这些都是夏常童年记忆中最闪亮的片段。

文成锦无论穿衣还是举止，都无愧于公主之称。尽管是戏称，一些人还带有调侃和讽刺的意味，但她从小养成的仪态和优雅，是整个里弄无人可及的光芒。

文叔大名文克，是大学教授，他的太太王蓝晓是高中老师，出身于书香之家的文成锦,从小的生活在物质上虽不是特别富足,但在精神上,却比里弄里所有的同龄人都富足。

文成锦原本不在黄浦,而是在静安。她出生于北京西路附近的新式里弄。从家里朝南的阳台望出去,可以看到中苏友好大厦楼顶的五角星,往北走不远则是蜿蜒的苏州河。逛街去南京西路和静安寺,看演出去江宁路上的美琪和艺海,偶尔馋了就去王家沙和吴江路遛一圈……

后来不知何故,她跟随父母搬来了黄浦的里弄,成了夏常的邻居。

在父亲的絮叨和母亲的补充中,夏常才知道到底发生了什么事情——建了里弄群之后不久,在张伯的建议下,大家聚了一次……

第 25 章
反其道而行之

在聚会后，大家忆往昔话今日，感慨在时代的巨变之中，每个找准自己位置的人都获得了丰厚的回报，也有一些人被时代淘汰了，现在只能勉强度日。

文叔并没有继续教书，在夏祥参与浦东开发后不久，也辞职下海了。他创办了一家贸易公司，发展顺利，到现在已经是一家贸易集团了。

文成锦从小受到父母的熏陶，长大后变成了文艺女青年，喜欢画画、旅游和去一些小资情调的地方，不愿意接手文克的公司，只想当一个自由自在的女孩。甚至文成锦都不想谈恋爱！

文克给了文成锦一个二选一的选择，要么接手公司，要么谈恋爱结婚生子，是必选题。如果不选，就断了她的经济来源。

文艺女青年的理想和浪漫，终究要靠金钱支撑，文成锦妥协了，同意恋爱结婚。前提是，必须是和她喜欢的人。

但在文克为她介绍了不下十几人她没有相中一个之后，文克意识到文成锦可能是在耍他，是以没有合适的人选为由，变相逃避。

在聚会时，得知夏常依然单身，文克大为动心。印象中，夏常是一个很乖巧、很受欢迎的男孩，而且文成锦和夏常也算是青梅竹马，打小就能玩到一起。

从教书到下海经商,十几年的商海浮沉下来,文克发现还是当年住在里弄时结交的邻居和朋友纯朴且感情深厚,也知根知底。当年他刚搬过来时,人生地不熟,几次遇到困难都是夏祥主动帮他解决,他对夏祥的印象极好。女儿也对夏常留有不错的印象,时常提及夏常。

夏祥曾一度认为他是时代的同行者,但与以前的老街坊一比,才发现他并没有他想象中那么特殊,就不免有几分失落。

好在儿子夏常的优秀,让他还能在一众街坊邻居中多少有几分成就感。尤其是文克提出要让女儿文成锦和夏常相亲时,夏祥还矜持了一下,又以夏常正在和孙照谈恋爱为由拒绝了。

文克却没有放弃,声称孙照配不上夏常,文成锦和夏常才合适。他还强调孙飞天做事不讲究,远不如他有学识有担当,而且脚踏实地。孙飞天的飞天科技,虽然是所谓的高科技公司,但其实没多少技术含量,走的是到处骗取政府补贴以及对外融资的套路,成立数年来,并没有生产出来什么拿得出手的产品。

夏祥听了不以为然,飞天科技生产的自动机器人在业内颇有盛名,深受欢迎,还出口了十几个国家和地区。他是不太懂人工智能,但他一直在紧跟时代的步伐,很好地适应了互联网时代,对飞天科技有过深入的了解。

夏祥更清楚的一点是,当年在里弄时,文克就和孙飞天不和,二人互相看不上。他在感情上和孙飞天更近一些,或许是因为文克的知识分子气质让他感觉有些疏远。

聚会时,孙飞天听说有文克,就没有参加。

当孙飞天听说文克有意撮合文成锦和夏常时,当即表示要让夏常和孙照订婚,好让文克打消念头。孙飞天是不太看好夏常,但有了文克的争抢,这个女婿他还要定了,他就是要压文克一头。

……原来还牵扯到了当年的事情,夏常有些不厚道地笑了,他这么受欢迎，是不是该矜持一番，好好挑选挑选？他忽然想到了一个绝妙的计划。

"这么说，孙总着急让孙照和我订婚，是怕我被文成锦抢走了？是对孙照没信心，还是对我？"夏常知道想要摆脱父母和孙飞天的控制，就得做好谋划，不能事事让他们牵着鼻子走。

孙飞天猜到了夏常的心思，微微一笑："都不是，也都是，看你自己怎么理解了。你还年轻，我和你爸担心你在感情上走弯路，就想让你早些安心下来，别再胡思乱想了。如果你觉得订婚不合适，可以再等等，我尊重你的意见。"

夏祥急了："不行，不能听他的，他可不听话了，还耍赖，说跑就跑了。"

夏常有着和父母多年的斗争经验，以前他喜欢事事和父母反着来对着干，现在他总算明白了过来，要反其道而行之，才能化解来自父母以爱的名义裹挟在伦理之下的控制。

夏常堆出一脸春风的笑容："好，爸妈决定了，孙总点头了，只要孙照不反对，订婚就订婚，你们选好日子通知我就行了。"

"你同意了？"孙照当即喜笑颜开。

"不同意也得同意，你们人多势众，不是吗？"夏常笑嘻嘻的样子，让人看不出来他是忧愁还是开心。

"就算不甘心，也要和我订婚？"孙照很惊讶夏常的表现。

"你要的又不是我的心甘情愿，只是我的陪伴。"夏常说了一句很有哲理意味的话，"记得最好是周末，要不不好请假，最近工作比较繁忙。"

"我就喜欢强扭的瓜，越不熟越不甜，扭下来的过程就越有成就感。"孙照抱住了夏常的胳膊，"有没有一种被我追到手的喜悦？"

夏常别说有喜悦了，不哭就很不错了，他没有推开孙照，而是拍了拍她的肩膀："出去走走？"

"好呀。"孙照开心地欢呼一声，"爸、妈，你们商量订婚的细节问题，我和夏常出去转转。"

"都这么晚了，别走远了。"夏祥叮嘱了一句，然后就一脸欢喜地和孙飞天商量方案去了。

夜色如水，繁花似锦。秋天的上海，热气依旧，但空气中多了一丝微凉之意。夏常决定好好和孙照谈一次。

"孙照，你究竟看上我哪里了？"

"全身上下都看上了，你别改，改不了，除非你脱胎换骨。"孙照先堵住了夏常的嘴。

"哪怕我喜欢别人，你也要喜欢我？"夏常和孙照沿下盐路缓步而行，不远处，路边有一个修电动车的车摊。

"我喜欢你，是我的事情。你喜欢别人，是你的事情。"孙照认定自己吃定了夏常。

"赵师傅，这么晚了还没有下班？"夏常认识摊主赵越鹏，他是老上海人，早年家里拆迁后，在浦东换了一套大房子，后来儿子赌博，输掉了房子，现在挤在一间很小的出租屋内。儿子几次创业失败，索性离开了上海，去了哪里不知道。有说在深圳，有说在北京，还有说在国外，反正下落不明，再也没有回来过。

老伴死后，赵师傅就孤独一人了。他以前摆摊修自行车，现在电动车多了起来，就又开始修电动车。只是近年来共享单车、共享电动车越来越多，修车的人越来越少，他的生意就日渐一日地惨淡下去。

生意好与不好都影响不了赵师傅每天固定出摊收摊，比上下班还准时。而且他每天还要有午休及三次固定的咖啡时间。

此时的赵师傅，正端着一杯咖啡细细品味。他坐在满是零件和电动车的摊位中间，身上有油渍，脸上又脏，但丝毫不影响他喝咖啡的姿态。

他的咖啡杯很精致，身旁还有一个金属咖啡壶，正架在酒精炉上烧。

"今天加班，有个大活。"赵师傅指了指旁边的电动车，"要换个大件，能多赚50块，算是加班费了。"

"不对呀，现在不是喝咖啡时间。"夏常看了看表，"多加了一次咖啡，超支了。"

赵师傅哈哈一笑："今天多赚了几十块，就多喝一次咖啡。人不能亏待自己。人生苦短，想喝咖啡的时候就得及时喝。"

孙照一脸鄙夷："一个修车的，还洋里洋气地喝咖啡，真是的。"

"夏常，她是哪个？"赵师傅上下打量孙照几眼，"长得一般也就算了，说话还不中听，要是是你女朋友的话，就算了吧。你们三观不合！"

不愧是最懂他的修车师傅，夏常暗暗兴奋，是该让孙照长长见识了。

第26章
生活中处处充满惊喜

"你懂个屁!"孙照当即愤愤不平,"你有什么资格评价我?你一个乡巴佬、穷鬼!"

赵师傅呵呵笑了:"夏常就从来没有看不起我,他觉得我修车也是挺好的营生,也有意义。到你嘴里,就成了修车的、乡巴佬和穷鬼,说明你们确实不在一个频道上。

"你觉得喝咖啡洋气、高贵,是你觉得而已,也是你没文化的表现,只不过是你被洗脑了。我喝咖啡,只是习惯,也是因为咖啡比好茶便宜。是的,我承认我喝不起好茶。我能喝得惯的茶叶,都太贵了。"

孙照气笑了:"听你这意思,是喝不起茶才喝的咖啡?咖啡可比茶高贵多了!"

"是吗?"赵师傅拉长了声调,朝夏常投去了示意的眼神。

夏常暗暗点头,鼓励赵师傅继续说下去。他以前没少在赵师傅面前吃瘪,现在正是让孙照尝尝这种滋味的好机会。

"走,不跟他一般见识。"孙照拉起夏常想走。

夏常却偏不,笑道:"听听赵师傅的高见,有时你会发现,生活中处处充满了惊喜。"

赵师傅就很配合地接过了话头:"也许是惊喜,也许是惊吓。话说当年，美国人也是喝茶的，并且喝得很凶。上流社会，都以喝茶为荣。"

"不可能！"孙照当即反驳，从小到大，她就在喝咖啡的氛围中长大，大街小巷遍布各种咖啡馆。

"怎么不可能？为什么不可能？带着英国的传统，最初的美国人也以喝茶为荣。但一是太穷，二是茶叶的贸易都掌控在英国人手中，为了争夺商机，成为行业标准的制定者，美国开始推广咖啡替代茶叶。但是美国咖啡很难喝，你肯定想象不到吧？在当年，美国咖啡被欧洲称之为洗脚水！美国制定了许多标准，也发明了许多名词，比如庄园豆处理法、烘焙曲线、萃取率、风味轮、精品三巨头……我就问你一句，你真的能喝出来吗？"

"能！"孙照被赵师傅的话说得有些蒙，但还是嘴硬，"也许你一个修车的喝不出来，毕竟见识少，没喝过什么好咖啡。我就不一样了，全世界最好的咖啡我都喝过，一尝就知道好坏和风味……"

"是吗？"赵师傅再一次拉长了声调，笑得很沧桑，"年轻人，没有经历过太多就以为了解了世界。来，来，我调几款咖啡，你来尝尝。"

赵师傅手脚麻利，片刻间就调制出来几款咖啡，分给了夏常和孙照一人一杯。

孙照品尝了一口："意式，深度烘焙。"

"你呢？"赵师傅问夏常。

夏常摇头："喝不出来，就是觉得味道还不错。"

赵师傅大笑："还是你实在，其实就是普通的速溶咖啡。"

孙照不信，还想再讽刺几句，赵师傅却没给她机会，看了看表："好了，咖啡时间结束了，我要工作。请你们离开，不要打扰我赚钱。"

走出很远了，孙照还不时回头看一眼赵师傅，愤愤不平："一个破修车的，还挺讲究，假装懂得还挺多。懂得再多又有什么用？还不是得靠修车赚钱？一天下来，连1000块都赚不到。"

"你想多了,他一天顶多赚 300 块。"夏常心情莫名有几分沉重,"孙照,你有没有觉得,我们压根就不在同一个世界吗?我们的关注点、兴趣、爱好都不相同,甚至连三观都不合,如果在一起,就是互相折磨。世界有那么多有趣的、优秀的人,你为什么偏偏就抓住我不放呢?"夏常故作深沉,"我想不明白,也想不通。"

"可能是因为小时候的一句玩笑话吧……"孙照陷入了沉思,"你应该不知道,我一直不喜欢文成锦!"

夏常心想,你讨厌文成锦,孙飞天和文克不和,是里弄几十个街坊邻居人所共知的秘密。从文成锦全家一搬来里弄,你对文成锦的厌恶就挂在了脸上,直到文成锦一家搬走。

夏常还清楚的是,孙照不喜欢文成锦是因为文成锦的到来,动摇了她里弄公主的地位。本来里弄里面同龄的小伙伴中男多女少,孙照就如众星捧月的女神,被许多小男生围绕。但在文成锦到来之后,形势逆转,原本许多对她大献殷勤的男孩,纷纷"移情别恋",成了文成锦的追随者。

孙照对文成锦的嫉妒和仇恨,就此埋下了种子。

"什么玩笑话?"夏常只知其一,不知其二。

"有一次我和文成锦玩,失手把她打哭了。她哭着说我是坏人,以后不让你和我玩。"孙照咬了咬牙,对当年的事情依然耿耿于怀,"我说凭什么夏常会听你的话,你以为你是谁?她说她长大后要嫁给你,你最听老婆的话了。我生气了,说你是我的,她抢不走!"

夏常头上冒汗,后背发凉,才知道在小时候他就已经被分配了,怪不得长大后谈了一次恋爱之后始终单身,莫非是被"诅咒"了?可问题是,孙照兑现了她小时候的诺言,现在揪住他不放,文成锦可从来没有和他联系过,说要嫁给他!

才这么一想,手机突然响了。是一个陌生的号码。夏常迟疑一下,接听了电话。

电话中传来了一个软绵绵又有几分奶气的声音："夏常，你好，我是文成锦……你还记得我吗？"

有些人还真是不经念叨，夏常头上开始冒冷汗："记得，记得。好多年没见了……"

"也没有好多年啦，三年前在一次聚会上，我们还见过……你应该是忘了。当时你还在和黄括创业。"

"三年前的聚会？"夏常确实没什么印象了，想了半天只好放弃，"真不记得是哪一次聚会了，不好意思。"

"没事。"文成锦停顿了一下，"是夏叔给了我你的电话，说让我们多联系。我爸也和我说了，希望我们见个面。"

老夏是什么意思？夏常心思大动，老夏一边坚定地要推动他和孙照订婚，另一边又希望他和文成锦多联系，父亲是想趁机漫天要价吗？真有他的，就不认真地替儿子的幸福着想吗？

不过，夏常抱怨归抱怨，却也赞成父亲老夏的做法。

"行，没问题，看你什么时候方便。我上班的时候在单位，不上班的时候在家，随你。"夏常见孙照露出了担心和质疑的眼神，当即一口答应。

"现在呢？"文成锦轻笑一声，"是不是显得我太迫切了？"

"那倒没有，越迫切说明我们越是念旧。只不过我现在在下盐路上，会不会离你太远？"

"不远。你回头看看。"

夏常回头一看，路对面站着一人，长裙长发，宛如杨柳，正冲他挥手。

这事儿越来越复杂了，夏常一惊，随即又暗暗一笑，不过，倒是越来越有意思了。

第27章
仅此而已

出乎夏常意料的是,孙照比他还要迫切地见到文成锦,并且她第一时间冲到了马路对面。

文成锦依然是记忆中的模样,只是更有风情,更有女人味了。文艺、淡然、清新,再加上出众的相貌,让周围的路人纷纷侧目。

应该是早就习惯了被人注目,文成锦落落大方,盈盈浅笑,先是和孙照打过招呼,又和夏常握手。

"好久不见!"

"幸亏好久不见!"夏常微微一笑。

"为什么这么说?"文成锦一愣。

"如果一直见,我就体会不到岁月的神奇。时间在你身上体现的反差,是一支美妙的画笔,画出了世间最动人的画面。这些年你到底经历了什么?怎么能变得如此惊艳?"夏常虽然是理工男,但大学期间他也曾一度喜欢文学,多少还有些文艺细胞。

文成锦开心一笑:"来之前我爸还再三交代我说,你从小木讷,话不多,学的又是理科,肯定笨嘴拙舌不会说话,让我多担待。他还强调,理工直男其实是世界上最靠谱的人,认真、专一,行动大于语言。花言巧语最动人,但并没有什么用处,真正对你好的人,都是落实到实际行动上。"

"这么说,第一面对我很失望了?"夏常见孙照的脸色越来越差,心情就更加舒畅了。

"多少有点,你太会说话了,让我既吃惊又担心。"

"不用担心。我这辈子能够说出来的所有好听的话,就在刚才都说完了。以后,你听到的就只有朴素、直接的话了。"夏常一本正经地说道,"那么剩下的就只有吃惊了。"

"我喜欢吃惊,不喜欢担心。"文成锦掩嘴一笑,"一起喝杯咖啡?"

孙照挽住了夏常的胳膊:"不了,我和夏常还要回家,商量一下订婚的时间和地点。"

"不知道该祝福你们还是替你们惋惜。两个人在一起,除了情投意合之外,还要有相近的三观和共同语言。问题是,你们都没有。"文成锦说话时奶声奶气,语气却是无比坚定,"孙照,我们相似的地方是,都是父母喜欢夏常,希望我们和他在一起。不同的地方是,我和夏常青梅竹马,两小无猜。我爸想让我和他在一起,是看中他的人品和才能,是认为他值得我托付终身,并且可以承担起我们的家业。而你爸,只不过是想利用订婚来让夏常帮你们的飞天科技拿下项目……"文成锦笑得很含蓄:"孙照,你只是你爸利用的支点,他从来不关心你在婚姻上是不是幸福。"

"胡说!你又不了解我和我爸,凭什么这么说?"孙照愤怒至极,一把推开文成锦,"让开,别挡了我们的路!你是个不受欢迎的人。"

夏常对于处理两女争风吃醋的事件显然没有经验,他有些手足无措地说:"孙照,你别这样,成锦大老远过来找我,又是多年的老朋友,我要和她好好谈谈。你先回去吧。"

"就不!"孙照感觉到了深深的危机感,抓住夏常不放。

"强扭的瓜不甜,而且有可能不但不会解渴,还很苦,更可能会有毒。"突然，于时的声音在背后响起，人影一闪，她分开孙照和文成锦，来到了夏常的面前。

"没看出来呀夏老师，你还挺有个人魅力的，居然还有人会为了抢你而差点大打出手。对不起，以前是我对你认识不足，现在向你道歉。"于时别有深意地笑道。

"别瞎扯。"夏常哭笑不得，"你怎么来了？"

"我怎么就不能来呢？"于时左看看右看看，嘻嘻一笑，"我没告诉过你吗？我就住在附近。出来消食，就不小心遇到了你。别多想，我真不是故意的，真的是无意中撞见。"

"不重要，重要的是，你正好遇到了。"孙照拉住了于时的手，她自以为和于时熟，关系近，想让于时成为她的同盟，"于时，你评评理，文成锦凭空杀出，非要抢走夏常，她是不是很无耻，很不讲道理？你再说句良心话，我和文成锦，谁更适合夏常？"

文成锦淡然而立，双手插进裙兜之中，不刻意和于时说话。

夏常警告于时："你别掺和进来，已经够乱的了。"

"我就喜欢乱，越乱才越有意思。"于时故意和夏常作对，"夏常，这就是你的不对了，你不应该脚踩两只船，要明确喜欢一个才行。专一，是男人优秀的品质之一。"

不是我不专一，而是我没得选择……夏常想解释，于时却没给他机会。

"这么说吧，其实不管是孙照还是她……她叫什么来着？文成锦，对，成锦，你都配不上！是她们对你还抱有幻想，以为你还像小时候一样可爱真诚，她们并不知道，你早就不是当年质朴的少年了。"

"别说没用的废话，要么走，要么帮忙。"夏常气坏了。

于时笑着说："我就是在帮忙，你别急，心急吃不了热豆腐。到底孙照和文成锦谁更适合你，我作为旁观者，应该比你们当局者更冷静更有判断力。我只问三个问题，孙照、成锦，你们的回答决定了我的答案。"

孙照和文成锦同时点头。

"听好了，第一个问题……"于时反客为主，也不管夏常是不是反对，"你们是不是从小就喜欢夏常？"

孙照第一个抢答："从小和他一起长大，里弄里面有十几个小伙伴，就我和他玩得最好。我是一个信守诺言的人，说过长大后要嫁给他，就一定说到做到。"

文成锦轻描淡写地一笑："我们小时候是挺合得来，当时的喜欢很简单，和现在的喜欢、爱完全不一样。搬出里弄后，就没再怎么联系，不过我心里一直有他。"

于时点了点头："第一个问题，孙照得分。"

"第二个问题是……"于时小声问了夏常几句，得到夏常低声的回答后，才问，"刚才我向夏常求证了一下，你们中间都和夏常失联过很长时间，少说也有十几年，对吧？那么你们现在都声称喜欢他，多半是因为被父母逼迫再加上以前的好感，对吧？是无奈之下的选择吗？"

孙照连连否认："不是不是，我是从小就喜欢他，长大后也一样，从来没有改变过。"

文成锦愣了一会儿才说："如果非要说实话，我对夏常的感觉很复杂。说喜欢，肯定有，但又不是男女之间的喜欢。主要是爸爸非要让我和他相亲，最好能够在一起。在没有选择又必须选择的前提下，和一个曾经熟悉又有好感的人在一起，也算是对自己负责。"

于时点头："第二个问题，孙照得分。"

孙照得意扬扬地做出了胜利的姿势。

"第三个问题来了，很简单。"于时左右看了看文成锦和孙照，"如果你们和夏常结婚了，孩子姓谁的姓？"

孙照毫不犹豫地答道："当然是姓孙了，我爸就我一个女儿，肯定是要让我传宗接代的。夏常入赘到我家，不，和我结婚，以后还要接管我家的产业。"

文成锦摇了摇头："还没想那么长远，我爸也没提这事儿。我并不在乎孩子姓谁的姓，如果他坚持，姓他的没问题。如果我爸坚持，就生两个，一家一个姓。"

于时呵呵一笑："第三个问题，孙照得分。三个问题，孙照全胜。"

"谢谢于时。"孙照开心地抱住了夏常的胳膊，"我们才是天造地设的一对，我们才最配。"

夏常却一脸淡定："不，你没明白于时的意思。"

"于时什么意思？她的意思就是我才是最爱你的那一个。"

"不。"夏常缓慢摇头，"于时的意思是，你和文成锦自以为对我的喜欢，其实只是一种在急于结婚之下的情感突破口。打个不恰当的比方，你们是病急乱投医，在没有选择的前提下，我就成了你们最后的选择里面最稳妥、最没有风险的一个。"

孙照摇了摇头："没听明白你的意思。"

文成锦点了点头，大方地承认："你说得对，夏常。我们都带着对你固有的好感，又有父母的逼婚，在权衡之下，你是父母认可而我又不反感的唯一的结婚对象。"

于时哈哈一笑："还是成锦实在，敢说真话。现在明白你的定位了吧，夏常。你只不过是她们在没有办法时唯一的退路，并不是因为你有多优秀，而是因为你正好在最合适的时间出现在了最合适的地方，仅此而已。"

孙照还是摇头："你们到底在说什么呀？我怎么听不明白？"

于时偷偷地笑了，悄声调侃夏常："选她，一定选她！这么好骗的女孩，很难遇到。"

夏常瞪了于时一眼,举手想打,被她躲开了。

文成锦想了想:"这么说吧,孙照,我们两个人在沙漠中迷路了,又累又饿的时候,发现了一碗稀粥,没有菜也没有糖,寡淡无味。但对于我们的处境来说,这碗稀粥就能救命,是我们唯一的食物。这个时候,你喝不喝?"

第28章
生活就是感情和利益的结合体

"稀粥的话,可以喝,要是面条就不行了,我一口也咽不下。"孙照大概明白了几分,"可是我们为什么要去沙漠里面并且还迷路呢?"

文成锦张了张嘴,笑着摇了摇头,没有回答。

"谢谢呀,被你们当成可以救命的稀粥,我很荣幸。"夏常感受到了深深的屈辱,"问题是,你们凭什么觉得稀粥就一定想要被你们喝呢?稀粥也有自主权,好不好?"

"如果稀粥非要自己选择呢?"文成锦看向了于时,笑得很自信,"夏常,你是不是不会选择我和孙照,而是会选择另外的人?"

"那么,另外的人是谁呢?"

夏常点了点头:"你只需要知道我不会选择你或孙照就行了,至于会选择谁,并不重要。"

文成锦咬了咬嘴唇说:"明白了。其实在我过来找你之前,我就有预感,我的对手不会是孙照。她太简单了,和她竞争,就算胜了也没有成就感。"

"和另外的人就不同了。"文成锦笑意深深地看向了于时,"我喜欢有内涵、有实力的竞争对手,这样才好玩。"

孙照又蒙了:"你们到底在说什么,我怎么听不明白?"

不明白就对了，夏常暗笑，要是你也明白了，就太乱了。现在他已经头大如斗了。

"能交个朋友吗？"文成锦向于时伸出了右手。

于时立刻握住了她的手："太荣幸了。能成为文姐姐的朋友，是我高攀了。我叫于时，和夏常算是半个同事。以后文姐姐来找夏常，就有可能随时看到我。"

"好。"文成锦紧抿嘴唇，"很高兴认识你。希望我们以后可以成为好朋友，不管是合作还是竞争关系，都不希望我们反目成仇。"

"不会的。"于时歪头一笑，"没有人可以让我们反目成仇，虽然我也不讨厌稀粥，但你喜欢的是大米粥，我更爱喝小米粥。"

"人的口味会变的，别太相信自己曾经坚持的一切。"文成锦笑了笑，"说不定我们真的很快就见面了。提前透露一下，我们的公司承接了临港新片区的部分基建工程，我是负责人。"

回到家里，夏常还觉得脑袋嗡嗡作响，今天发生的一切太突然也太意外了，有太多的信息一起涌来，让他的大脑高速运转。

还好，家里只剩下了父母，孙飞天和姜一叶已经走了。

父母端坐在沙发上等他。

夏常没好气地上来就问："老夏，你到底下的什么棋？"

夏祥呵呵一笑："我不会下棋，你又不是不知道。"

"别打马虎眼，说实话。"夏常装凶，"我和孙照一出门就遇到了文成锦，她不但知道我的电话，还知道我在哪里散步，是不是都是你泄露的？"

"什么叫泄露，就是实话实说，我从来不会骗你，也不会骗别人，对吧儿子？"夏祥得意地笑，"老孙听说老文也想让他女儿和你相亲，就急了，非要订婚。我不同意，他就威胁我，我也没办法，只好出卖你了。因为我知道，我没有办法处理的事情，儿子一定有办法。"

"他拿什么威胁你？"夏常直接忽视了老夏对他的吹捧。

"这是秘密，我和他当年的秘密，你就别问了。反正你只需要知道我不能直接拒绝他，只能表面上答应他，然后暗地里做一些反抗……还好，我儿子不是省油的灯，领悟到了老爸的意思。好样的，加油，我和你妈都看好你。"老夏用力拍了拍夏常的肩膀，"儿子，你的幸福就掌握在你自己手中了。如果你真的非常喜欢孙照，愿意入赘，想让老夏家断了香火，当我刚才的话没说。"

夏常忍住笑，故意逗老夏："老夏，如果我能说服孙照生两个孩子，一家一个冠姓权，你还有意见吗？"

夏祥瞪大了眼睛说："只要你能忍受，我没意见。反正是你'嫁'人，又不是我。日子是你过，喜怒哀乐是你承受。"

"行，就这么着了，我选孙照。你也别枉费心机为我牵线文成锦了，人家没看上我。"夏常将计就计。

"真的假的？不可能。"夏祥还是上当了，他比夏常更急，"刚才老文还打来电话说，你和文成锦聊得不错，孙照都吃醋了。你可别骗我，我可是你爸！"

"聊得不错不等于看上，你的移花接木之计没有成功。"夏常步步紧逼，"如果你不说出来孙飞天拿什么威胁你，我真帮不了你，老夏。"

夏祥一点也不妥协："你自己看着办，反正孙照和文成锦都是好姑娘，不过毕竟是和你过日子，你的本事决定了你的幸福程度。"

"订婚的事情呢？"夏常放弃了，老夏有时很固执，他要是不想说，怎么逼他都没用。当年他能不顾所有人的反对从海南娶回老妈，又在不被多数人看好的情况下参加了浦东开发，有时想想也算是一个狠人。

"还没敲定最后日期。老孙想明年五一，我觉得太仓促了，想定明年国庆。他又不同意，就等下一次见面再商量了。"老夏打了一个大大的哈欠，"最少还有半年的时间，儿子，你要加油哟。"

感觉到被老夏又一次当成了筹码，夏常心里不太舒坦。从去研究院上班，到婚姻大事，等于是事业和爱情都被老夏掌控了，他总觉得哪里不对。

孙照带着一肚子气回到家里，向爸妈控诉了夏常和文成锦暧昧的互动，表达了强烈的不满："爸、妈，要不不要夏常了，他太花心。和文成锦暧昧不清，还和于时眉来眼去，一个人脚踏三只船，也不怕掉水里淹死。"

孙飞天安抚孙照几句，让她上楼睡觉，他和姜一叶回到卧室。

孙飞天偏爱一楼，认定住在一楼才最接地气，就把二楼的主卧让给了孙照。姜一叶虽然觉得还是二楼亮堂一些，又没那么阴冷，但不得不迁就孙飞天。

基本上家里的大事小事都由孙飞天一人定夺，养成了说一不二习惯的孙飞天，不允许家里有反对的声音。在公司里也是如此。

在孙照和夏常的事情上，姜一叶本来是反对的态度，但孙飞天非要坚持，她也没有办法。

"孙照和夏常的事情，要不就算了，万一弄巧成拙不就麻烦了？"姜一叶微微皱眉，"你总觉得比别人都聪明，这年头，谁傻呀？老夏表面上对你很恭敬，事事听你的话，暗地里指不定怎么算计你呢。你图他的利息，他想要你的本金。别到时赔了女儿又折兵！"

孙飞天哈哈大笑："你太高看老夏了，他如果能和我一样聪明，怎么会混成现在这个样子？一叶，你总是低估我的能力，这么多年来，我什么时候败过？这件事情，我一定能做成，你不要再多说什么了，只管支持我就行。"

姜一叶暗暗叹息，恐怕孙飞天一辈子也改不了刚愎自用的毛病了。她说："你难道没有觉得文成锦突然冒出来有点问题吗？"

"肯定的。我早就查到了，是老夏利用文克和我不和，想用文成锦来和我讨价还价！你放宽心，他的伎俩太简单了，不会得逞的。"孙飞天打了个哈欠，"不早了，赶紧睡吧。别胡思乱想了，整个事情我已经谋划得非常清晰，谁也阻挡不了我的计划。"

文成锦也住在浦东，离夏常家并不远。她全家住在一个低密度洋房小区的300多平方米的大平层中。

文克有一个观点，高密度的高层住宅，容积率太高，维护费用太贵，未来必然会成为负担。而别墅也同样如此，到手就亏，除非自住，否则转卖太难。只有低密度的洋房小区，以5层高为最佳，当然，4层的叠拼也是不错，既有人气，又住得舒适，是最保值的资产。

对文克的观点，文成锦并不赞成，却也没有明确反对。她并不关心房价、物价，甚至不关心自家有多少资产。

文成锦回到家时，已经是深夜11点了。习惯了早睡的爸妈此刻却还在客厅等她。

不等他们开口，文成锦直截了当地说道："和夏常见面了，印象还可以。可以先处处，以后怎么样发展，看两个人的感觉。不过他应该有喜欢的人了，可能他还没有觉察到，不过是迟早的事情。"

"谁？"文克惊问，"孙照？"

"不是。"文成锦摇头，"如果他真的喜欢孙照，我转身就走了，才不会和如此没有品位的人来往。他应该是喜欢于时，他的合作伙伴。"

"爸，你说句实话，是真想让我和夏常在一起，还是只是为了利益？"文成锦眼神犀利，问得直接。

文克头发花白，他微微一笑："感情和利益，有时往往是纠缠在一起的，哪里分得清楚？锦儿，生活不是文艺，生活就是感情和利益的结合体。"

第 29 章
支点人物

春节一过,天气就暖和了许多。

3月,人才公寓的精装修工程开始启动。从夏常的办公室望去,可以清晰地看到精装修工程的施工进度。

人才公寓的精装修工程受到了管委会的高度重视,主要领导不定时来视察工程质量和进度。对人才的重视要具体到方方面面,住宿是至关重要的一环。筑好巢才能引来金凤凰。

夏常每天都可以看到负责精装修的施工方,有一个戴着红帽子的负责人,一天有五六个小时在一线工作,极其认真。一丝不苟的精神,让他也肃然起敬。

直到有一天,红帽子负责人敲开了他办公室的门,他才知道原来是文成锦。

上次见面后,文成锦又约他喝过几次咖啡。他每次不是叫上孙照,就是喊上于时。甚至有时于时和孙照会同时出现,文成锦也毫不介意。

夏常是用他的方式告诉文成锦,他很珍惜和她的友谊。但如果友谊转化为爱情,不好意思,也许不行。

同样,孙照约他时,他也会叫上文成锦或是同时喊上于时。孙照却很介意,向夏常提过几次,夏常不听。

于时倒是随叫随到，她不会错过任何一个蹭吃蹭喝的机会。有时她也会强调她除了愿意享受免费的吃喝之外，也是乐意帮助夏常，不想夏常太尴尬了。她是助人为乐，毕竟夏常状态好了，工作才会出色，她也会跟着做出成绩。

对于于时的解释，夏常一笑置之。

文克的公司负责新片区的部分基建和装修，文成锦作为公司的全权代表，肩负起了质量监督的重任。

身为文艺青年的文成锦原本担当不了如此重任，如果不是因为夏常在新片区，她才懒得天天过来视察工作。说白了，她又不懂工程，就算来，也只是做做样子。

但有时做做样子也会起到监督和促进作用，监理和公司的另一个负责人，见文大公主天天过来，心中忐忑，不得不打起十二分精神，天天盯防，以免出现质量问题。

由于经常来夏常的办公室，文成锦慢慢接受了她身为监工的事实，习惯了每天过来在工地上转上一圈，然后来夏常的办公室喝茶，再一起吃午饭的日子。

"总算明白了我爸的套路，利用你当支点，让我先是习惯责任，然后由责任生发使命感，最终达到让我愿意接手公司的目的。"文成锦坐在沙发上，喝了一口夏常泡的普洱茶，突然感慨，"人真是一种适应性很强的生物，原先我以为只能坚持半个月，结果一个月下来，居然还挺享受现在的状态。"

"还有，我以前真的喝不惯茶，顶多能喝一点点绿茶。最近天天在你这里喝茶，居然连普洱都能喝了，还觉得挺好喝的。"文成锦又喝了一口，微微闭眼，"我是不是病了？"

"你是战胜了自己的惯性，开启了人生的新篇章。"夏常呵呵一笑，"不瞒你说，你喝的普洱茶是文叔送我的，你等于喝的是自家的茶。"

"啊？真的？"文成锦惊呼一声，又摇头一笑，"老爸真有一套，为了改装我，拿你当支点。说真的，你别觉得委屈，他不是利用你，是想借助你。"

"我喜欢被人利用，也愿意当支点。只有有价值的人，才会被人利用。只有自身足够强大的人，才有资格当支点。"夏常很清楚，在文克眼中、在孙飞天的布局里面，甚至是在父亲的规划里，他都是支点人物。

他有足够的自信可以成为一个能够自由调节的支点，他偏向谁，谁就会胜利，那么支点就成了决定性因素。

"文叔有没有和你说他在新片区的下一步规划？"夏常主动提了出来，和孙飞天直接在新片区开设分公司不同的是，文克只承接了几个项目，并没有流露进一步深耕新片区的意图。

"没有，他什么都没说。"文成锦摇头，"临港新片区主要是以高科技制造业为方向，我爸的公司是以贸易和建筑为主，不是新片区最受欢迎的企业。"

夏常笑了笑："任何高精尖公司都需要基建和贸易，没有基建，就没有厂房、交通，就没有根基。没有贸易，没有销售和渠道，就没有出口。不出意料，文叔肯定会加大对新片区的投入，不管是基建还是贸易、物流，包括智慧城市的建设，也都需要有经验、实力雄厚的承建商。"

"我不懂这些，也懒得管。我现在只想知道，现在……我们的关系有没有更进一步？"文成锦抿嘴一笑。

"中午一起吃饭吧。"夏常没有正面回答。

"都有谁？"习惯了每次吃饭都一群人的文成锦，先要确定一下人数。

"于时、孙照……"夏常故意停顿片刻，"还有黄括、林工博他们。"

"好。"文成锦不认识黄括和林工博，却也没问是谁。

差几分钟下班时，于时准时地推开了夏常的门："走，吃饭了。文姐,今天是个大局,介绍几个朋友和你认识。"

"好呀。"文成锦性格特别随和。

于时来到夏常身边,小声说道:"她真的适合你,肯定是贤妻良母。"

"今天不去孙照的超级厨房了,去胡三金的饭店。"夏常不接于时的话,"你通知他们几个一声,我们先过去。"

"这不好吧?胡三金的饭店太简陋了,黄括估计会不愿意。"

"不愿意就别来。"夏常大手一挥,"我请客,我选地方,这是规矩。"

今天确实是夏常组局,他有事情要和大家商量。

文成锦开车,于时坐在了副驾,夏常坐在后面。一行三人先行到了胡三金饭店。

早就得知消息的胡三金,特意为了夏常临时用屏风搭建了一个包间,虽寒酸,却不失用心。

文成锦微微皱眉:"我不是觉得档次低,是怕不卫生。"

夏常语气十分肯定地说:"我可以保证卫生。胡老板做事认真,条件不是太好,但基本的卫生以及食材,绝对有保障。"

不多时,黄括等人赶到。

黄括带了胡沧海,林工博带了莫何,没带杨小与。

黄括皱眉没说什么,胡沧海却表达了强烈不满,要求换地方吃饭。夏常坚持,她虽不情愿,最终还是妥协了。

林工博和莫何没什么表示,直接坐了下来。

夏常点了一个菜,就交由于时来点。

于时笑道:"今天夏常请客。北京规矩是,主人点第一个菜,就是今天的最高价,客人再点菜,不能超过这个价,否则就叫盖了帽了。"

孙照抢过菜单说:"我来点,我请客。"

于时又抢回了菜单:"孙总想请客,可以下次。不能抢主人的局,也是规矩。"

"凭什么不让我负责点菜,而让你点?你算夏常的什么人?"孙照是不满于时和夏常走得过近。

黄括一脸愕然,才注意到异常。胡沧海则眯起眼睛,暗中打量于时、孙照和文成锦。她碰了碰黄括的胳膊:"夏常的春天来了,桃花盛开了。"

黄括咧嘴一笑:"就怕是烂桃花。"

林工博和莫何对视一眼,二人一起摇头。林工博叹息:"女人真事多。"

莫何附和:"难缠,又心思太细。麻烦!"

文成锦暗笑,她以为夏常够直男了,没想到和林工博、莫何一比,夏常堪称直男中的温情天花板。

夏常替于时解围:"她是我的同事,算是搭档。今天请大家吃的是工作餐,她掌握餐标,可以报销。所以,得由她点菜。"

"说过了我请客,一顿饭才花几个钱?"孙照又要抢菜单。

夏常生气了,一拍桌子:"孙照,尊重别人也是尊重自己!今天是我邀请大家过来,是工作餐,不是你的局!你如果真的有钱没地方花,可以捐给慈善机构!"

孙照愣住了:"夏常,你敢吼我?"

文成锦呵呵笑了:"他说了是工作餐,肯定是要开工作会议,你来参加会议,就得服从安排。否则,你大可以离开。"

"你更没资格说我!"孙照生气地扔了菜单转身就走,"我还不稀罕吃你们的工作餐,也不可能听夏常的安排!"

望着孙照扬长而去的背影,夏常注意到文成锦和于时相视暗暗一笑,心想孙飞天如果不换一个人负责飞天科技在新片区的分公司,早晚会出更大的纰漏——孙照不具备一个企业负责人应有的格局与涵养。

夏常看破不说破，让胡三金上菜，说道："今天就简单点，吃点工作餐。下午我还有一个重要的会议要开，是向管委会汇报智慧城市前期筹备工作的进展。奔涌、颜色和飞天三家的方案我都认真看过了，也和于时有过几次讨论。最终再结合韩剑南主任的意见，得分排名是……"

"最高分：颜色科技。最低分：飞天科技。"夏常脸色平静，丝毫没有因为孙照的离去而影响心情，"根据管委会领导的要求以及韩剑南主任的专业提议，虽然飞天科技得分最低，但由于智慧城市示范点工作量巨大，任务重周期短，必须集中全部的技术力量来攻克难关，因此，三家公司全部入围。"

第 30 章
阶段性进步

于时第一个鼓掌响应:"好,太好了。夏组长推荐的三家公司全部入围,说明夏组长有眼光有能力,更说明管委会领导有魄力有担当。来,以茶代酒,庆祝一下。"

众人举杯。

黄括微有几分不满地说:"飞天科技得分最低?夏组长,是你带着对孙照的偏见故意打了低分吧?依我看,应该是奔涌得分最低才对。不管是实力还是技术力量的储备,包括实战经验,奔涌都是最弱的一个!"

"你是对奔涌有偏见。"莫何不以为然地笑了笑,"你为什么说奔涌就该得最低分呢?"

"奔涌实力弱。"黄括强词夺理。

"你说的实力是指技术实力还是经济实力?"莫何不服。

"都有。"

"经济实力,奔涌确实不如你们两家。但要说技术实力,你们也未必强过奔涌。还有,说别人不行,不能证明你就行。踩低别人,永远带不来自己的进步。"莫何朝林工博使了个眼色。

林工博微有迟疑之色:"我们才攻克了两个难关,距离成功还有一大段路程,就不用说了吧?"

"说，得说。"夏常投去了鼓励的眼神，"每一个阶段性进步，都是了不起的成就。"

莫何摸了摸下巴："行，那我就说了啊……"

"奔涌主要是在类脑芯片的算法上有所突破，可以高效支持卷积脉冲神经网络，支持新型类脑算法。此外，针对神经网络的连接稀疏性、事件稀疏性，对脑仿真执行效率进行高度优化，较典型的冯诺依曼架构的芯片可实现百倍以上的计算效率提升……"

黄括露出了难以置信的表情："不可能！你们不可能进度这么快！"

胡沧海也是一脸惊愕："能解决目前传统算法难以高效处理的高速、动态、不确定、多模态等新的AI市场应用场景吗？"

莫何无比肯定地点头："能！"

林工博及时补充："目前阶段只是算法，如果能够生产出来芯片，就可以广泛赋能各行各业，如脑仿真和脑科学研究、智能制造、智慧电力、智慧交通、智慧金融、智慧教育等。"

于时如听天书，她碰了碰夏常："能听懂他们在说什么吗？"

莫何听到了，笑了："大部分算法是以夏常的理论为基础，他如果听不懂，就没人能听懂了。"

"啊？"于时大为震惊，"他真有这么厉害？我怎么看他一天天到处晃悠，也稀松平常得很。"

文成锦若有所思地点了点头："我听不太懂，但大概知道类脑芯片的出发点是模拟人脑的神经传递的方式显现类脑硬件，从而使得人工智能发展更加类似于人脑的发展，可以说是人工智能突破的一个重要的支撑。"

"不是吧，文姐，你什么时候也这么了解人工智能了？"于时更是惊讶地张大了嘴巴。

"既然要参与智慧城市的建设，肯定要学习相关的知识。"文成锦扬了扬手机,"我每天都在啃一些艰难晦涩的专业知识,就算做不到精通,至少知道大方向。"

黄括待了一会儿,猛然站了起来,举起了茶杯:"算法上的突破也是了不起的成就,我代表颜色敬你们一杯!希望有机会多向你们学习!"

拿得起放得下是黄括的优点,夏常暗暗点头。

"说了半天,原来我才是最尴尬的一个。"于时也站了起来,"我没能跟上大家的脚步,不学习没进步,很惭愧。我保证,以后一定学习人工智能的相关知识,争取成为人工智能的专家。"

夏常笑着把于时按回了座位:"别闹了,你当好规划设计师就足够了,再来当人工智能的专家,你以为你是天才少年?一个人一辈子能够做好一件事情,就已经非常了不起了。"

"不好意思,我又回来了。"

孙照突然返回,悄悄坐回了原来的位置。她不好意思地说:"刚才电话里我爸骂了我一顿,说我不该任性。我知道错了,今天的事情怪我。为了表示歉意,今天我买单。如果不让我请客,就说明你们没有原谅我。"孙照眼巴巴地看向了夏常。

怎么总是跟请客较劲?夏常没办法了,摆了摆手:"随你好了。"

黄括和胡沧海对视一眼,二人眼中有一丝不甘闪过。以为孙照就此离去,从此会被夏常进一步孤立,没想到她竟然去而复返。

夏常继续刚才的话题:"我们所负责的智慧城市示范点的建设,是临港新片区整体规划的一部分,而且还是最基础的部分。最基础的工作,总得要有人来做。如果人人都想成为站在灯光下最耀眼的一人,那么谁来搭建舞台、谁来组织活动、谁做幕后工作?总要有人承担从最基本的事情做起。

"基础才是关键。人类的文明再发达,也离不开粮食和能源。同样,科技再发达,离不开芯片和算法。未来的城市再漂亮再先进,都离不开坚实的地基和完善的基础设施。智慧城市的概念听上去科幻，实际上如果站在一切以人为本的出发点，不过是利用最新的科技为人类打造更舒适的家园罢了。

"因此，不要以为我们的工作不重要，不为人所知。等临港新片区成为世界一流滨海城市时，我们今天所做的基础工作，都会成为未来让人瞩目的基石！"

于时被夏常说得热血沸腾，才知道夏常居然还如此有煽动力。

夏常回应于时崇拜加热烈的目光，言外之意是别激动，如果你今天才发现我有多优秀，那么以后，让你惊讶的地方还多着呢。

"今天既是请大家吃饭，告诉大家全部入围的消息，也是和大家规划一下下一步的工作计划。"夏常的目光扫过每一个人，"我们智慧城市的方案与推进，已经明显落后于新片区的整体规划，必须加快步伐才行。所以，我向颜色、奔涌和飞天三家公司提出了以下要求，希望你们可以大力配合我们的工作，感谢！"夏常站了起来鞠了一躬，"相关的配套政策和资金，会尽快到位。"

胡沧海第一个回应："配合小组的工作没有问题，主要有两点疑问，一是资金什么时候可以到位？二是整体预算是多少？"

夏常早有准备，拿出了一叠资料："整体预算还在核算中，不出意外，一周之内可以出来。资金也会在一周之内到位。"

"资金的主要来源是财政拨款吗？"黄括问出了极为关键的一个问题。

夏常笑着摇了摇头，又点了点头："政府出一部分，另一部分则是由文总来负责……"

文成锦站了起来，微笑着冲大家挥了挥手："再重新认识一下，我叫文成锦，是新片区的三家承建商之一……"

第 31 章
解决方案

　　智慧城市的推广与示范，国外国内都有先例，一般都是在政府的政策支持下，由房地产商联合几大企业共同开展建设。新片区也采取了同样的策略，不过为了公平起见，也是为了更好地促进竞争，就由三家房地产商和三家人工智能公司联合开发。

　　三家人工智能公司，已经由夏常和于时推荐，定下了奔涌、颜色和飞天。而三家房地产商，分别是飞跃、中道和荣光。

　　其中飞跃就是文克的德远集团旗下的全资子公司。

　　"啊！还有中道房地产？"孙照惊呼一声站了起来，"我爸和姚叔叔关系特别好，对了，我家还有中道的股份。中道也有我家的股份，我们两家交叉持股。"

　　夏常点了点头："这就好办了。领导要求三家房地产商分别对应一家人工智能公司，分成三大版块同时推进。我负责一个版块，于时负责一个版块，剑南主任负责一个版块。"

　　"我选定的是飞跃公司，对应的人工智能公司是奔涌。"夏常冲于时点了点头。

　　于时站了起来："我选的是中道公司，对应的人工智能公司是飞天。"

黄括点头笑了："好嘛，把我们家丢给剑南主任了是吧？也好，正好可以避免以后可能会出现一些人为的事故。荣光房地产和我们联合，那么谁知道荣光房地产的来历是什么？"

"资料在这里，你自己看。"夏常扔过去一份材料。

夏常又说："虽然我们的智慧城市示范点的建设，必须要有长远的眼光，但从基础层面来说，服务于居民的日常生活，是第一位的。住宅区要以降低能源消耗为目标，同时要在智能和智慧化的系统管理方面，在蓄电建筑的研发上，以及智能家居的远程操控和家庭内部、建筑内部的用电智能管理上，都要有相关的布局，而智慧化管理会一直延伸到社区的服务。

"除了技术层面的问题需要考虑之外，还有后期的维护成本，也要做出详细的方案。成本主要体现在三个方面……

"一是人力资源稀缺。基本上所有的企业管理人员都习惯于传统的地产销售思维，根本不了解智慧技术的发展规律以及如何与房地产相结合。人力资源的稀缺使得地产商在智慧城市的系统化推进方面望而却步，只能停留在引进几项智慧技术装点门面，例如人脸识别技术和机器人等。解决方案就是系统地培训一批人工智能的专家了解房地产的运行规律，同时，让房地产管理人员，也系统地学习人工智能相关知识，培养一批复合型人才。

"二是投入成本如何能够得到很好的回报的问题。企业不可能做赔本的买卖，人工智能的加入，增加了开发成本，而后期的维护，也是一笔额外的支出，同时政府又要求房子限价，在价格封顶的情况下，人工智能可能会直接覆盖掉开发商的全部利润，开发商如何平衡增加的开支以及后期的收支平衡？解决方案就是从物业费、广告费以及其他更便利更智慧的设施中收取一定的费用，来平衡开支。

"三是智慧城市运营的效率和维护成本由谁来承担？解决方案就是

政府和企业前期各承担一部分，后期由于智慧城市的运用，可以大大降低行政成本、提高行政服务效率、提升政府形象，等等，也等同于实现了价值。"

莫何连连点头："从我的角度来看，智慧城市的普及是一项长期而艰巨的任务，就跟现在的芯片战争一样，谁最先获得突破，谁就抢占了制高点。如果等别的城市都在智慧城市的建设上有了成就，我们再跟进，就成了追随者而不是开拓者。上海，永远先人一步，上海是引领时代的领军者。"

莫何挥舞着右手："我是河北人，之所以来上海发展，就是对上海充满信心。在我小时候，上海就是我向往的地方。在我的记忆中，我爸当年背过一个人造革的皮包，上面有上海两个字，当时我就想以后一定要去上海，亲眼看看传说中的东方明珠。

"在我爸以及更老一辈人的回忆中，上海制造就是最高端的代名词，蝴蝶牌缝纫机、永久牌自行车、海鸥牌照相机、上海牌手表、红灯牌收音机、金星牌电视机，等等，都刻在我的骨子里，如果有一天我能在上海，也能制造出来这么有名的产品，该是多光荣的事情，也是人生最有意义的工作。"

黄括不耐烦地打断了莫何："别扯以前的事情行不？小时候的梦想，长大后有几个能够实现？小时候没见识过世界，都以为世界美好而斑斓，长大后才知道，世界的斑斓只是投影，狰狞才是世界的真实面目。夏组长，把我们分配给荣光房地产，我没意见，刚才我也了解了荣光的资料，也是一家很有实力的开发商。我只想问一句，还有调整的可能吗？"黄括既欣慰颜色没有直接在夏常的负责下，又担心是夏常的有意为之。他也清楚，虽然智慧城市示范点的建设分成了三块，夏常、于时和韩剑南各负责其一，实际上真正的主导者还是夏常。

夏常笑了笑："你可以向剑南主任提出申请，看他是不是同意调整。

你想调换到哪一组？"

"你的组。可以吗？"胡沧海抢先替黄括问了出来。

"不行，绝对不行！"孙照怼了回去，"要能调换，也是我先调整到夏常的组，你们还得排后。"

她也没能和夏常一组，孙照对此很是不满："夏常，我会让我爸向片区提出建议的。"

夏常点头："可以，你们都有复议权。我事先声明，我负责奔涌，是我主动提出来的，和林工博、莫何无关。我负责谁，不是为了照顾谁，而是为了更严格地要求。"

黄括才不信，冷笑一声，想说什么，被胡沧海摁了回去。

胡沧海向孙照伸出了右手："孙照，希望我们两家可以多合作，可以防止一家独大。联合，才是未来的主旋律。"

本来孙照压根看不上胡沧海，她迟疑了一下，左看看文成锦右看看于时，还是握住了胡沧海的手："合作愉快！"

饭后，黄括和胡沧海当着夏常的面，盛情邀请孙照前往他们的公司做客——两家公司楼上楼下，用不着如此郑重其事，明眼人都看得出来，黄括是故意做给夏常看。

孙照并没有马上同意，而是征求夏常的意见。夏常没有反对，她不甘心，又拉夏常到一边儿说话。

"我们订婚的日子选在 6 月 30 日，怎么样？正好是一年的正中，很吉祥。"订婚的事情虽然双方家长都点头了，但在日期上始终没能达成共识。孙照也不清楚问题出在了哪里，反正就是夏祥只想推后而老爸就想提前，结果一来二去，二人就闹得有点不愉快。

"订婚是大人的事情，他们说了算，我们就不用操心了。"夏常也清楚老夏是采用了拖延战术，他索性就让难题由老夏一背到底。

孙照不开心地问："夏常，你跟我说实话，你是不是不愿意跟我订婚？"

夏常乐了："我的不愿意从一开始就写在脸上，你没长眼睛吗？"

"既然你不喜欢我，为什么还要让飞天入围智慧城市示范点的建设？"

夏常无语了："飞天的实力足以入围，跟我喜不喜欢你没有关系！工作是工作，感情是感情，你为什么要用感情来决定工作？我工作的出发点从来都是为新片区的建设。"

"这么说，飞天的入围，跟我完全没有关系了？"孙照紧咬嘴唇。

"大姐，能不能理智一些？如果飞天的技术力量达不到，别说你了，就是你爸、我爸上阵，也没用。干不了就是干不了，开不得玩笑。"夏常哭笑不得，"我们的事情就这么过去了，好不啦？"

"你喜欢的是于时还是文成锦？"

第 32 章
上海之根

夏常被孙照步步紧逼的态度激得有几分不耐烦："你只需要知道我不喜欢你就行了，至于我喜欢谁，跟你没有关系吧？大姐，别给自己加太多的内心戏好吗？"

"夏常，你等着！"孙照转身就走，义无反顾。

孙照和黄括、胡沧海一同离去，夏常又召集于时、文成锦、林工博、莫何，到他的办公室开会。

这时，在黄括的办公室里，胡沧海为孙照倒了一杯咖啡："别伤心了，夏常不值得的。我比你了解他。大学期间，我和他谈了几年的恋爱。分手的时候，说分就分，没有一丝犹豫。他就是一个特别心狠的男人，一旦离去，就绝不回头。"

"我也是。一旦离去，就后会无期！"孙照喝了一口咖啡，忽然一口喷了出来，"什么破咖啡，这么难喝！你想害我呀？"

胡沧海脸色一变，见黄括连连摇头，又收敛了回去，挤出了笑容："不知道孙总的口味，您想喝哪种？我再换给您。"

"不用了，给我一瓶依云就行了。"

"不好意思，我们没有依云。"胡沧海拿过一瓶农夫，递了过去。

孙照把水瓶扔到了一边："算了，不喝了，我洗澡都不用别的牌子的水。"

黄括唯恐胡沧海脾气发作，把她拉到了身后："孙总，现在形势很明朗了，夏常明显是想甩掉我们。从分工上就可以看出来，他要重点打造奔涌和飞跃的联合板块，而不是我们。虽然飞天和中道联合，并且你们两家也交叉持有股份，但让于时负责，说明他并不重视你们。"

"我们就更不用说了，和荣光联合，又是剑南主任负责，明显是被边缘化了。"黄括痛心疾首地摇头。

孙照生气归生气，还保留了几分清醒："剑南主任负责，不是更重视的表现吗？"

"你不懂。表面上剑南主任是夏常的领导，但领导非常尊重技术负责人的意见，而且夏常又是组长，实际上，他才是真正的决策者。他的意见，可以起到90%以上的作用。剑南主任基本上不会反驳他的决定。"

"他凭什么有这么大的权力？"孙照愤愤不平。

胡沧海抱住了孙照的胳膊："夏常凭什么有这么大的权力，不重要。重要的是，我们应该怎么对付他，不能太让他为所欲为了。"

孙照一听对付夏常，又心软了："可是他并没有做出什么太刁难我们的事情，还让我们三家公司都入围，也算是对我们不错了。"

"不要替他说话，他让我们三家公司都入围，是因为我们三家的实力突出，又不是他特意照顾。"黄括呵呵地笑了，"我和夏常共事多年，还一起创业，比你更了解他。他总觉得自己很了不起，总以为他坚持的人工智能的类脑芯片方向就是唯一正确的方向。创业时，他主导的项目连年亏损，实在没有办法，我才把他赶出了公司。如果不是我当机立断把他扫地出门，可能公司就倒闭了！自从他离开后，公司迅速扭亏为盈。"黄括一副认真而诚恳的语气，"我们必须阻止夏常在分工上的错误决定，让事情尽快回到正确的轨道上来。"

"怎么阻止？"孙照讶然，"都已经决定的事情，还能改变吗？"

"能，当然能。"胡沧海就又及时出现了，她和黄括打配合，"我当年和夏常谈恋爱时，一度认为我只爱他一个人，会和他结婚，会一辈子。等离开他后才发现自己的可笑，世界很广阔，好男人那么多。只有没有见识的女人才会动不动就想和一个男人过一生。"

似乎意识到哪里不对，胡沧海忙又解释："不过在遇到黄括之后我才知道，只有对比才能分辨出好坏。黄括，才是我真正值得托付一生的男人。"

"你和黄括是男女朋友？"孙照才看出来，震惊地张大了嘴巴，"黄括怎么会看上你？你又老又不好看，黄括长得又不难看，还有钱，他应该找20岁的小女生才对。"

胡沧海强忍着没骂出来，黄括忙出来打圆场："不谈我和沧海的个人感情，只说工作。沧海的意思是有时你的选择，在未来回头再看时，会觉得荒唐可笑。放下夏常，孙照，你才会发现世界上优秀的男人多的是，你值得拥有更好的。"

"我也相信我还会遇到更好的！"孙照被打动了，挥舞了一下拳头，"怎么才能阻止夏常呢？"

"我们两家联合起来，向上级反映夏常在工作中不能做到认真负责，强烈要求调整智慧城市示范点小组组长人选。"黄括下定了决心，必须得除掉夏常，否则在接下来项目具体开展的过程中，肯定会被夏常拿捏。

"这……合适吗？"孙照有些犹豫了。

"合适，必须合适！"胡沧海加大了力度，"现在夏常为什么大受于时和文成锦的喜欢？你猜她们是真的喜欢他本人还是喜欢他所在的位置？呵呵，呵呵！"

"女人天性慕强，夏常组长的身份，为他平添了许多光环，也让于时和文成锦觉得他大有前途。如果他被拿掉了组长，对于时和文成锦来说，夏常就没什么用处了，她们到时都不会理他。孙总，您有没有发现正是于时和文成锦的存在，让夏常误以为他有许多选择，才对您挑三拣四，觉得您这不好那不好的？

"如果丢掉了组长的位置，又没有了于时和文成锦的追捧，夏常会清醒地认识到自己的身份和地位，也会知道您跟在他在一起，是他高攀了，是对他的赏赐！"

孙照总算跟上了胡沧海的思路："你的意思是说，只要让夏常丢了小组长的位置，于时和文成锦就不会理他了，他就会觉得我最好，回到我的身边？"

胡沧海用力点头："想不想？"

"想！"孙照心动了，连连点头，忽然脸色一变，"不，我不相信你，你不是上海人。我只相信上海人，上海人不骗上海人！"

胡沧海险些没被呛死，孙照的逻辑和脑回路总是如此清新离奇，让人防不胜防。

"我是上海人。"黄括悄悄一拉胡沧海，及时站了出来。

"我不信。你长得不像。"

黄括也差点被打败："什么长相才算是地道上海人？"

"夏常那样的。"

这孩子从小缺心眼一直到大，黄括狠狠地腹诽一番，脸上却还得挂着笑："上海地理位置正好处于南北交汇之处，在长相上中和了北方和南方的优点，大气而端庄，反倒没有什么明显的特色。

"我从小在上海之根长大……"

"松江？"孙照问道。

黄括摇头："广义的上海之根是松江，狭义上的上海之根是南市。"

"怎么会是南市？"孙照来了兴趣。

"很多人都有一个印象，就是开埠之前上海是个小渔村，其实不是。"黄括摆出了诲人不倦的姿态，"上海在宋朝就已经设镇，到13世纪末，因为人口增加，市容繁华，升级为县。古时上海县的治所基本在现在的南市区境内，中华路和人民路合围起来的区域是曾经的上海县城。

"如果你坐11路，会发现这条线的站名大部分都是某某门。上海地铁也有老西门和小南门两站。这里的门其实指的也就是以前上海县的城门。只不过现在城门建筑早已不在了，城墙也只在小北门附近留下了一小段。

"从广义上来说，拥有广富林文化和崧泽文化遗迹，历史上极其丰饶富足的松江是上海之根。但从狭义上来说，作为曾经的县城所在地，南市才是上海之根。"

"我从小在南市长大。"黄括见孙照听得入了迷，不无得意地一扬脖子，"我才是地道正宗的老上海人。我出生在豫园附近的弄堂里，爸爸是万有全豆制品厂的职工，妈妈做小生意，在福佑路和董家渡都待过。爷爷奶奶是土生土长的上海人，外公外婆都是宁波人。

"小时候，给家里老人过生日总爱放在老西门大富贵，寿桃糕点只买乔家栅的。学生时代最爱逛的是充满各种明星周边和口袋书的文庙，最烦恼的是总有玩伴因为拆迁而转学。无聊的时候喜欢坐11路电车一圈一圈地逛。以前，三代人合住一间老房子实在不方便，长大后，搬到了黄浦，后来又搬到了浦东，现在差不多又要常驻临港了。"

孙照露出了欣喜的表情："你对上海的历史这么了解，相信你是地道的上海人了。"

真累，说服孙照不但要说明利害关系，还得连哄带骗，怪不得夏常不喜欢她，换了他，他也受不了。黄括问："那么是不是可以说，我们的合作算是敲定了？"

"我是没问题了，回家我要问一下我爸。如果他同意了，就没问题。"孙照又打量了胡沧海几眼，"黄括，你为什么要找一个外地的女朋友？还是上海姑娘最适合你。"

第 33 章
没有办法的办法

孙照离开后，胡沧海生了半天气，劝都劝不好的那种。

"孙照就是一个脑子有问题的人，和她合作，不被坑死也会被傻死。要不我们还是换个思路吧？"

黄括摇头："我也想说服文成锦，但以目前的形势来看，文成锦这条路肯定不通，文克和夏祥是多年的老朋友，他们有足够的信任基础。而我听说文克和孙飞天又不和，现在夏祥想利用夏常的支点位置，周旋在文克和孙飞天中间，最终达到利益最大化的目的。"

"夏祥想在文克和孙飞天中间左右逢源，我们也可以。"黄括眯起眼睛，"夏常的性格、背景，还有他的家庭，我都一清二楚。"

胡沧海实在受不了孙照的古怪："可是孙照太吓人了，反复无常……"

"现在也没别的办法了，只能搏一次。"黄括下定了决心，"相信我，一定可以赢得最终的胜利。"

胡沧海忽然有些犹豫了："黄括，你是不是太敏感了？自始至终，我都没有明显感觉到夏常有针对你的意思，他到目前为止的所作所为，都很正常，也很规范。"

"亏了你还是他的前女友，不了解他深藏不露的性格。他现在是在一步步为我设局,等我深陷其中不能自拔时,再亮剑,到时我除了投降、加倍还他股份之外,没有别的选择!"黄括咬了咬牙,"我不会让他的阴谋得逞,一定要走在他的前面,先下手为强。"

"我怎么有时会觉得你是在自寻烦恼呢?"胡沧海回想起她和夏常的恋爱往事,实在想不起来夏常有哪些阴险的地方,不由笑道,"你不是看上了孙照,想接盘吧?也是,嫁给了孙照,就一劳永逸地解决你目前资金不足的困境了,并且从此以后有了开挂的人生。"

黄括若有所思地笑了:"你说的也有道理,让孙照爱上我,也是一条上升的途径。"

"你要是敢为了她抛弃我,我杀了你!"胡沧海咬牙切齿地冷笑,"要不要试试?"

黄括忙满脸赔笑:"开个玩笑也不行吗?何况孙照的脑回路,一般人受不了。娶她不等于娶了一个定时炸弹?情绪一上来,说点火就点火,砰的一声就炸个粉身碎骨。我可不想玩命。"

胡沧海坐回了座位,慢条斯理地泡茶,想了半天:"好,假设你对夏常的推测成立,夏常就是想等到你不能自拔时对你亮剑,那么这个时间节点大概是什么时候?"

"最早明年下半年,最晚后年也就是22年上半年。"黄括暗自盘算了一下,"现在我们公司虽然入围了,但具体负责的版块是什么,预算又有多少,还没有给出具体数字。赚钱肯定会赚,但最终能不能如期收到款项,还得看跟我们合作的开发商。"

"我们只是整体解决方案的配套供应商,只负责其中很小的一部分,既要符合政策,又要配合政府的规划,还要满足开发商的商业布局,说白了,就是受气的小媳妇,夹在中间,谁都可以对我们指手画脚。"黄括想得明白,"这么说吧,夏常代表的是管委会,开发商也会对他尊重三分,他的意见都会慎重对待。我们前期投入了大量的人力、物力,就算有预付款，也顶多只能覆盖我们的开销。"

"到了正式启动阶段，也就是明年下半年，夏常如果突然抛出一个理由，说我们的方案有问题，技术有缺陷，临时提出调换配套供应商，你说管委会也好，开发商也好，会更相信谁？"

"肯定是夏常！"胡沧海连连点头。

"这就对了。"黄括自信在胸，"你还怀疑我对夏常的推断吗？"

胡沧海摇了摇头，又点了点头："相信你归相信你，但总觉得你对夏常的推断过于武断了。但谁让我是你的人呢？我还是会和你一起想办法拿掉夏常。"

"能不能拿掉夏常，关键在孙飞天。只有孙飞天和上面的关系不错，他出面要求管委会换掉夏常，成功率才高。"黄括沉吟片刻，"我不知道孙飞天为什么非要让孙照嫁给夏常，但有一点，孙飞天并不是真的欣赏夏常。还有，孙照应该说服不了孙飞天，沧海，我们要做好当面说动孙飞天的准备。"

黄括猜对了，孙照回到家里，把今天发生的一系列事情一说，孙飞天勃然大怒。

"你怎么能和黄括联手对付夏常？你是哪根筋不对了？"一气之下，孙飞天生平第一次骂了孙照。

孙照一脸委屈地说："夏常他不喜欢我，还脚踏三只船。爸，我是什么身份，肯和他在一起已经是对他的赏赐了，他还敢不领情？给他脸了是吧？"

孙飞天冷静下来，在房间中转了几圈，带着孙照来到了院子里。

春末的上海，正迎来夏天的气息。气温无比舒适，再加上院子中浓郁的草木气息，让人心旷神怡。

院中种了月季、合欢，有花有草，很气派也很雅致。

孙飞天坐在了椅子上，悠然地泡了一壶茶。多少年来，他依然保持了白天喝咖啡晚上喝茶的习惯。

"孙照，坐下。"孙飞天示意孙照，"想不想知道爸爸为什么希望你嫁给夏常吗？"

孙照听话地坐下。她有时会顺着孙飞天的意思，有时会反抗，全看情绪。

"要不要叫上妈妈一起？"

"不用了，她头疼，先睡了。"孙飞天摆了摆手，"你也知道我并不喜欢夏常，觉得他配不上你。实际上，他也确实配不上你。但爸爸还是希望你们结婚，也是没有办法的办法。"

"为什么，爸？难道除了嫁给夏常，女儿就嫁不出去了吗？"孙照很是不解，"说实话，我也谈不上有多喜欢他，但至少不讨厌他。既然你想让我嫁给他，我就一心想和他在一起。但他不领情也就算了，还敢嫌弃我！"

"他也不是嫌弃你，只是想让你主动离开他而已。本质上讲，他是一个善良的人。正是因此，我才想让你嫁给他。"孙飞天叹息一声，摸了摸头，"你如果生在一般人家，想一直单身，爸爸也不会勉强你。但你生的不是普通人家，爸爸有偌大的家业需要你来继承。"

"偏偏你又不是可以肩负起家业的人！"

孙照不说话，低头玩手指头。

"女儿，你的自身条件是没有那么优秀，个子不高，不漂亮，又胖。但你附加值高，不说别的，就是爸爸打下的江山，少说也有几十亿的资产。爸爸只有你一个女儿，早晚都是你的。

"不要以为继承了几十亿的资产是好事，别人也会觊觎你的庞大资产。爸妈不能跟你一辈子，以后早晚需要你自己来面对残酷的世界和真实的人性。

"就算爸妈不指望你能把公司发扬光大，可能你的性格决定了你以后说不定连几十亿的资产都守不住……"

孙照插了一句："我能守住，爸，你太小瞧我了。我是长得不漂亮，但我智商和情商都不低，我又不是傻子。"

孙飞天苦笑着摇了摇头："女儿，自信是好事，盲目自信就会带来失败。你再聪明，也总有比你更聪明的人。如果有一个比你聪明又让你心动的男人主动接近你，他还长得很帅，天天对你关怀备至，你会不会为他花钱？"

"会呀。如果我喜欢他，为他花钱不是天经地义吗？我会为他买最好的西装、汽车、别墅，如果他足够帅的话，还会把一切都给他。"

孙飞天暗暗叹息："如果他不是真心爱你的人，只爱你的钱呢？等你把一切都给他后，他就会毫不犹豫地离开你！"

"不会，不会的，爸，你别把人想得那么坏。一个男人，如果他又帅又温柔又体贴，他怎么可能是坏人呢？"

孙飞天也相信可能会有一个又帅又专一的男人喜欢上孙照，如果孙照只是一个普通女孩的话。但孙照偏偏不是普通女孩，她是几十亿财富的唯一继承人的身份决定了她不可能拥有纯粹的爱情。

作为男人，孙飞天很清楚，能真心爱上孙照并且一心对她的人，不多。

甚至可以说微乎其微！

第34章
最理想的状态

孙照喜欢根据自己的条件对照另一半，孙飞天却是清楚，孙照的真正竞争对手是同龄以及比她小十几岁以内的女生。

孙照终究要嫁人，要生子，才能让孙家的家业传承下去。与其在茫茫人海中如大海捞针般寻找一个各方面条件均衡的人，还不如从知根知底的熟人中下手。孙飞天已经清楚孙照不可能找得到门当户对的结婚对象，哪怕是稍差一些的也不可能。孙照不仅仅是不够漂亮，而且脑子也不够好使。

孙飞天经过多方考察与了解，觉得夏常是最合适的一个。首先夏常长得还不错，高学历，有见识，又有专业技能。其次，夏常的父亲夏祥和他认识多年，人也沉稳可靠。最后，夏常的人品过关，既善良又有锋芒。

既不能找一个对孙照事事顺从的人，也不能找一个对孙照毫不上心不管不顾的人，要找一个中间派。夏常就是唯一合适的人选。关键两家人还有渊源。

孙飞天相信他不会看错，夏常和孙照结婚后，不会贪图孙家的家业。而且夏常还有经商头脑，如果可能，他还希望把夏常培养成孙家的掌舵人，继续带领孙家上升。

经过慎重的考虑，孙飞天向夏祥透露他的想法。夏祥开始是反对的态度，认为夏常高攀不起。孙飞天苦口婆心，从各方面利益来说服夏祥，结果没有成功。

后来无奈之下，只好拿出了撒手锏来威胁夏祥，如果夏祥不答应他，不配合他的计划，他就让夏祥身败名裂！

夏祥妥协了，向他承诺一定说服或是逼迫夏常接受孙照——也正是孙飞天拿捏了夏祥的把柄，他才认定他可以左右夏常，并且一步步让夏常成为他的棋子。

不料，眼见即将订婚之际，文克横空杀出，打了他一个措手不及。

他和文克不和，在当年的里弄是人人皆知的秘密。二人的关系一度紧张到在里弄遇到也要怒目而视的地步，如果不是后来文克搬走，他们说不定会打上一架。

至于和文克不和的原因，孙飞天已经记不太清了，应该是许多事情掺杂在一起导致的结果。孙照和文成锦的矛盾，也只是其中之一。

后来文克下海经商，据说也是受了他的刺激。他记得当时对文克说："你怕是走不出里弄了！跟我斗？你有什么资格！我以后是要住高楼、住洋房、住别墅、开宝马奔驰的人！"

没多久，文克就搬出了里弄。又过了几年，听说文克下海经商了，孙飞天当时还嘲笑文克书生意气。他不信文克能办好公司！

文克毕竟是大学讲师，也不知道下海时有没有被提为教授，反正文克的成功让孙飞天更加清醒地认识到，创业将会是高学历高智慧的一群人的赛跑游戏。最终比拼的不仅仅是对国家政策的解读、和时代同呼吸共命运的节奏，还有个人的聪明才智。

表面上不愿意承认文克的优秀，但在内心深处，孙飞天还是挺佩服文克的。佩服归佩服，文克想让文成锦和夏常在一起，就等于撬动了他的利益。

还是根本利益！

孙照长得不如文成锦漂亮，又不如文成锦有文艺细胞，并且听说文成锦还有气质且温柔。从男人的角度出发，同样拥有继承家业基因又自身条件更优秀的文成锦，肯定是首选对象。

孙飞天就很愤怒，认为文克是故意和他作对。等冷静下来之后一想，文克的真正出发点未必就是为了和他作对，而是和他选择夏常一样，是没有选择的选择。

或者说，在视线所及的范围之内，夏常是最佳的不二人选。

就如同夏常是一个优质项目，他和文克都是开发商，都来竞标，自然都想拿出浑身解数想要中标。

理解归理解，孙飞天还是很气愤文克的节外生枝。但既然文克正面挑战他的计划，他就得做出反击才行，说什么也不能让文克的计谋得逞。

但让他更为郁闷的是，此时夏祥的态度也有了微妙的变化，对于订婚一事一拖再拖，明显是想悔婚。可惜，女儿不争气，文成锦一出现就被比了下去。如果女儿足够优秀，怕是夏常现在已经成为他的囊中之物了。

更让孙飞天生气的是，女儿居然还想和黄括联手对付夏常，她的脑子到底是怎么长的？如果她不是他的亲生女儿，他说不定早就放弃她了。

夜风温柔，远处不时传来汽笛声，遥远如同梦境。

孙飞天揉了揉太阳穴问孙照："你到底是怎么想的，为什么会想和黄括联手？"

"因为黄括真心替我着想，不像夏常，从来不把我放在眼里。"提及夏常，孙照就心有不甘，"爸，我和夏常的订婚还是算了吧，他完全不上心。其实黄括也挺不错的，长得虽然没有夏常帅，但他有耐心，温柔又体贴，不行我就和他订婚吧？"

孙飞天举起右手，忍了忍，又收了回去："你能不能像个大人一样思索问题？"

"我现在就是大人,我想的问题就是从大人的出发点。"孙照忽然兴奋了,"你想啊,黄括和夏常不对付,他们之间有恩怨有过节。如果抛弃了夏常和黄括订婚,对夏常来说是绝对的打脸,对不对?"

孙飞天想起以前姜一叶和他生气时,动不动就威胁他说要回娘家,他心中暗喜,姜一叶认为的惩罚对他来说其实是奖赏。

"胡闹。订婚不是儿戏,能随便换人吗?退一万步讲,就算你想,黄括还未必同意。"

"我们可以和黄括谈一笔交易。只要他同意和我订婚,我们就和他联手拿掉夏常。等目的达到后,他可以争取到在智慧城市示范点建设中更多的主动权和更大的收益,我们可以让夏常体会到我们的决心和力量。等夏常不是小组组长了,于时和文成锦也就不再围绕着他转,他就会主动回到我的身边……"孙照忽然树立起了前所未有的决心,她握紧了拳头,"爸,这是我第一次做出一项重大决定,你一定要支持我。"

孙飞天的脸色慢慢舒展开来了,孙照的话也有几分道理,并不是无理取闹,他沉思了一会儿,说:"这样,订婚的事情可以先放一放,我们不提了。上杆子的不是买卖,不能让夏祥觉得我们非要送女儿给他家不可。

"你和黄括订婚的事情是不行的。你们没有感情基础,不能拿和他订婚来刺激夏常。这是杀敌一千自损八百的蠢招。但可以和黄括联手对付夏常。先让夏常被拿掉组长的位置,他就老实多了。到时说不定他真的会主动要求订婚,这样,主动权就又回到我们手里了。"

"爸,你答应了?太好了。"孙照开心得跳了起来,"一定要制服夏常。"

"可是爸,你认识夏常的上级领导吗?能让他免职吗?"

孙飞天轻笑一声:"并不是什么难事。"

第35章
需要制订不同的方案

夏常办公室。

会议开了三个小时了,依然在继续。

于时都困了,强忍着不睡,努力让自己不打瞌睡,心里暗骂夏常怎么还不散会。

林工博、莫何丝毫没有睡意,精神依旧亢奋。就连赶过来参加会议的杨小与,也是精神百倍。

好在文成锦也是昏昏欲睡,于时多少有了几分心理安慰。她不是一个人,文成锦估计和她一样,听不懂夏常几人聊来聊去的专业术语。

夏常向他们介绍了各自所负责版块的整体规划。按照功能划分,三家对应的版块分别是教育版块、商业版块和住宅版块。

夏常负责的是教育版块。

虽说夏常主要负责教育版块,但他是小组组长,同时要全局负责所有版块的人工智能,应该说他牵头教育版块更准确。

于时也是负责所有版块的规划,她牵头的是商业版块,对应的是飞天和中道。

黄括的颜色和荣光,对应的是住宅版块。

不同版块的功能不同,侧重点也就不同,需要制订不同的方案。

原则上来讲，夏常和于时要全程参与所有版块的方案制订。

夏常和林工博、莫何、杨小与商议了教育版块的人工智能的前期布局以及后期的实用性，几人讨论得相当热烈，从实用、便利、长远布局等方面，都有深入的探讨。

开始时于时和文成锦还能插话，后来随着专业术语越来越多，二人发现已经听不懂夏常几人在说什么了，就只好充当旁听者。

听到后来，都听困了。

还好，夏常等人的讨论告一段落，开始让于时和文成锦上场了。

夏常拍了拍于时的肩膀："醒醒，别睡了。现在该你和成锦从规划与地产开发的角度，发表一下看法了。"

于时揉了揉惺忪的双眼："啊，天亮了？"

夏常气笑了，打了她一下："什么天亮了，还在开会好不好？打起精神！"

"都几点了？是不是今天不开出一个结果，明天项目就黄了？"于时摇晃着站了起来，"我强烈反对这样的工作方式，不要以为大晚上开会就是敬业就是认真工作，这样反而会影响第二天的工作效率，得不偿失！"

都以为夏常会生气，谁知夏常眨了眨眼睛，忽然会心地笑了："有道理，于时同学的话让我大受启发。请各位作证，我以后不会再加班开会了……除非有突发情况，或者聊得思路顺畅，没有办法刹车的前提下。"

莫何嘿嘿一笑："你冤枉夏常了，他不是工作狂。主要是我们三个人谈到了人工智能的未来，以及人工智能和房地产的具体结合，一想到我们有望打造一个国内最有引领意义的智慧城市示范点，就没有办法停下来。"

于时哼了一声："现在时间也太晚了，你们不能为了工作就不顾身体对吧？为了弥补你们对我和文姐的身体伤害，你们几个人请我们吃夜宵，我就原谅你们。"

"大晚上吃东西，对身体伤害更大……"夏常本想善意地提醒于时一句，话说一半就被于时犀利的眼神制止了，他就来了一个急转弯，"偶尔一两次，也没有问题的。莫何，交给你了。"

"已经叫好了外卖。"文成锦举了举手机，"马上到了。"

于时冲夏常挤了挤眼睛："就她了，别再犹豫了。"

夏常没理于时。

夜宵到了，几人边吃边聊。于时的睡意也一扫而空，吃得比谁都起劲。

"感觉孙照有要和黄括联手的趋势，他们要是一起对付你，你可能就麻烦了。"于时大半夜地吃烧烤，还不忘提醒夏常，"你得提前做好准备，别被打一个措手不及。"

夏常愣了愣："你还有商业头脑？"

"商业也好别的也好，不外乎人性。站在人性的基础上，很容易推断出来孙照的下一步。"于时啃完一个鸡腿，"别怪我没有提醒你，女人因爱成恨之后，报复心理是极为强烈的。"

"你不担心吗？"文成锦见夏常一副不以为然的神情，好奇问道。

"有什么好担心的，我认真做事，无愧于心。于公于私，我都坦荡。如果孙照和黄括联手，真能让上级领导换了我，我也只能说认了。"

"但我相信，我的所作所为领导都看在眼里，知道我的认真和专业，认可我的为人和能力！"夏常信心十足。

文成锦淡定地笑道："我们都相信你，也相信领导不会不认可你。但你别忘了，黄括也不会傻到直接到领导面前搬弄是非，他肯定会有别的方法来让你栽跟头。到时领导想保你，也无能为力。"

这倒是事实，夏常想了想说："我以后多加注意，还有，我有你们，肯定不会栽跟头的，你们也不允许，是不是？"

第二天，刚到办公室，夏常正在接水，韩剑南敲门进来了。

"我的茶叶喝完了，分我点？"韩剑南笑眯眯地拿起夏常的茶叶，不客气地分了一半，倒进了自己的水杯里，"以后有了茶叶再还你。"

"这么多，也不怕太苦了？"

"苦尽才能甘来嘛，不怕。"韩剑南接了水，吹了吹茶叶，"夏常，分组问题，黄括有些意见，想要调整一下，你觉得呢？"

夏常想了想："主任的意见呢？"

"别打太极，我先问你。"韩剑南喝了一口茶，烫得直摇头，"你的水太开了，以后调低点温度。"

夏常呵呵一笑："我的温度适合我，就不调。"

韩剑南像是明白了什么："有时调整一下，也不能就说是让步，温度太高，对身体不好。"

夏常说："我喜欢90度以上的水泡茶，可以泡得舒展。泡好后，多等一会儿再喝，也不会对身体不好。这样还可以更好地培养耐心。"

"耐心是关键，有些事情，只能从点滴做起，一点点进步，不能好高骛远，更不能一蹴而就。目前我们国家的高精尖技术，有领先的地方，但落后的地方更多。要认识到不足和差距，才能踏实地做事。"夏常也泡了一杯茶，放到一边儿，"功到自然成，心静水会凉。"

"就不能微调低一两度？比如说88度？让两度给别人，就能皆大欢喜了。"韩剑南不死心，还想说服夏常。

"主任，茶叶可以匀您一半，烟也可以分您一盒——好吧，我不抽烟，就是说说而已。但水温真不能调低，根据我的研究，我的水温最适合泡我的茶叶，泡出来的茶最好喝，最有味道。容不得讨价还价！"夏常语气坚决。

韩剑南站了起来，摇了摇头："我明白了。站在我的立场上，我是不想让你为难，但有时有些事情我也身不由己。万一有一天我不在其位了，你就得自己冲锋在前了。"

夏常送韩剑南到门口："主任一定要挺住呀。"

"没那么乐观，也没那么悲观。"韩剑南扬了扬手中的茶杯，"借了你茶叶，总得还你不是？"

下午，预算批下来了。比夏常预计得要好，他很开心，当即打电话告诉了林工博和莫何。

刚放下电话，准备打给黄括时，手机突然响了。

是文成锦来电。

"夏常，快来，出事了。"

"出什么事了？你在哪里？"夏常听出了文成锦的慌乱。

"我在人才公寓……"停顿了片刻，文成锦又急急说道，"电话里说不清楚，赶紧过来，于时被人打了。"

"啊！"夏常大惊失色。

不应该呀，以于时的聪明和厉害，她不打别人就不错了，怎么还会被人打？夏常急得不行，迅速赶到了现场。

现场已经乱成了一团。

好不容易分开人群，挤了进去，于时坐在地上，右手捂头，有血从手缝中渗出。

在她身边，围了一群人，看穿衣装扮明显都是装修工人。

"出什么事情了？"夏常来到于时面前蹲下，小声问道，"什么情况？谁打的？"

于时悄眯眯地眨了几下眼睛，忽然咧嘴哭了起来："夏组长你要为我做主呀，我好好地走路，突然就被王八旦打了。"

被打了骂人可以理解，但当众骂这么大声，似乎有损于时的形象，尽管在夏常看来，平时于时也没有什么太好的形象，他想要问几句，黄括挤到了他的身前。

"夏组长，怪我，今天的事情怪我。我来处理！"黄括一脸歉意，"于时过来视察现场，正测量的时候，被我的工人碰倒了仪器。于时埋怨工人，工人一着急就打了她。"

"工人打人？"夏常总觉得哪里不对，"你的什么工人？"

"是我刚雇的几个工人……"黄括紧张而焦虑地擦着汗，至少表面上的细节做得很到位，又一副诚惶诚恐的样子，让人觉得他充分意识到了自己的错误。

第 36 章
对　话

于时低着头，似乎很痛苦的样子，但从侧面望去，她嘴角微微泛起的弧度让夏常意识到了事情的不同寻常。

"于时，是你先说还是黄括先说？"夏常故意问了一句，给于时一个台阶。

于时头也没抬地挥了挥手："让他先说。我不怕他胡说八道栽赃陷害！"

黄括又忙擦了一把汗，尴尬一笑："于老师，对不住，是我的错。我肯定会认，不会推脱半点责任！"

事情的经过也简单，黄括雇用了几个工人替他装修公寓——他的公司有三个人符合人才公寓入住的条件，分到了三套。眼下公寓的精装修已经进入了尾声，他找了几个装修工人，打算进行进一步装修，毕竟精装修的公寓风格千篇一律，他想要按照自己的需求调整一下。

黄括也分到了一套，每月租金 1500 元，价格很划算。就算不长住，晚上加班不想回家，偶尔住上几晚，也是合适的。

装修工人来自安徽，活儿干得不错，就是性子有些急。明显是想赶紧干完他的一单，再去下家。黄括希望他们能耐心些、细致些，不可避免就和工人有过几次争吵。

今天是装修的最后一天，黄括过来验收，发现了几处问题，要求工人修补。工人简单弄了几下，转身就走。他们已经接了新单，急于去开工新项目。

黄括不放工人走，要求他们必须按照他的要求完工，否则不结算最后一笔款项。最后争论变成了争吵，工人下楼，黄括追了下去。情急之下，黄括想抓住工人，工人还手。

正好路过的于时就不幸地被打中了。

"是这样吗？"夏常只信黄括一半，问于时。

于时点了点头："基本属实。不，准确地说，最后一段属实，前面部分不知道。他和工人的矛盾是什么原因，我可不清楚。"

这就对了，夏常点头，问道："打你的几个工人呢？"

"动手的人叫东营，跑了。一共三个人，抓住两个，一个叫余流星，另一个叫王巴旦。"于时说话时不小心放下了捂着脑袋的手，露出了完好无损的头发。

原来还真有人叫王巴旦……夏常忙轻轻咳嗽一声，示意她别演砸了。既然演了，就得继续下去。

她忙又捂了回去，尴尬地吐了吐舌头。

一回头，文成锦过来了。她身后跟着一群人，其中有两个人被围在中间。

"人被抓住了，就是他们。"文成锦冲夏常点了点头，问于时，"严重吗？要不要去医院？"

于时连连摇头："小问题。小时候经常上树、打架，流点血是家常便饭。就这也要上医院，我还要不要面子呢？"

不是面子，是怕露馅，夏常狠狠瞪了于时一眼。虽然还不清楚于时到底打的什么算盘，但事到如今，只能先配合她的表演了。

于时假装没看见夏常的凶狠。

余流星骨瘦如柴，王巴旦其壮如牛，两个工人站在夏常面前，一脸的不在乎。

"他们想跑，被我的人抓住了。"文成锦轻飘飘的一句话，不经意间透露了她指挥若定的风范。也是，整个人才公寓的装修都由她负责，装修工人都听她指挥。

"是你们打的于老师？"夏常左看看余流星，右看看王巴旦，"都挺了不起，敢打人了。"

余流星斜了夏常一眼："反正人也打了，该怎么着就怎么着吧。"

王巴旦更是气焰嚣张："赶紧的，要打要骂要罚，随便！处理完了我还要去干活。"

"还想在新片区干活？"夏常笑了，"估计浦东都没戏了。说吧，你们为什么打人？"

"为什么？想打就打了，谁让她碍事？"余流星张狂地大笑，"我打的是黄括，她非要凑过来，没见过主动讨打的，不打她打谁？"

"这么说，怪她不怪你了？"夏常看向了于时，"报警没有？"

"还没有。不用报警，把他们带过来，我来和他们聊聊。"于时招手，示意夏常过来。

夏常走了过去，小声问道："你又耍什么花招？"

"不是耍花招，是替你清扫障碍。"于时将夏常拉到一边，"你是不知道，黄括在人才公寓的房间，正好在我们俩房间的中间……"

"然后呢？"夏常早就知道了此事，他的房间是608，于时的是606，黄括的是607，是抽签定的，纯属巧合。

"你是不是觉得就是巧合？"

"不然呢？"

"你笨得像猪！"于时气得跳了起来，"是黄括在背后做了手脚，故意抽中了我们中间的房间。然后他又自己在精装修的基础上进一步装修，是为了在我们两个人的房间安装窃听装置……"

不是吧？商业间谍的手法都使出来了？夏常不信，刚要嘲笑于时，于时抢先说道："知道你不信，等你和我一起上去看看你就明白了。知道我为什么挨打吗？我不是挨打，是找打！"

"我就是故意凑过去被他们打中的，这样，才能留下他们，才能让他们老实交代问题。"于时悄悄伸出手掌，掌心有一根口红，已经被泡得不成样子，"看到没有，我没流血，流的是口红水。"

于时骗人真有一套，夏常服了："行吧，既然是你惹出来的事情，你来善后，我不管了。"

"不，你得管。"于时拉住夏常，不让他走，"你负责对付黄括，我来攻克几个工人。黄括敢偷偷装窃听装置对付我们，背后肯定还会有其他的手段。"

文成锦让她的工人维护秩序，让无关人等远离，只留下了于时、黄括和余流星、王巴旦几人。

在于时的要求下，一行人进入了人才公寓，来到了6楼。

装修已经进入了尾声，到处都在进行收尾工作。散落了一地的装修垃圾正在被清理，人才公寓初具雏形。

比预期中提前了两个来月，夏常心中暗暗赞叹临港新片区速度。

于时要求到黄括的607房间坐一坐，同时解决她被打的问题，黄括不同意，非要到606或者608，于时坚持，二人就僵持不下。

最后还是夏常出面："行，到608也行。"

608是夏常的房间。

房间已经打扫干净，是可以随时拎包入住的状态。虽然不大，只有60来平方米，但设施齐全，功能区划分实用，夏常很是喜欢。

一个月才1500多元的租金，可以体会到新片区对人才的重视确实落到了实处。

夏常观察了房间一番,注意到和607相邻的墙上,有一个微小的洞,不仔细观察还发现不了。他见于时也不停地朝他示意,终于相信了于时所说的一切。

于时冲文成锦点了点头:"文姐,我们两个和工人谈谈,让夏常和黄括好好聊聊。"

和607相邻的墙壁是卧室,于时和文成锦几人在客厅,夏常和黄括留在了卧室。

夏常直截了当地指向了墙壁上的小孔:"黄括,解释一下吧?"

黄括面不改色心不跳:"我是打算在客厅布线,让工人打眼,打好后才发现一不小心打穿了。"

"真的?"夏常意味深长地笑了,"怎么我感觉像是在安装窃听装置?"

"如果你不信我,可以问工人,他们最清楚到底是做什么用的。"黄括拒不承认,将球踢给了工人,反正他坚信工人不会出卖他。

"不急,于时和文成锦在问工人,相信她们会问出一些什么,我们先聊聊。"房间中已经有了桌椅,夏常请黄括坐下,"你是不是觉得如果换了别人当组长,会对你更有利?"

"怎么会?"黄括忙笑,"你是我的老同学、曾经的合伙人,我怎么会想换掉你?别听别人瞎说,总有人想要挑拨离间我们的关系,夏常,你要相信我们的友情,相信你的眼光。"

"我以前相信过。"夏常呵呵笑道,"其实你主动说出来,我也许还会原谅你。但你还要隐瞒,等我问出来,形势就不同了。"

"怎么个不同法?"黄括完全不为所动。

"我会提出更换房间,然后再向管委会建议换掉颜色科技。从此,彻底远离你。"夏常微微咬牙。

"这么狠的吗?"黄括依然一脸无所谓的表情。

"我让颜色科技入围,只是因为你们的技术力量过关,是为了更好地建设好智慧城市示范点。如果从我的个人感情出发,我不会让你们入围的。以前的事情,我都记着,没忘。我是一个记仇的人!"夏常冷笑了,"记仇,不代表我一定报复,更不表明我会公报私仇。但我还是要牢牢记住,以免以后犯同样的错误。"

"如果你一心为了项目,尽心尽力做好智慧城市的建设工作,我也会先放下我们的恩怨,尽可能地与你方便,配合你们的进度。但是,你却一再地针对我,还干扰我的工作,对不起,我不能留你了。"夏常决心已下,"你应该是想通过上面的关系,把我调离或是赶出小组,对吧?只要我还在小组一天,你就别想折腾起来风浪。如果你真有本事调走我,我也不会放过你,会用尽一切办法让你落败。"

第37章
维护利益

第一次见到夏常狠绝的表情，黄括心中一跳，随即又平静下来："夏常，你真的误会我了，我没有想要窃听你，更没有想要赶走你。是不是今天韩主任和你说了什么？"

夏常反问："你说呢？"

"明白了，我明白了。"黄括连连点头，"肯定是孙照！这件事情，你真错怪我了，是孙照想要拿下你。"

"她是因爱成恨，对你求而不得就想毁掉你！"黄括愤愤不平，甚至有几分义愤，"上次她就和我说，如果你不同她订婚，她就想办法让你当不成小组组长。只要你不是组长了，于时和文成锦就不会再围绕着你转。"

"她真这么说？"夏常才不信，"以我对孙照的了解，她能有这样的头脑，她也不会到现在还嫁不出去了。"

"人都是会变的。"黄括含蓄地笑了笑，"孙照现在出来负责分公司，独当一面，肯定也要成长和进步。"

几分钟后，于时和文成锦结束了谈话。

正如黄括所预料的一样，二人一无所获。两个工人坚称墙上的小孔只是为了走线，不小心打穿了，并没有其他用处。

最后实在没有办法，只好放工人们走。于时并不想把事情闹大，抓他们进去也没有意义，这并不是她想要的结果。

原以为可以借此从中问出什么，不料折腾了半天，居然没有突破，于时很沮丧。等黄括和工人们走后，文成锦问道："你怎么知道墙上的小孔是为了安装窃听装置？"

于时带着夏常和文成锦二人，来到了606房间。

同样在和607相邻的墙壁上，也有一个小孔。

"607的客厅和608的卧室相邻，相邻的墙上有一个小孔。而607的卧室和606的客厅相邻，相邻的墙上也有一个小孔。这能是巧合吗？"于时振振有词，"我发现情况不对后，就暗中观察了几天，终于有一天被我偷听到了工人的对话。他们说，暂时没有买到合适的窃听装置，但有合适的针孔摄像。不过黄括坚持不用摄像头，只要窃听器。还说摄像犯法，窃听没什么大事……工人们抱怨一通，希望黄括自己解决装置的问题，他们只负责安装。他们还要去下一家干活，不愿意再浪费时间了。"

"我就留了心，最近几天每天都过来查看，总算找到机会问问他们……结果你们也看到了，没问出来，我真是没用。"于时丧气地坐下，又猛然站了起来，"不行，我得换房间，不和黄括当邻居。"

于时出去打了一个电话，不久后回来，一脸兴奋："办好了，韩主任答应帮我调到609了。"

"这么说，606就空了出来？"文成锦嘻嘻一笑，"我去申请下，以后也方便开展工作不是？"

不多时，文成锦开心地回来："韩主任同意了，现在606是我的房间了。真好，我们以后是同一楼层的室友了，感觉像是回到了大学时光。"

晚上，夏常又召集三家公司在他的办公室开会，通报了预算情况。预算金额比预期的要少，但经过核算与综合对比，完全可以满足智慧城市的建设所需。

"时间紧,任务重,只要我还是组长一天,我就会按照我的标准严把质量关,不但要求技术力量达到并超越国际一流水平,还要求施工质量必须做到最好。"夏常环顾众人,"有没有信心?"

孙照没有说话,黄括立马响应:"有!"

林工博和莫何也是立刻表态。

今天的会议,夏常还邀请了中道的负责人魏越和荣光的负责人展布。

魏越是上海人,从小在虹口长大,她少年时生活在河滨大楼,后来住在瑞虹新城,现在住在浦东。上外毕业,英语不错,也会一些日语。有良好的才智与容貌,在教育领域取得过一些成果,因为男友的引荐,加入了中道房地产开发公司,从此转型成了建筑人。

她自我介绍很文艺:"我以前徜徉过的溧阳路上,悬铃木依然遮天蔽日,映射出岁月和机遇的流逝。虽然我年华不再,不过内心依然是试图东山再起的中年人。"

展布笑了:"你刚30岁就自称中年人了,不是打我这个35岁的老年人的脸吗?大家好,我叫展布,来自山东,是荣光房地产临港新片区智慧城市建设项目的全权负责人。"

"年过三旬,一事无成,好在娶了一个上海媳妇,现在有儿有女,也算知足。还请各位多多关照!"

夏常点头回应了二人的介绍:"因为预算没有达到预期——就我个人来说,也理解管委会的决定,毕竟整个新片区是一盘大棋,上面要通盘考虑,智慧城市示范点的建设固然重要,其他方面的投入,也很关键。因此,我希望各位开发商可以适当增加投入。"

"不用增加太多,在原有的基础上增加10%就可以了。"

夏常见无人表态,就继续加大了力度:"我本人先做出表率,我和奔涌有合作。奔涌的智慧城市示范点配套解决方案里面,有我的技术。我无偿提供技术服务,不收取任何费用,可以为奔涌的成本降低10个百分点。"

林工博和莫何碰了一下眼神，他站了起来："奔涌的配套解决方案，夏常的思路起到了主导性作用，他不但没有收取一分钱的报酬，还经常加班帮助修改、调整。在此，奔涌决定在原有报价的基础上，降低10个百分点。"

奔涌做出了表率，黄括和孙照你看看我我看看你，二人都是同样的想法——谁想降价谁就降，反正我们不降。

降价等于是降低利润。以现在的报价，利润率只有30%不到。再降下去，就只有20%了。人工智能行业投入大回报慢，如果没有利润的支撑，很难坚持太久。

黄括沉默了一会儿："奔涌有夏组长免费帮忙，我们颜色没有。我们的成本很高，降不了。"

孙照也表态了："成本以前就核算过了，我们的利润已经压到了最低，没有空间了。"

夏常也没勉强："好，不勉强。"

于时以为文成锦会是第一个支持夏常的开发商，不料第一个表态的却是魏越。

魏越人长得娇小，声音也很轻柔："我没有权限提高预算，但我可以向上级领导汇报情况，也许可以争取。"

"我也可以争取一下，但不敢保证有结果。"展布也是同样的态度。

"你呢，文姐？"于时见文成锦到最后还没有表示，不由急了，直接问了出来。

"我个人认为临时提高预算的做法不妥当。不能所有增加的成本，都由开发商承担，政府和人工智能公司，应该拿出负责任的态度，主动承担全部超支的部分。"文成锦异乎寻常地冷静，"开发商的利润空间不像外界想象中那么大，现在降到了极低。资金周期长，回款慢，中间不可控的开支大，有时能达到15%的利润已经谢天谢地了。"

"再增加10%的投入，等于是让出了10%的利润，项目就白干了。"文成锦摇了摇头，"就我本人来说，我反对增加投入。相信就算到了飞跃的董事会，也会是同样的结果。希望夏组长再想想别的办法，我个人反对让开发商增加投入的提议。"

没想到坚决反对的是文成锦，其他人多少还给夏常几分面子。

夏常也不觉得尴尬，他抛出提议也是投石问路，他点了点头："我只是提一个建议，最终是以什么方案落地，还有待进一步协商。"

散会后，于时想拉住文成锦说几句话，文成锦以太累了为由婉拒，直接走了。

于时又暗中观察夏常的脸色，发现夏常的脸色也不太好，心想二人终究还是有了矛盾。

反倒是孙照若无其事，一脸开心地走了，临走时，她还特意冲夏常笑了笑："想做出成绩，可以理解。但让开发商让出利润，基本上没有可能。当然，也不是完全没有可能。如果你能说服我爸的话，他愿意追加多少投资，我都没有意见。"

"对了，黄括约了我爸见面，你要不要一起？"

夏常呵呵一笑，轻轻摆手："你们聚。"

"不想知道黄括约他想聊什么吗？"孙照故意气夏常，"就是为了联手对付你。现在你有没有众叛亲离的感觉？别觉得文成锦会事事听你的，一到关键利益上，她会第一时间选择维护自己。不像我，对你好，是真的好。"

"谢谢呀。"夏常笑得很灿烂，丝毫没有受文成锦的影响，"预祝孙总和黄括的会面成功。"

孙照见夏常没什么反馈，气呼呼地走了。

第38章
不是父母人生的延伸

回到家里，已经晚上九点多了。夏常正准备睡觉时，老夏过来敲门了。

"别睡了，起来，来客人了。"

"谁呀？这都多晚了？明天还上班呢。"夏常不满地穿好衣服出来。

"明天上什么班？明天周六。"老夏敲了一下夏常的脑袋，"走，跟我出去。"

老夏和母亲穿戴整齐，在前面带路，夏常迷迷糊糊打着哈欠，跟在后面。出了小区，往主路一拐，就来到了一家全家便利店。

全家便利店在上海星罗棋布，遍布大街小巷，真正做到了便利。到底要见谁呀，大晚上的全家来全家得利店，也算是有创意了……夏常跟着爸妈进门，一抬头，最先看到的是文成锦。

再看文成锦的身后，跟着两个人，依稀还有当年的模样，只不过头发花白了不少，人也苍老了许多。

正是文成锦的爸妈文克和王晶。

小时候，夏常还被文叔和王阿姨抱过。当时的记忆已经模糊了，但有一个细节他却记得清楚——文叔的眼镜比里弄里面所有人的眼镜都厚都大，眼睛也更明亮。

"夏常，你都长成大小伙子了。"文克向前一步，握住了夏常的手，"早该和你见上一面了，最近一直在北京出差，刚回来，又开了几天会，今天总算抽出时间了。"

王晶上下打量夏常几眼，流露出丈母娘看女婿越看越欢喜的神情，连连点头："不错，真不错。身材匀称，上半身和下半身接近完美比例，难得。虽然没有胸肌和腹肌，但肌肉量挺好。如果多锻炼的话，很快就能练出完美身材。"

王阿姨怎么听上去像是开健身房的？夏常愕然片刻，猛然想起王阿姨以前是教雕塑的大学老师，怪不得看身体比例时如同有透视一般。

文成锦都有几分不好意思了："妈，别这样，会让人笑话的。"

王晶倒是大方："怕什么，妈是干什么的，夏常又不是不知道。我在选女婿，肯定要严格一些、挑剔一些。"

"妈，别闹，我和夏常处了一段时间，还没感觉，估计入不了戏。"文成锦忙制止妈妈继续下去。

"你懂什么？感情是需要慢慢培养的。我和你爸当年刚认识时，我还挺反感他。后来接触久了，却越看越顺眼了。"王晶倒是对夏常越看越顺眼了，"还有你爷爷奶奶、外公外婆，他们结婚前都没有谈过恋爱，结婚后才慢慢熟悉起来，不也过得挺好？一辈子幸福安康。"

"何况你和夏常从小一起长大，有感情基础。"

夏常只好赔着笑，感觉脸上的肌肉都僵硬了。长这么大，他还从来没有这么受欢迎过，先是被孙叔叔和姜阿姨看上，现在又被文叔叔和王阿姨欣赏，他的信心空前地爆棚。

好在他还保持了一丝的清醒，知道现在文叔叔和王阿姨对他的看重是带着先入为主的观念，相处久了，也许就没那么美好了。就像他和父母的关系一样，过上一个月见一次，绝对母慈子孝、父宽子敬，如果天天在家，三天后就变成了鸡飞狗跳、吵吵闹闹。

夏常将夏祥拉到了外面："老夏，你在玩火知道不？"

夏祥的笑容有些得意与嚣张："一家有女百家求，一家有男才两家要，怎么就玩火了？再多几家都不怕！"

"你到底要怎么和孙叔叔交差？"夏常提醒夏祥。

"为什么要向他交差？他有什么资格要求我？"夏祥挺直了胸膛，"儿子，不是老爸自夸，别看你孙叔叔和文叔叔都比老爸有钱，但他们都得尊重老爸三分。毕竟当年在里弄的时候，老爸曾经当过他们的大哥。"

"别人尊重你，不是因为你多厉害，而是别人的优秀与涵养。"老夏有点膨胀了，夏常决定泼泼冷水，"你之前就不该答应孙叔叔订婚的事情。"

"我是答应了，但没有明确具体时间。一年之内订婚是订，100年之内订婚也是订，也没说假话，不是吗？"

夏常无语了："老夏，你跟我说实话，到底想怎样？我可不想当你的支点，被你玩残废了。主要是我不相信你的手腕。"

"小瞧你爸了不是？"夏祥压低了声音，"我是希望你能和文成锦在一起，孙照虽然也不错，但太难相处，而且也不会说话。还有，孙飞天为人太精明，和我们家结亲，处处摆出施舍的态度。"

夏常想了想："是不是可以这么理解，如果没有文叔叔和文成锦的出现，你就同意我和孙照订婚。现在有了文叔叔，你多了选择，就又改变了想法，对吧？"

"或者说从一开始，你就有意拿孙家当幌子，来引文叔叔出现，从而达到你借我实现发家致富的梦想？"

夏祥连连摆手："话不能这么说，当年老爸也有成为孙飞天和文克的可能，只不过为了更大的梦想，放弃了。知道为什么孙飞天和文克都这么看重你吗？不是你有多优秀，当然，你也不差，主要是你老爸厉害。"

没见过这么夸自己的老爸，夏常都不想说什么了。

"当年孙飞天和文克创业时，都曾经想要拉我入股。我已经投入到了热火朝天的浦东开发之中，就没有答应他们。不过为他们出了不少主意，并且帮他们解决了许多问题。后来他们都口头承诺我说，他们的公司有我一半的股份。以后不管赚多少钱，都分我一半。

"当时他们的生意做得还不大，又是高兴之余的随口一说，我也就没有当真。后来想想，当时应该让他们签订协议，毕竟口说无凭。等他们生意做大后，他们就谁也不再提当年的承诺了，就当事情没有发生过一样。一个个的，表面上说得好听，真要动真格的时候，都不舍得掏钱出来。

"忘了当年我是怎样地帮助他们，为他们不计回报地付出了？我不计回报，他们就真的忘了回报？哼！还好我有儿子，他们都是女儿，通过联姻要回本该属于我的一半，也算是合理正当的诉求，是不是？"

夏常不认识一样上下打量几眼夏祥："老夏，你这脑回路也清奇得很！当年你也就是动了动嘴皮子，顶多出了些力气，帮了他们一些力所能及的小忙，就是朋友之间的互帮互助。人家喝多了，说上一句分你一半，你就当真了？是你太幼稚还是别人太傻？"

"去去去，要分清远近人，你向着谁说话呢？"夏祥要弹夏常的脑门，小时候夏常经常被老夏弹脑门，"你记住一点，我是你爸，我永远不会害你。"

夏常及时躲开夏祥的敲打："让我相信你也不难，你得告诉我孙飞天要拿什么事情威胁你？"

一提这事儿，夏祥立刻变得严肃了："儿子，如果孙飞天非要和你谈订婚的事情，你就说工作太忙，过段再说。要拖，不要一口拒绝。在没有和文克达成完全的共识之前，孙飞天作为保底和退路，不能放弃，明白不？"

"我不喜欢孙照，也不喜欢文成锦，不会和她们任何一人在一起！老夏，你就死了心吧！"夏常决定让夏祥清楚现在的形势，"你别想让我替你实现梦想。你的人生，你做主。我的人生，我说了算。

"孩子是父母血肉，但不是父母人生的延伸。父母没有实现的梦想和抱负，别强加到孩子的身上！"

"你个臭小子！"夏祥生气了，"你是不是喜欢于时？

"我可警告你，我和你妈都反对你和于时在一起！"

夏常反倒笑了："等我确定了自己到底喜欢谁后，会通知你们的。"

他们重新回到便利店中，发现曹殊正和文克、王晶相谈甚欢。

文克坐在夏常的对面，认真而严肃："夏常，叔叔想和你聊一聊。"

夏常心中一紧，别聊他和文成锦的事情就行。

还好，文克随即说道："你为什么认为类脑芯片会是人工智能未来的大方向呢？"

要是聊这个夏常可就不怕了，此时店里没别的顾客，夏常也就不怕影响别人，他当即来了兴趣："文叔，目前的人工智能的运用，还停留在初级阶段，比如自动机器人、自动驾驶，等等，说是人工智能，不过是自动化加算法的进一步提升罢了。和我所理解的真正的人工智能，还有相当的差距。"

"你认为的真正的人工智能是什么？"文克是想和夏常好好聊聊，也是想借机观察和了解夏常。

当然，主要也是他对人工智能相当有兴趣。

夏常对文克的印象好过孙飞天许多，至少文克给人的观感是一个知识分子，儒雅，有内涵，他就开启了滔滔不绝的模式。

第39章
钢铁般的意志

"我认为的真正的人工智能,在中级阶段应该实现卡车和出租车的全面自动驾驶,快递的全面自动分拣和配送,智慧城市的全面普及。所有机械化、重复化、可替代性的工作岗位,都可以由智能机器人来代替。

"以临港新片区为例,以后建成的临港新片区智慧城市示范点,街道上是自动清扫机器人、行政办公大厅大多数岗位都被人工智能取代……

"智慧城市的第一个阶段是方便、快捷,以及程序化、智能化管理。第二个阶段是智能化服务、规范化办公。第三个阶段是极大地解放人力,把人类从繁重、单调的体力劳动中解放出来,整个城市就像是一台精密运转的机器,每一个环节都由电脑控制得无比严密,丝毫不差。"

文克不置可否地笑了笑:"类脑芯片呢?"

夏常说道:"智能机器人如果真的能做到如科幻电影中所演的一样,可以和人交流、对话,并且完成人类交代的许多工作,还能自我完善与改进,就必须使用类脑芯片。类脑芯片不但对智能机器人的推广和发展起到至关重要的作用,对于人类的科技转型与提升,也是必不可少的一环。"

"一个类脑芯片,怎么就和人类的科技转型与提升有关了?"文克似乎不太赞成夏常的说法，虽然没有明显表露出来，却还是流露出了质疑的神色。

"文叔听说过元宇宙吧？"夏常不是想要说服文克，而是想让文克真正地了解他在做些什么。

文克点了点头："元宇宙并不是一个新创造的概念，而是像一个经典概念的重生。"

夏常大喜，看来文克对科技的了解比他想象中深入。

"如果想要真正地实现元宇宙的场景，类脑芯片就是必不可少的关键因素。"

以夏常对元宇宙的理解，其基本特征包括：沉浸式体验，低延迟和拟真感让用户具有身临其境的感官体验；虚拟化分身，现实世界的用户将在数字世界中拥有一个或多个 ID 身份；开放式创造，用户通过终端进入数字世界，可利用海量资源展开创造活动；强社交属性，现实社交关系链将在数字世界发生转移和重组；稳定化系统，具有安全、稳定、有序的经济运行系统。

早在 1999 年时，一部电影《黑客帝国》的上映，就借助科幻故事讲述了一个类似于元宇宙结构的世界，人类被机器人母体放置在培养皿中，意识进入母体营造的虚拟空间之中，却以为是真正的世界。用意识上演了各种悲欢离合，活得有滋有味，其实不过是机器人母体为了让身体成为电池，为母体提供电量而创造的假象罢了。

如果有一天类脑芯片可以做到和人体完美地融合在一起，那么到时人类就可以如《黑客帝国》中的场景一样，随时出入虚拟空间了。所不同的是，类脑芯片的应用是人类有自由权，可以进入也可以随时退出，是自由之身。

同时，类脑芯片的植入还可以让人类直接操作许多电脑，甚至可以和智能机器人直接交换信息，用信息来指挥操作许多智能设备。

类脑芯片还可以监控人体的细微变化，改善人类的基因，预防疾病并且提升寿命，等等……

文克认真地听完夏常对类脑芯片的描述，沉吟片刻："夏常，你有没有想过一个问题，类脑芯片的应用，智慧城市的普及，智能机器人的大范围使用，会让许多人失业。如果人类不再需要用体力劳动创造财富时，大量只有体力而没有脑力的劳动者，他们将何去何从？

"不是谁都可以用脑力来创造财富的。而创造财富，是一个人在社会上立足的根本。如果一个人没有创造财富的能力，他如何获得报酬？"

一句话让夏常哑口无言。

社会的进步与发展，并非只照顾少数精英，而是需要平衡大多数劳动者的诉求。如果真正进入了一个智慧城市时代，人人都拥有了类脑芯片和智能机器人，那么人类社会将会迎来什么样的气象？又将会是发生什么样的动荡和冲击？

夏常还真没想那么多！

他是一个人工智能领域的专家，没学过哲学，不懂社会学与人性。任何技术的应用，都要考虑到社会问题以及人性的补偿。

夏常觉得胸闷气短，文成锦看出来了，主动提出出去走走。

夜色如水，大街上依旧车水马龙。夏常和文成锦并肩而行，来到了一处花团锦簇的洋房。

夏常惊讶："浦东怎么也会有老洋房？"

上海的老洋房主要分布在四个老区，分别是徐汇区、长宁区、卢湾区（2011年并入黄浦）和静安区，其中以徐汇区为最好。

"你再仔细看看！"文成锦悄然一笑。

夏常仔细打量了几眼，眼前的老洋房看上去很古老，暗中处处透露着玄机。原来是做旧的新建筑，只不过是仿照老洋房建造的新房子而已。

"我爸很怀念以前的老洋房，以前是买不起，现在是买不到。正好这里有一块地方，有一栋房子要出售，他就买了下来，翻新之后，改造成了老洋房的样子。"

小时候夏常没少去各种老洋房游玩，留在他记忆中的老洋房的印象是——在一个幽静的弄堂里面，高大的法国梧桐遮天蔽日，掩映其中的，是一栋栋各有特色的花园洋房。时而有一阵阵的钢琴声或是小提琴声从窗户中传来，弥漫在错落有致的洋房之中，音符和阳光一样跳跃。

又或者会有一扇窗户被推开，露出一个绝色的女子以及她幽怨的眼神。她空洞的目光望向远处，不知是在哀叹她逝去的青春，还是不曾回信的恋人。

红木楼梯、欧式沙发、留声机发出的咿咿呀呀的绵软小调，让人沉醉又深陷其中。

平心而论，夏常对老洋房并没有多深的感情。他既不喜欢老洋房的阴暗与潮湿，又不喜欢老洋房的阴冷与奢侈。当然，也和他买不起有关。

文成锦推门进去："上来坐坐。"

"你们家搬来住了？"夏常推开沉重的铁门，见院子中布置一新，除了新的绿植之外，还有新移植过来的大树。

"还没有，快了，下半年。"文成锦穿了一身长裙，碎花裙加白袜子，以及很复古气息的皮鞋，让人疑心回到了过去的时光。

"有时我自己住。"

怪不得上次他和孙照散步时，可以偶遇文成锦，原来她住得很近。

洋房有两层，每层都有四五个房间，面积大得惊人。环境是真好，且安静。似乎大门一关，就将外界的喧嚣与繁华都关在了门外。

一楼的客厅，打开全部的灯光，也显得不够明亮。

文成锦要泡茶，夏常不让。太晚了，别说喝茶了，喝太多水都不利于睡眠。

"平常你一个人住，不害怕吗？"

"不啊。我一般不住,住的时候,会喊别人和我一起。"文成锦调皮地笑了,"今晚我会住这里,就叫了一个陪睡的人。"

夏常故意不问是谁,他看出了文成锦眼中的期待,有意转移话题:"父母就喜欢操心下一代,什么事情都想左右,从学习到婚姻到事业。今天你爸你妈过来,不是单纯地和我爸妈叙旧吧?"

"当然不是。你就不问问我的陪睡人是谁吗?"

"是谁呢?"夏常很听话地问道,"是你让我问的,不是我想问的。"

"怪不得于时总说你有着钢铁般的意志,她还真说对了。"文成锦拍了两下手掌,"于时,可以出来了。"

于时如一只翩翩的蝴蝶,从二楼飞奔而来。她穿长裙,飘然而至。

"惊不惊喜?意不意外?"于时来到夏常面前,哈哈一笑,"有没有一种被岁月惊艳的感觉?"

夏常严肃地摇了摇头:"当我知道是你时,有一种深深的失望感。还岁月惊艳?没惊讶就不错了。"

"啊?"于时很不理解,"为什么要对我失望?"

夏常看了看周围,装修刻意复古,红木地板、欧式沙发,以及头顶上的吊灯,窗外婆娑的树影,整体氛围既朦胧又暧昧。

"在如此沉醉的夜晚,从楼上飘然而至的如果不是绝色女子,就算是一个幽怨的女精灵,也比一个天天见面的没有任何视觉冲击力的普通女孩强上一万倍。"

"我谢谢你的钢铁意志。"于时气得转身就走,"文姐,你陪他说话吧,我实在受不了了,烦!"

"别走呀,女侠,聊聊。"夏常逗于时,"你说说看,我和成锦如果结婚的话,会不会幸福?"

# 第 40 章

制高点不能丢

"肯定会呀，必须会。"于时就又站住，一脸兴奋，"文姐要什么有什么，配你绰绰有余……"

夏常打断了于时："我知道，全世界的女孩子配我都绰绰有余。不管是谁跟我在一起，都是对我的赏赐，可以了吧？"

"你这人太憨了。"于时掩嘴一笑，"问题是，你和文姐在一起，是你的幸福，不是她的幸福。两个人在一起，得两个人一起幸福，才算是真正的幸福。"

文成锦拉着于时，坐在了夏常的对面："今天，我要认真和你谈一谈，夏常。我们真的不合适，不管我们双方的父母怎么认为，结婚毕竟是我们两个人的事情。如果我们都勉为其难地接受对方，时间一久，对双方都会是一种折磨。"

夏常点头，一脸认真地说："我认可你的说法，支持你的诉求。说吧，如果我离开你，你爸能给我多少钱？"

"你也学会了一本正经地胡说八道。"于时笑了，"文姐是想和你联手，先假装在一起，让你们双方的父母安心，然后你们认真地做好事业。等一方遇到了真正喜欢的人，就再假装分手。"

夏常故意逗二人："为什么要假装在一起？现在我们都没有真正喜

欢的人，先在一起不就行了？也许时间一久，就日久生情，真的喜欢上了对方。"

文成锦立刻接话："好呀，你说的，别后悔。"她上来抱住了夏常的胳膊说："今晚你就住下，别走了，反正我一个人住。"

夏常故作镇静："不是还有于时陪你？"

"她可以住楼上，我们住楼下。"文成锦头靠在夏常的肩膀上，"我喜欢你很久了，终于能在一起了，好开心。"

夏常有点心里没底了："真的假的？我们是在飙演技，还是？"

"当然是真的。我都不怕住一起，你还认为我在演戏？走，现在就一起睡。"文成锦一拉夏常，"别坐着了，我等不及了。"

夏常夃了："我不是，我没有，别这样，我认怂！装，我同意装。"

文成锦得意地一笑，和于时击掌相庆，意思是跟我玩，你还太嫩了些。

夏常暗暗擦汗，他确实怕了文成锦，尽管他也能猜到文成锦是在套路他，却就是不敢继续玩下去，只能认输。主要是现在的女孩都厉害，雷厉风行，敢作敢为。

文成锦坐回了座位，认真说道："我不知道我爸和夏叔有什么共识，反正今晚过来之前，我爸和我妈认真和我谈了一次。意思就是希望我们能尽快订婚，最晚别超过今年国庆，结婚最晚不超过明年五一。"

"结婚后，你爸会进入我家公司，担任副总裁。你也会从总监起步，顶多三年，也会升到副总裁。然后一步步掌管文家的家业。我呢，尽快生孩子，安心回到幕后，当一个贤妻良母。"

不错，安排得明明白白的，就是没人问他是不是愿意，夏常点了点头问道："生了孩子，姓谁的姓？"

"响应国家号召，我们最少要生三个。如果是三个男孩，就两个姓文一个姓夏。如果是两男一女，也会让其中一个男孩姓夏。"文成锦呵呵一笑,"都是他们的意思,我没发表意见。"

"这样,最少生四个,一家冠姓两个。出于对文叔让我借助婚姻成为富二代的尊重,单数的孩子姓文,双数的孩子姓夏。"夏常进入了角色,"第一个和第三个,不管是男是女,都姓文。如果两个都是男孩,我也认了。第二和第四个,都姓夏,怎么样?"

"跑题了,我们要讨论的不是孩子的冠姓权的问题,是怎样联手让我们双方父母不再逼我们结婚的问题。"文成锦看向了于时,"你还好,有自己喜欢的人了。我就惨了,完全没有目标。到时只能让你抛弃我了,你算是赚到了。"

这有什么好赚到的?夏常理解不了文成锦的逻辑,又一想,不对,文成锦在为他挖坑:"我和于时很清白,什么事情都没有发生,你不要总怀疑我和她有什么……"

"是清白,至少目前是。"文成锦偷乐,"发生什么,是早晚的事情。"

夏常不由打了一个寒战,看了于时几眼:"饶了我吧,我喜欢长发长裙的女孩,她太飒了,像个假小子,不符合我的审美。千万别撮合我和她,真的下不了手。"

于时不干了,气呼呼地说:"夏常你什么意思?我就这么让你厌恶吗?是,我承认我对你有好感,但也仅限于好感。如果你对我横加挑剔,我对你的好感就变成讨厌了。"

"随便。"夏常无所谓地笑了笑,"我也不能为了对付我爸,为了逃离成锦而拿你当挡箭牌,最后和你在一起吧?这不成了傻子吗?"

"哈哈!"于时和文成锦一起放声大笑。

笑完了,于时问:"夏常,你们男人是不是都不想结婚?不想负责?"

夏常摇头。

"为什么你到现在还单身，没有女朋友？我不信你找不到。"于时发出了灵魂的追问。

夏常仰天长叹："有趣的可以共鸣的灵魂，总是太少。如果没有完全合拍的另一半，宁愿单身。"

"和我想的一样。"于时坐到了夏常的身边，抱住了他的肩膀，"不行我们就先谈谈？说不定慢慢就有感觉了，然后发现我们真的是天造地设的一对。"

都以为夏常会反对，不料夏常愣了一会儿，忽然笑了："我想通了，和于时尝试谈一下恋爱，也是不错的人生体验。如果真的成了，正好可以让父母的计划落空。"

"不过只是尝试，不是真谈。"

"成锦，你得帮我和于时，替我们打掩护。"

"成交！"文成锦微微一笑，"不过我也有一个条件——你们得负责帮我物色一个男生，到时可以随时出面帮我应付爸妈。一定要忠厚、可靠的，不能出岔子。"

"现成的人选就有。"夏常眯着眼睛笑了，"你也见过，莫何。"

"不行不行，他太木头了。就算能说服自己接受他假装我男友，爸妈也能看出来他完全不是我喜欢的类型。"文成锦连连摆手。

"木头也有木头的好处，到时你就知道了。就他了，没有第二个人选。"夏常大手一挥，替文成锦做出了决定，"而且，人的审美也会变的，别太相信自己所坚持的一切。"

谈好了"婚姻大事"，感觉心情舒畅了许多，夏常又和于时、文成锦聊了一下工作，就扔下于时在洋房，和文成锦一起回到了全家便利店。

文叔叔和王阿姨还在。

又聊了几句，二人才带着文成锦离开。

夏祥不让夏常睡觉，拉着他想再说个明白，夏常没给他机会。

第二天，早饭时，夏祥再一次向夏常强调："再说一遍，孙飞天找你聊订婚的事情，别答应。我们就等他主动提出退婚。道德的制高点不能丢，听到没有？

"和成锦好好处，她是个好女孩，懂事、温柔、长得也不错，适合你。不过你和成锦的事情先别告诉孙照，别这么看着我，不是让你脚踩两只船，是让你有了十足的把握之后，再做出决定。

"儿子，机会难得，一定要抓住。我们全家能不能实现飞跃，就全看你了。"

老夏越是说得郑重其事，夏常越是不以为然。

夏常才到办公室，于时就敲门进来了。

"状态不错，看来昨晚的聊天让你情绪饱满了。"于时笑得很灿烂。

夏常没好气："说正事。"

"刚才我看到孙飞天出现了一下，然后往办公楼方向走了。"于时见夏常无动于衷的表情，"他肯定是和黄括会谈去了。"

"然后呢？"夏常清楚孙飞天和黄括必然会有接触，毕竟有共同的利益诉求。

"你是真信心十足，还是完全不当一回事儿？"于时被夏常轻描淡写的态度气笑了，"他们在算计你，你还能稳坐钓鱼台？不怕被拿下？"

说实话，夏常也不想被免职，他好不容易下定决心要在研究院大干一番，也适应了目前的状态，如果被换掉的话，等于半途而废了。

问题是，他现在完全没有头绪。来临港新片区上班，是老夏的安排，好吧，就算当上小组组长，是领导的赏识和他自身足够优秀，他想要不辜负领导的信任，干出一番成绩，也需要时间。如果领导不给他时间，他又没有办法向领导解释说明。

而且他也不认识什么领导，只认识一个韩剑南。

"明白了，你上面根本没人，对吧？"于时从夏常的表情中看出了什么。

"才知道？"夏常笑了，"是不是很失望？没关系，反正我们还没有开始，现在结束，对双方来说都算不上伤害。"

第41章
隐藏的神秘技能

"你说什么呢，昨晚你答应我的事情可不能反悔，我记得呢。"于时开心地一笑，"既然我们达成了共识，就不要带思想包袱，轻松地尝试谈一谈恋爱……"

夏常忙打断了于时："办公室里面，不说与工作无关的事情。你嫌弃我上面没人，难道你就有了？"

"开什么玩笑。"于时站了起来，忽然脸色一变，嘻嘻一笑，"如果我上面没人，我怎么能来得了临港新片区？"

"看把你吓的，哈哈，开个玩笑。"于时就喜欢看夏常手足无措的怂样，虽然她知道有时夏常是在假装，"我确实认识管委会的一个领导，但一不是亲戚二不是朋友，只是普通的上下级关系。他叫梁诚心，好像是副主任。"

"好像是？你连人家是什么职务都不知道，怎么认识的？"夏常觉得好笑。

"很偶然的机会认识的。他有一次去我的母校办事，无意中发现我以前的设计作品还陈列在展览馆。他很欣赏我的作品，就冲学校领导要到了我的联系方式，盛情邀请我前来临港新片区发展。"

于时认真地回忆道："我记得很清楚，当时是先收到他的一封邮件。

我没理会，以为是骗子，心想人家一个领导怎么会主动和我联系，还说欣赏我的才华。

"后来他又发了一封邮件，我正好有空，就查到了一下他的名字和电话，网上还真有他的介绍，电话号码也是上海的号码，就试着发了一个短信给他。结果他马上就回了，还打了电话，提出面谈。

"我和他见了一面，他希望我能来临港新片区，在以后还会有智慧城市的建设，也希望我可以参与进来。我被他说动了，就来了临港。"

夏常相信于时的故事，上海的营商环境在国内颇有口碑，和许多领导的认真做事不无关系。

梁诚心确实是副主任，是韩剑南的直接领导。

"刚才，我去了一趟梁主任的办公室，和他谈了谈。"于时眨了眨眼睛，狡黠而得意地笑了，"向梁主任汇报了最近的工作，以及遇到的困难。重点，说了说你的事情。"

夏常眼前一亮，没想到于时还有这样的隐藏技能："说说看，都聊什么了？"

"当然是先猛夸了你一顿，然后又说你目前的困境，还有黄括的一些小动作。"于时"哼"了一声，"都说恶人先告状，那是以前，现在是好人先下手，不能让恶人得逞了再还手，就太被动了。凭什么总让好人先吃亏再还回来，就是为了报复时的快感吗？"

"快感是有了，但万一之前吃的亏弥补不回来了呢？"

行吧，于时的话也有几分道理，夏常忽然发现他现在越看于时越觉得她顺眼了："梁主任怎么说？"

"嗯……我来学学梁主任的原话。"于时酝酿了一会儿，故意学梁主任的腔调，"小于呀，你说的情况我都了解了，黄括的问题，我也知道一二。不但是他，还有不少人也向我反映过夏常的情况，认为夏常做事不够公平，私心太重，倾向于奔涌，并借机打压颜色和飞天。

"具体情况我们也正在了解中，等有了结论，我再和你碰个面。你放心，我们所做出的每一个决定，都会从公正公平的角度，基于为新片区的建设为出发点，不会埋没任何一个人才，也不会纵容任何一个庸才。

"请你转告夏常，让他安心工作，不要有思想负担。新片区会认真对待每一个愿意为新片区的建设奉献的人，尤其是年轻一代的开拓者。我也相信夏常基于专业判断做出的决定，毕竟，他是夏祥的儿子。"

"没了？"等了一会儿，见于时不再说话，夏常问道，"听上去梁主任似乎还是不太相信我，并没有明确表态说我没问题。"

"当领导的，怎么可能一口咬定你就没有问题呢，他和你又不熟，怎么能帮你打包票？就连我，也没敢拍着胸脯说你没事。"于时嘿嘿一笑，"你难道没有听出来梁主任最后一句话的含义？"

夏常当然听出来了："他认识老夏……怎么啦，难道很重要吗？"

"梁主任说到夏祥的时候，语气很轻松随意，说明跟你爸是老朋友。有你爸在，你不会有事的。"于时安慰夏常。

夏常不服气地说："不用他在，我自己能行。我当上组长，凭借的完全是我个人的能力和专业知识，和他没什么关系。"

夏常嘴上这么说，心里却是对老夏佩服。父母一代都很了不起，他们身上总是有隐藏的神秘技能，在关键时候可以解救后代于水火之中。

即使如此，夏常还是坚决反对老夏对他婚姻大事的包办。

中午，夏常叫上于时和文成锦，三人一起到胡三金的饭店吃饭。

随着工人的增多——不管是人才公寓的装修，还是其他住宅楼的装修，以及新入驻园区的企业的装修，再加上新开工的项目越来越多，胡三金的饭店不再像以前一样门可罗雀，而是人满为患了。

不管有多少客人，胡三金始终为夏常预留一个包间——虽然是极为简陋的简易包间。

今天中午,客人又很多,胡三金夫妇忙得不亦乐乎。

于时就没麻烦他们,点好菜,自己动手盛了小菜和小吃。

胡三金抽空走了过来说:"人太多,怠慢了,抱歉夏老师。"

夏常摆了摆手:"胡老板,你的店需要升级改造了。同时,还可以再开分店。"

"我倒是想,可是一没时间二没精力……"胡三金笑着擦汗。

"有合适的信得过的人,可以合伙。夫妻店,终究做不大。"夏常还想再说几句什么,身后传来了一个洪亮的声音。

"巧了,夏老师。"

一人大步流星地冲了过来,身后还跟着几名工人。

正是刘锋。

上次在胡三金饭店,刘锋和胡三金夫妇起了冲突,夏常帮忙解决。刘锋答应夏常以后只要来新片区,就在胡三金的饭店吃饭。他履行了承诺,每次都会光顾。一来二往,既习惯了胡三金所做的饭菜,又和胡三金成了好朋友。

夏常热情地招呼刘锋坐在一起,刘锋也没客气,坐在了夏常的身边。

现在新片区呈现欣欣向荣的景象,刘锋的活也多了起来,每天都很忙。不过他除了本职工作之外,还有梦想。

"正好有件事情想请教夏老师……"刘锋忽然不好意思起来,"我现在手里存了一些钱,想开个店,做些小生意,也不能总干搬家、装修的工作,早晚有干不动的时候。夏老师,您有知识有文化,帮我指指路。"

夏常一指胡三金:"现成的合作就在眼前,还用我指路吗?"

刘锋没明白过来:"啥?天天跟他这儿吃饭也叫合作吗?"

夏常大笑:"我是说,你可以和胡三金联合开分店,你看他现在的生意忙不过来，在新片区内再开一家分店，肯定赚钱。"

刘锋愣了片刻，一拍大腿站了起来，激动地说："妥了，就这么着了。胡老板，开分店要投入多少？加盟费多少？怎么分成？你都和我说说。"

一句话促成了一笔生意，夏常很开心，就多吃了半碗米饭。

至于刘锋怎么和胡三金谈，他就不用管了，他们已经很熟了，相信可以谈得顺利。

午饭过后，夏常和文成锦一起去和奔涌开会，推动接下来的工作。于时本来也想去，却被韩剑南叫走，说有事要商量。

刚到奔涌的办公室，文成锦就接到了文克的电话。文克已经到了新片区，夏常和文成锦忙下楼迎接。

这是文克在新片区设立分公司以来，第一次过来。

文克跟随夏常和文成锦，来到了奔涌参观。

在夏常介绍了林工博、莫何和杨小与之后，林工博又向文克说明了奔涌的研发方向以及目前国内人工智能的现状。

文克饶有兴趣地问了一些问题，又听了夏常的介绍，并且观看了林工博的演示。

一群人来到了莫何的办公室，莫何分别泡了咖啡和茶，任由众人自取。

文克喝茶，文成锦喝咖啡。

夏常也喝茶："我还以为文叔爱喝咖啡呢。"

文克点头："以前爱喝咖啡，后来发现咖啡对身体刺激性作用太大，就不喝了。咖啡可以提神，似乎是好事。但任何可以提神的东西，都会上瘾，并且会有相应的副作用。有科学研究发现，咖啡伤肾。"

"爸，科学研究都是人研究的，是人，就有主观偏见和倾向性。以前美国为了推广咖啡，可没少虚假宣传。"文成锦反驳文克，"我承认咖啡过量了有害，但人类所依赖的东西，包括氧气、糖、盐，过量都会有害。别想那么多，该吃吃该喝喝，心情好，身体才会好。

"担心太多在意太多，反而就成了负担了。心理上有负担，身体能好吗？"

第 42 章
想用技术改变世界的年轻人

"你说得都对。"文克笑了,"就你最会说服我。但话又说回来,有些事情不多考虑一些,早晚会成隐患。就像人工智能,其实对于类脑芯片,我还是有顾虑的。

"你们试想一下,以后人人都植入了类脑芯片,可以不用辛苦学习就能掌握好几门外语,甚至还可以直接控制各种智能设备。但类脑芯片植入大脑,毕竟是异物,解决了排异反应和各种有可能引发大脑损伤的问题后,还会有新的问题出现,比如类脑芯片会不会被入侵?

"被入侵后,人会不会被黑客控制?既然类脑芯片可以帮助监测人类的基因,同样也可以破坏,是不是可以说,通过类脑芯片遥控指挥一个人,可以随时让他自杀或是做出危害极大的事情?

"再进一步讲,也许类脑芯片本身就是一个微型炸弹,可以随时炸死宿主?

"其他的就更不用说了,比如让人类彻底颓废,让年轻人沉迷其中,不愿意回到现实,那么社会财富由谁来创造?虚拟空间解决不了现实中的财富增加。而财富,是要靠制造业才能持续发展的。

"夏常,你觉得这些问题该如何解决呢?"

文克提出了一大堆问题。

夏常摸了摸后脑，文叔不愧为当年的大学讲师，好像教的还是哲学，所考虑的问题都是基于人性、社会的方方面面，可他只是一个技术男，哪里会想得那么长远？

不过既然问了，他就得回答："文叔，我觉得我们技术人员，只考虑如何在技术上造福人类，如何用科技改变生活就可以了。更高层面的问题，社会层面、经济层面和国家层面，以及整体人类社会的发展层面，是需要政治家、哲学家和专家需要解决的问题。

"人类社会在发展过程中，必然会有各种层出不穷的问题出现，出现后解决了，就是更大的进步。不能因为一项技术有可能带来的负面问题就全盘否定。人类的进步，需要错误，纠错，也是进步的一种形式。

"就像核能的应用，既能造原子弹，又能造核电站，以及核能源。"

文克哈哈大笑："难得，难得，你一个理科生居然能给出这样的解释，很厉害了。你说得对，要辩证地看待技术的进步，包括医药也是一样。任何药能治病的同时，必然有副作用。不能因为有副作用就否定药的治病作用。

"上次你提出希望开发商增加10%的预算，成锦和我说了，我和她的态度一样，增加不了。"文克摆了摆手，"直接增加预算，会让同行反感，也会让人工智能公司懈怠，认为只要出了问题就可以伸手向开发商要钱。"

"开发商的日子现在也很难过，不要以为我们都多有钱！"文克表情严肃态度坚决，"但事情可以从其他角度来解决，中医上讲，有时头疼，可能是脚的问题。治好了脚，头就不疼了。看似没有科学道理，其实很管用。"

"怎么解决？"夏常眼前一亮，今天文克过来，看来不是心血来潮，而是有的放矢。

"奔涌的发展势头不错，不过人工智能的研究，投入长见效慢，需要有耐心有眼光的投资人来投资，才能保证以后的发展。"文克微微一笑，"不知道奔涌有没有兴趣接受我这个外行的投资？"

莫何惊喜地站了起来，刚要说什么，被夏常的眼神制止了。

夏常不是奔涌的什么人，也没有股份和职务，却差不多算是奔涌的代言人。他示意莫何不要冲动，又暗示林工博先说。

林工博比莫何更沉稳，同样，也更谨慎一些。

林工博想了想说："奔涌确实需要资金，以眼下的形势来看，现有资金顶多还能再支持一年。还是在研发上比较保守的前提下。如果想要加大研发力度，就需要更多的投入，那么公司的资金也许半年就花完了。"

"需要钱，不一定马上就得融资。"林工博慢条斯理，不慌不忙地推了推眼镜，"奔涌是由一帮既痴迷技术又饱含情怀的年轻人组成的，需要钱，但绝不会向金钱妥协。渴望资本，不希望被资本绑架。"

文克赞赏地点了点头："说吧，说出你们的条件。我很想进入人工智能的领域，最欣赏一心想用技术改变世界的年轻人。"

林工博搓了搓手，看向了莫何。

莫何摇了摇头，看向了杨小与。

杨小与扶了扶眼镜，看向了夏常："我们几个要说讨论技术，一个比一个能说。要说到资本层面的事情，都不太懂。就由夏老师全权代表了，夏老师知道奔涌的诉求以及未来的发展方向，他说什么，就是什么。"

压力不小责任够大，夏常为新片区的公司牵线搭桥也算是分内之事，就说："好吧，我就替奔涌说几句。

"其实站在奔涌的立场上，要求的并不多。奔涌希望有资本的加入，条件是，给他们充分的自由和空间，尊重他们的节奏，理解他们的决定。我可以保证的是，他们不会浪费每一分钱和每一秒的时间，他们会把所有的精力和资金都用在研发上面。"

文克点了点头:"我还有一点不太明白,你们的研发方向是类脑芯片,问题是,现在我们国内还没有可以生产高端芯片的光刻机,显然,你们的技术力量也达不到,那么研发的到底是什么?"

"所谓研发,其实指的是设计,就像是盖房子之前的设计图纸。"夏常见文克问到了点子了,知道文克是真心想要了解整个行业,"芯片行业分为设计和制造两种,目前奔涌主要是以设计为主。设计和制造入门都不难,想要做到顶级,却非常难。"

设计看似容易,其实也难,最难的是把指令集形成生态圈,让别人认可并且实际运用,一旦形成标准和规模效应,就树立了在行业中牢不可破的地位。指令集的设计并不是难点,最难的是微架构的设计问题。

当然,如果奔涌的设计成功了,就需要进入生产阶段。芯片生产时最难的是先进制程的突破,生产7纳米很难,但是生产28纳米就没那么难了。

但不能因为生产阶段很难就放弃设计,也许等奔涌的设计成功之时,中国就攻克了生产阶段的所有难题了。

夏常系统地向文克介绍了关于芯片设计与生产的全行业情况,文克听得入了迷。

文克有一些不解的问题:"设计、生产和应用,我基本明白了流程。目前三个环节都有不少公司在投入在研发,总有一天会有重大突破。我的问题是,芯片和人工智能到底有什么关系呢?"

文成锦"扑哧"乐了:"爸,你是被夏常绕糊涂了吧?芯片是科技社会的核心部件,是大脑,任何一台智能设备,都离不开芯片作为中央处理器。不管是智能城市还是以后的元宇宙时代,芯片就是中央指令集。

"小到一个智能机器人,大到一座智慧城市,都离不开芯片。"

文克恍然大悟地笑了:"是,是,我一时没转过弯来,忘了人工智能是一个泛概念，概括了人类所有的生态。

"那么就目前的状况来说，奔涌的估值就是你们几个核心创始人了？作为一家轻资产公司，无形资产是最大的财富，偏偏无形资产又最不好估值。这样吧，你们开个价，我听听。"

林工博和莫何、杨小与，面面相觑，三人愣了一会儿，又齐齐看向了夏常。

第43章
人类生存三大必需品

于时此时并不在场："不能这样！夏常又不是你们的创始人，不能事事都让他代言，他又不清楚你们的心理价位。说多了说少了都不合适，而且他又和你们、文叔都是朋友。"同韩剑南谈完话刚赶过来的于时走到门口听见了他们的谈话，推开门就忍不住说道。

文克笑道："正是因为他和我们双方都是朋友，让他开口才最合适，他会照顾到双方的利益，我相信他不会偏向任何一方。"

这下轮到夏常为难了，他确实不会偏向任何一方，但问题是，奔涌的估值真不好开价，奔涌需要资金也是实情。

沉思片刻，夏常决定取一个中间值："既然大家都相信我，我就不推托了。老实说，现在奔涌不好估值。估1.5亿，有点高。估8000万，有点低。取个中间值，估1个亿……你们双方有没有意见？"

文克脸色有几分凝重，没说话，拉过文成锦到一旁，小声商议什么。

林工博也拉过杨小与，到一旁说话。

莫何示意夏常跟他过来，于时也赶紧跟上去。

莫何看了于时一眼："不需要避开她吗？"

夏常摇头："她自己不觉得尴尬，我们就不和她一般见识。"

于时装没听见，就是不走。

莫何只好说道:"1个亿的估值……高。我和工博聊过,大概8000万的样子可以接受。顶多释放20%的股份,融资1600万,差不多可以用上两年。"

夏常笑道:"太实在了,不能想要8000万就直接报8000万的估值。商业上的事情,得有一个讨价还价的余地。"

"对,对,就和谈恋爱一样。"于时立刻插嘴,"你想找一个7分的男朋友,你得报8分的条件,这样,才能遇到真正喜欢的人。如果你报7分的条件,相信我,你遇到的都是5、6分的货色。"

莫何一愣,一脸认真:"夏常几分?"

"7分,顶多。"于时随口答道。

夏常怒了:"我是你退而求其次的选择,是吧?"

于时摇头:"不,你是没有选择的选择。"

"什么意思?"夏常更想发火了。

"没有选择的选择,就是唯一的选择。在我看来,爱情可以和呼吸、食物并列为人类三大生存必需品之一,注意,是必需品,而不是可有可无。"于时挤了挤眼,"自信点,夏常,我对你还是很在意的。"

"没看出来,也没感觉出来。"夏常见莫何神情不对,忙收敛几分,"不好意思,跑题了。其实主题是一致的,报价不等于实际成交价。"

莫何的脸色稍微舒展几分:"夏老师,你和于时谈恋爱,我不反对,也为你们感到高兴。但要分清场合好不好?"

"我和于时没有在谈恋爱,是尝试去谈恋爱,还在尝试阶段,没有真正实践。对了,你觉得文成锦怎么样?"

"优秀、知性、大方、漂亮……"莫何嘿嘿一笑,"全是优点,最大的一个优点是——高攀不起。"

"先别下定论,喜欢就是在一起的必要前提。"夏常拍了拍莫何的肩膀,"我争取帮你们谈到不低于1个亿的估值,再让文成锦进入公司成为股东，你们就有了足够多的接触机会。"

"真的吗？"莫何一脸期待地笑了，"可我怎么觉得，成锦喜欢的是你？"

"你想多了，莫何，我说你们有了足够多的接触机会，不是说你们谈恋爱。当然了，你能追到成锦，也是你的本事。我是说，你可以配合成锦，假装和她在谈恋爱……"夏常想要说清楚。

莫何的大脑却已经切换了频率："我就是假装开心逗你们一下，谈恋爱哪里有工作有意思？行，如果能谈到1个亿的估值，我可以代表公司赠送你5%的干股。"

"免了，不用。我不拿报酬，不是我多高尚，而是时机不对。"夏常当即拒绝，"如果我想赚钱，以后我会自己创业。现在，只想做好本职工作。"

另一边，文克和文成锦也聊完了。

一群人又重新回到了茶桌前。

文克先开口："刚才我和成锦深入探讨了一下，现在有了决定。"

所有人都屏住了呼吸。

"我决定认可夏常提出的1亿估值，打算投资2000万，占股20%……"文克温和一笑，"原本我是想开出8000万的估值，后来想到既然夏常开口了，多少得给他几分面子，得给到9000万。

"又听成锦说在智慧城市的建设中，奔涌主动让利10%，很大气很勇敢，我深受感动，就凭你们的信念和情怀，也值1000万。所以，1个亿的估值，完全可以接受。"

文克的话既照顾到了夏常的情绪，又给足了林工博、莫何几人面子，同时又抬高了自己，一举数得，就让夏常暗暗佩服，不愧是有文化的生意人，还是厉害。

林工博和莫何连连点头，都没有意见。杨小与也没说什么。随后，由文成锦和杨小与进一步协商细节问题，于时也参与进去。

夏常、林工博和莫何陪文克继续喝茶。

文克话题一转："夏常，你和成锦的事情，就这么定了吧。我最近和你爸见了好几次，聊了很多，越聊越觉得你和成锦最合适。你们也不讨厌对方，对吧？"

夏常点头："不讨厌，有好感，也有点喜欢。"

"好，好。"文克心情大好，"就不说成锦和孙照对比长相了，只说她的性格，我也是敢打保证的。她是有点文艺气质，但整体来说是温柔贤惠、顾家的好女孩。都说文艺女青年，生个孩子就好了，你们结婚了，得生四个。"

夏常有了上次和文成锦达成的共识，只好赔着笑："呵呵，嘿嘿，我是没问题，就怕成锦太累了。"

"不累，不累。给她雇两个保姆，我和她妈也可以帮着看孩子。我现在累了，想把事业交给你们，只想回家带孩子、养养花。"文克忽然想到了什么，"以后科技发展了，人类如果能摆脱生孩子的过程，就好了。对于解决人口下降的问题，大有帮助。

"人工智能能不能在这上面有所突破？比如说制造出来代替女性怀孕过程的机器人？"

"能，从技术上来说，不算太难的事情。需要时间，也需要伦理上的突破。"林工博说道，"就我本人来说，我是赞成生产型机器人的出现的。当然，也未必一定做成人形机器人，只需要一个器皿就可以了。"

文成锦和于时、杨小与谈好了，三人回到茶桌前。眼见天色不早了，文克提出了告辞。

夏常一行人送文克，还没有出门，迎面就走来了孙飞天、孙照和黄括、胡沧海一行人。

孙飞天洋溢着热情与欢笑的表情在遇到文克的一瞬间，凝固了。

孙飞天应黄括之约，前来参观颜色科技，并且和黄括商谈合作之事。

尽管从骨子里看不上黄括，孙飞天还是耐着性子和黄括聊了很久。他不喜欢黄括的油头粉面，以及黄括对夏常所做过的事情。

孙飞天做事讲究，认为经商必须有契约精神。黄括和夏常的合作，是双方利益达成一致的前提之下的合作，又不是一方买断或强迫另一方的合作。既然是合伙人式的合作，就得遵守约定，而不是暗中设置陷阱让夏常出局。

孙飞天并不同情夏常，被合伙人设计扫地出门，是夏常太笨，是活该。但他也不赞成黄括的做法，坑合伙人是杀鸡取卵之举，很伤人品，以后不管是谁和他合作，都会提防三分。

如果不是孙照的再三请求，以及为了借黄括之手制约夏常，孙飞天才不会屈尊和黄括对话。在他看来，黄括还不够分量和他平起平坐。

不料一谈之下，却发现黄括倒是有不少优点，比如头脑灵活、能说会道、情商高、反应快，并且很善于捕捉别人情绪的变化，及时调整对话的姿态，至少从观感和人情交往上，确实强过夏常。

经过试探、预热、讨论和讨价还价四个阶段，孙飞天和黄括初步达成了三点共识：一、孙飞天负责向夏常的上级领导梁诚心反映夏常的一些问题，比如在分工的事情上，有所偏颇，有意向奔涌倾斜，等等；二、飞天科技和颜色科技建立对话机制，争取尽快达成深度合作，包括但不限于项目和公司层面的合作；三、黄括负责和韩剑南对接，尽可能先安插一个偏向他们的副组长，人选已经选好，是胡沧海。

如果有了副组长的制衡，夏常还不幡然醒悟的话，就由孙飞天出面拿掉夏常的组长位置，让夏常好好反思反思。

可以说，孙飞天对协议还算满意，黄括是非常满意。让胡沧海成为小组副组长，黄括认为是神来之笔。原先他还没有想到多一个副组长对夏常进行牵制的做法，是胡沧海提醒了他。

他就此事征求了韩剑南的意见,韩剑南不置可否。他知道韩剑南虽然欣赏夏常,但也非常听上面的话,就和梁诚心谈了一次。梁诚心和韩剑南打了个招呼,韩剑南就没再反对。

第44章
时间和奇迹

没反对,韩剑南却也没有明确同意。

黄括想到只要孙飞天出面,胡沧海担任副组长就水到渠成了。

事情谈好之后,皆大欢喜,黄括本想留孙飞天吃饭,孙飞天推辞,说要下楼看看夏常器重的奔涌到底是何方神圣。

结果一下楼,孙飞天就和夏常、文克一行人,不期而遇。

"呵呵,太巧了,冤家路窄。"孙飞天的目光落在了文克身后的文成锦身上,恰好文成锦和夏常站在一起,二人淡然而立,无比般配,他更加怒火中烧了,"文克,十几年没见了,没想到会在这里碰上,你说是偶然还是必然?"

十几年来,孙飞天刻意避免与文克的见面,当然,文克也从来不会主动和他见面。有时有些聚会,得知对方会出现,二人都会谢绝参加。

就连上次的里弄聚会,二人也都不约而同地没有同时出现。

说来说去,他们二人并没有直接的冲突,更没有深仇大恨,就是因为当年在里弄时有过矛盾和过节,再加上双方都视对方为必须力压一头的对手,久而久之,就成了老死不相往来并且非要强过对方不可的紧张关系。

都是攀比心理惹的祸!

人，都喜欢强过身边的人，尤其是一起患难的熟人。

都没有想到的是，一直刻意避免见面的二人，竟然在一个最没有想到的时刻，突然就遇上了。

文克愣过之后，呵呵一笑："从哲学的角度来说，世界上从来没有偶然的发生，不管是发生的还是没有发生的，都是必然的结果。"

"呵呵，果然是知识分子，说话就是不一样，听上去总有那么一股子阴阳怪气还有古怪味道。"孙飞天本来想回去开会，现在改变了主意，对夏常说："夏常，也不请我们坐坐吗？"

夏常一听就知道孙飞天想要挑衅，还没说话，文成锦挺身而出："好呀，欢迎来奔涌做客。我代表奔涌欢迎各位！"

"你代表奔涌？"孙飞天一愣，看向了夏常。

夏常只好解释："文总入股了奔涌，现在成锦是奔涌的大股东了。"

"好，好事。"孙飞天夸张地鼓掌叫好，"正好飞天和颜色也谈得差不多了，有可能会交叉持股，或是飞天入股颜色，这么说，我们又命定地站在了对方的对立面了？"

"文教授，肯不肯赏光和我坐坐，喝茶聊聊？"

文克看了看手表说："不好意思，没时间。"

"是没时间，还是不敢？"孙飞天冷笑一声，"你明知道我家孙照在和夏常谈恋爱，非要让你家女儿撬墙脚，是不是只要是我看中的东西，你都会抢过去才能证明你强过我？"

这么一说，文克立即就被激怒了："你如果非要这么认为，我也没有办法。反正你怎么想，我也左右不了。我是不是比你强，从来不用证明。"

黄括和胡沧海交流了一下眼神，二人幸灾乐祸地笑了。

莫何的办公室，可以容纳十几人，自从搬来之后，还从未像今天一样满屋子都是人。

除了文克和孙飞天相对而坐之外，其他人都站着，围成一圈。

黄括、胡沧海和孙照，自觉站在一起，夏常等人，则站在了另一侧，形成了泾渭分明的阵营。

文克亲自泡茶，他动作娴熟，一丝不苟。泡好后，只为孙飞天和他各倒了一杯。

"人太多，就不给你们泡茶了。今天是我和孙总时隔十几年后的第一次会面，有幸在大家的见证之下，聊一聊。"

"我有言在先，孙总，过去的事情，不提也罢，我们只谈现在和以后。"

孙飞天接过茶，笑道："陈芝麻烂谷子的事情，谁会再提？人终究还是要立足现在面向未来。"

"你也不用叫我孙总，直接叫我的名字就好，文克。"

文克当即点头："好，飞天，聊什么，你来破题。"

"文化人就是不一样，聊个天都用破题这么有水平的词。"孙飞天大笑，"我想起来当初为什么不喜欢你了，就是烦你说话太文绉绉了，给人的感觉很做作，知道不？"

"谢谢夸奖。"文克举杯一笑，"可能是我接触的都是教授、大学生，在文化圈子久了，说话不免就有了圈子的属性。总不能因为迁就你，我就天天骂娘说脏话吧？不被有层次的人喜欢是我的错，不被没水平的人喜欢，是我的荣幸。"

夏常暗笑，果然是老师出身，骂人不带一个脏字。

孙飞天脸微微涨红，强忍着不发作："别自抬身价，装什么清高，后来不也一样下海经商，为了五斗米折腰吗？"

"经商分三种……"文克摆出了上课的姿态，"一种是买卖，就是卖东西，低价进高价卖，是最初级的行为，顶多算是生意人，连商人都算不上。

"一种是商人，制造商品、运输商品、推广商品，这里的商品不但包括实物，也包括虚拟物品和无形资产。生意做成了可以造福很多人，让需要商品的人得到便利和满足，让生产商品的人得到财富和认可，而在其中起到关键作用的人，就可以称为商人。

"还有一种是企业家。他们的出现，推动了人类的进步与发展，带来了科技的繁荣。他们是标准的制定者，是幸福的创造者。

"我认为，奔涌以后有望成为一家有担当有责任心的企业。"

文克微微一笑："飞天，你现在还停留在生产自动化机器人然后卖给需要的公司的阶段吧？"

孙飞天气笑了："你直接说我是生意人不就得了，别绕弯。最烦你们文化人拐弯抹角地说话，让人猜来猜去，多累。"

"不，你至少到了商人的阶段。"文克倒不是刻意贬低孙飞天，"你现在离企业家，还欠了一点点火候。如果你能制定标准，让你的自动化机器人成为世界通用的模式，你就上升到了企业家的高度。"

"我今天不是来听你上课的，我也有大学文凭，还上过EMBA，认识水平不比你差。别以为你当年大学讲师就有多了不起，我们现在谈论的是为人处世。"孙飞天回头看了一眼林工博几人，冷笑一声，"就他们几个，还能成为企业家，还能打造一家有担当的企业？先活下来再说吧。"

文克微微摇头："很多成功，都是从不可能的地方发展起来的。他们就像正在成长中的临港，有朝气有底气，也有明确的目标和方向，再加上有足够的资金，只要给他们时间，他们就会还我们一个奇迹。"

孙飞天哈哈大笑："你看好奔涌，我更看好颜色。行，我们就赌一把，看最后他们谁更成功。"

"文克，你投资奔涌，是夏常的推荐，对吧？"

文克诚实地点头："是因为夏常看好奔涌，我才对奔涌感了兴趣。

深入了解后，对人工智能更有信心了。"

孙飞天一阵冷笑："你对人工智能有信心，投资类脑芯片公司，是想以后长生不老吧？我认识好几个投资人都投资了脑机接口、脑科学研究等项目，就是为了以后把自己的意识上传到虚拟空间，实现永生……"

"呵呵，永生？"文克摆了摆手，"从哲学的角度来说，就不存在永生的可能。连宇宙都有毁灭的时候，人类怎么可能永生？我从来不奢望自己可以永生，更不用说把意识上传到虚拟空间，在我看来完全是无稽之谈。"

见孙飞天脸色不善，文克意识到了什么："飞天你在研究相关的课题吗？你相信人类的意识真的能上传到虚拟空间？"

"为什么不能？"孙飞天十分自信，"人类的意识就是脑电波，脑电波存储在大脑中，带着一个人的记忆、习惯和认知，就构成了'我'的意识。如果把整个意识上传到一个永远存在的空间，只要感觉自己还活着，就可以永远不死了。"

"虚拟空间又没有毁坏的可能。别提宇宙毁灭，太遥远，能从现在的百岁寿命延长到千岁万岁，就足够了。"

夏常冷不防插了一句："孙总，人类的大脑到底是意识的储存器还是中转站，现在还没有研究清楚，你怎么肯定意识就一定保存在大脑之中？"

"什么意思？"孙飞天一愣，没跟上夏常的思路。

"有一种假说，也许大脑只是人类意识的中转站，人类的意识并不存在于人体的任何一个部分。大脑大概相当于收音机中接收信号并且负责转换的芯片……"

孙飞天更加惊讶了："照你这么说，人类的意识在哪里？"

第45章
平生只有两行泪

"为什么我们会说我心想，而不是说我脑想呢？可见心脏也有接收并转换信号的作用。"夏常说道，"有人认为人类的意识存在于宇宙之中，在宇宙中发射信号，然后大脑接收，发出指令指挥身体。大脑只是转换器而不是储存器！

"如果真是这样的话，你怎么上传意识？意识根本就不可能被人类的科技捕获！"

孙飞天大受打击："都是假说，不能当真。不谈形而上的永生问题了，说点俗的。夏常，你和孙照什么时候订婚？"

夏常高谈阔论，就是想把话题引往虚无缥缈的太空，越大越好，宇宙才是人类的星辰大海，小情小爱什么的，都可以忘记。但偏偏孙飞天还要当面提起，就瞬间把他打回了现实。

想起老夏的再三叮嘱，夏常在众目睽睽之下，认真而坚定地回答："什么订婚？跟谁订婚？订什么婚？"

孙照被夏常的装傻充愣气着了："夏常，你欺骗了我的感情，让我爱上你，又不和我订婚。见到文成锦，就又喜欢上了她。你就是见异思迁、朝三暮四、骗财骗色的渣男！"

一语既出，语惊四座。

夏常对众人或震惊或难以置信或幸灾乐祸的神情一贯不予理会。他神色自若地说："孙照，你的话表述不清，有几个地方有漏洞，需要说明一下。

"第一，我从来没有让你爱上我，更没有答应跟你订婚，我们之间不存在任何感情纠葛，也没有契约。所以，我是不是喜欢文成锦，跟你没关系，跟我是不是渣男更没有因果。

"第二，我对你骗财骗色？色，就不说了，骗也骗不到。财呢？请你拿出你为我花钱的证据。"

"你！"孙照气极，上前就要动手。

孙飞天一拍桌子："孙照，不许胡闹！夏常，你倒是伶牙俐齿，推得干干净净！孙照说不过你，你也别太得意了，你和她订婚的事情，你爸可是亲口答应的。"

夏常点头："这事儿我承认，我爸确实答应你们让我和孙照订婚。一来我没有答应，我是完全民事行为能力人，没有人可以替我做主任何事情。二来我爸也只是口头答应订婚，并没有敲定具体时间。一年内订婚是订，一百年内订婚也是订……"

"噗……"文成锦笑出声来，"你们不如订一个永生婚，等人类解决了永生问题后，你们再结为永生的夫妻，多浪漫，都可以拍电视剧了。要什么三生三世，要的就要永生永世。"

孙照对文成锦怒目而视："你闭嘴！没你说话的份儿！"

文成锦淡然一笑："你也一样。"

"都别吵。"夏常摆了摆手，"孙叔，我不管您和我爸达成了什么共识，哪怕是有什么协议，订婚总要当事人同意才行。我从一开始就态度坚决，我不同意订婚！"

孙飞天冷笑了："这么说，你一开始就是打算用我们孙家当垫脚石，抬高了身价后，好拿我们孙家当备胎和文克讨价还价了？"

"这话说得也太自以为是了。"文克呵呵一笑,"只不过是你先和老夏恢复联系,不能说老夏拿你们孙家当筹码,何况在我看来,你们这个筹码只会起到反面作用。"

"我和成锦看重的是夏常的为人,是他的能力和人品,而不是谁和文家来争他。更不用说,小时候,夏常和成锦关系更好,他们才是青梅竹马两小无猜。"

孙照跳了起来:"我和夏常才是青梅竹马……"

文成锦当即截和说道:"可惜没有两小无猜。夏常青梅竹马的女孩多了,里弄里面还有宋一一、杨应、杨米,他都玩得不错。但只和我一个人算得上两小无猜。"

林工博和莫何更加佩服夏常了。

"都别说了。"孙飞天站了起来,他知道当众争论下去也没有什么意义,只会让孙照被人嘲笑,"夏常,你是铁了心要和文成锦订婚了?"

夏常大笑:"奇了怪了,为什么你们总觉得我不和孙照订婚就一定得和文成锦订婚?我真有那么爱钱吗……"话说一半,他注意到了文成锦犀利的目光和不加掩饰的暗示,才想起和她在洋房之中的约定,立刻话锋一转,"很不幸的是,你们猜对了,我平生只有两行泪,半为江山半为美人。

"成锦的爸爸文叔打下了一片江山,我娶了她,就等于同时拥有了江山美人,两行泪也就完整了。是,我是打算和成锦订婚。但一来得爸妈同意,二来得文叔和成锦同意。"

文克当即答道:"我没问题,同意。"

文成锦见孙飞天双眼冒火,孙照几乎要抓狂,她也立刻应下:"我当然更没问题了。和相爱的人在一起,夫复何求?"

孙飞天强压怒火问道:"这么说,只要老夏点头,你们的事情就成了?"

夏常故作认真地点头："是。我不管你和老夏有什么秘密协议，反正我和成锦的事情，他不同意也得同意了。"

"好，很好，真好！"孙飞天咬牙切齿地笑了，"希望你美梦成真。"

他站了起来，冲黄括招了招手："黄括，今晚一起吃饭，正好我们继续深入讨论一下我们进一步深度合作的问题。"

"好。"黄括喜出望外，没想到会有如此意外的收获，立刻让胡沧海安排饭局。

"不用，就在飞天吃就可以。"孙飞天示意孙照去安排，他转身面向夏常，"要不要一起？我只邀请你一次，你一个人。"

言下之意是要给夏常最后一次机会。

夏常摆了摆手，微微一笑："谢谢孙总的盛情，我通常一三五的晚上不吃饭，减肥。"

如果夏常编一个更好的理由，也显得有心，偏偏随口一说，孙飞天气笑了："今天周二。"

"今天感觉胖了一点点，临时决定也不吃晚饭。"夏常的理由更漫不经心了。

"呵呵。"孙飞天冷笑一声，转身离去。

胡沧海跟在最后，故意落后几步，转身对夏常小声说道："你还不知道吧夏常？我马上要就调到示范点小组担任副组长了。我们以后就是同事了。"

夏常愣住了："马上是多久？"

"三五天吧。看在老朋友一场的面子上，提前告诉你，让你有充足的时间做好心理准备。"

动作够快的，安插了胡沧海到小组来制衡他，夏常心中泛起一丝忧虑。

"不用担心，有我呢。"文克拍了拍夏常的肩膀，淡定一笑，"甚至用不着我出面,老夏就替你解决了。"

"老夏?他一个退休的普通人,无权无职无钱无人……"夏常习惯性以儿子的角度看待老爸的平凡和不起眼。

"当子女的,总是会下意识忽略自己的父母,他们不知道的是,自己父母会有许多他们发现不了的隐藏的神奇技能。"文克哈哈一笑,"你以为我和孙飞天都这么看重你,只是因为你优秀吗?不,还有你爸的原因。"

文克没有留下吃饭,和文成锦一起走了。夏常也没有和林工博、莫何他们吃饭,也谢绝了于时一起吃饭的邀请,回家了。

他说到做到,今晚不吃饭就绝对不吃。

刚进门,就听到了老夏和老曹的争吵声。

夏常蹑手蹑脚地进去,偷听了一会儿,和他猜测的一样,二人争吵还是因为订婚大事。

听来听去,感觉二人也吵不出什么新意了,就咳嗽了一声:"我回来了。"

卧室门打开,老夏和老曹同时冲了出来。

"这事儿干得漂亮,儿子。"老夏眉开眼笑,"我和老文商量好了,尽快让你和成锦订婚。"

"你也太憨了,儿子。"老曹有几分不快,"不应该当着那么多的人面让你孙叔下不来台。做人留一线,以后好相见。现在好了,你孙叔要跟你爸翻脸。"

"翻脸了吗?"夏常很好奇孙飞天能拿什么威胁老夏,"老夏,孙飞天能不能让你屈服?"

"那不能,他的手段在我这里不好使。"最近迷上了东北文化的老夏,时不时还能冒出一句东北口音,"他是威胁我了,我没听,给顶回去了。"

"透露一下,他到底拿什么威胁你?"夏常特别想知道。

第46章

变　动

"大人的事情，小孩子少打听。"老夏毫不犹豫地打消了夏常的念头，"你只需要记住一点，千万别弄黄了和成锦的事情就行，知道不？"

夏常想耍赖："要不这样，我和成锦就不订婚了，省得刺激孙叔。先谈着，合适时直接结婚不就得了？"

"不行，必须订婚。该刺激一些人的时候，就得刺激，省得他不知道谁是老大。"老夏提醒道，"你就别操心了，安心做好工作就行了。"

"可是老夏，孙叔和黄括联手要对付我，安排了一个副组长，下一步可能就得挤走我这个组长了。"夏常想起了文克的话，有心试探老夏，"怎么办呢？"

老夏眯着眼睛一笑："不怕，有你文叔在，你吃不了亏。"

"文叔以后满打满算，顶多是我岳父，女婿才算半个儿子。我可是你整个儿子，你不管我？"

老夏不上当："轮不到我出面，你文叔肯定能帮你解决。"

老夏口风够严的，夏常有点小郁闷，回屋早早睡下。躺了半天，饿得睡不着，起来上厕所，听见父母还在说话。

"你真不怕孙飞天拿当年的事情要挟你？老夏，你可要想好了，万一兜不住，可就麻烦了。"是母亲的声音。

"怕什么？怕死不是英雄好汉！我当年参与开发浦东时，有几次差点死掉，我怕过吗？"是父亲的声音。

"现在跟以前不一样。你别死犟行不行？这件事情，你也有错。你就不该答应孙飞天让夏常跟孙照订婚，一开始我就说我们高攀不上……"

"我还觉得是他孙家高攀了呢。行啦，不用担心了，我有办法对付孙飞天。"

"你能有什么办法？我还不知道你，本事不大脾气不小，吹牛在行。"

"不要以为离我近，你就能看透我的为人，知道我的全部，还差得远呢。我最大的本事、最深的秘密，你永远不会知道。"老夏的声音高调了起来。

"我还不想知道呢，你以为你是谁？"

"我是浦东奇迹的见证者、紧跟时代脚步的记录者——夏祥。"

又来了，老夏一说起来往事就没完没了，能说一晚上不停一秒钟，夏常失去了继续听下去的兴趣。

一周后，夏常和于时、文成锦正式搬进了人才公寓。

原定6月才完工的精装修，提前到了3月就全面大功告成。夏常几人说是搬进来，其实只是先放进了日用品和一些绿植，再开窗通风，打算过上一两个月才正常入住。

现阶段，先充当午休或是临时休息的地方。

忙了一上午，下午刚回办公室，韩剑南就笑眯眯地进来了。

"还你茶叶。上次拿你一半，现在还你一袋。"韩剑南将满满一袋茶叶递了过来，"你尝尝，好喝的话，再找我拿。"

夏常接过茶叶，不客气地收了起来："主任，有事说事，别送礼。我是礼照收，事情如果不合规范，我一样会拒绝的。"

韩剑南笑呵呵地说道："又被你看出来了，真没面子。是这样的，为了帮你分担工作压力，我们决定为示范小组增加一名副组长，现在征求一下你的意见。"

"是胡沧海吧？"夏常也没绕弯，直截了当。

韩剑南嘿嘿一笑："既然你都知道了，我也就不多说什么了。胡沧海和你是同学，据说你们还有过一段往事……所以配合起来应该很默契。"

"默契？你是说胡沧海和黄括的配合默契吧？"夏常呵呵几声，"胡沧海是我的前女友不假，但她现在是黄括的现女友。"

"啊？"韩剑南震惊地张大了嘴巴，猛然站了起来，喃喃自语，"我还真不知道她是黄括的现女友，也没看出来……又被他们耍了。"

背后发生了什么，夏常懒得过多猜测，但大概也可以知道黄括在推荐胡沧海担任副组长时，刻意隐瞒了他们的关系，并且强调突出了他和胡沧海的过去，就让韩剑南以为胡沧海的加入真的可以减轻他的压力。

夏常好心地提醒韩剑南："主任，黄括是我认识了十几年的朋友，和他打交道，不管他如何标榜自己，一定要想到他所做的每一件事情的背后，对他有利的点在哪里。

"黄括从来不做对他来说无利可图的事情！

"如果他力推的一件事情看上去无比高大上，而他在其中完全没有利益诉求，一定要小心了，他想要的可能是全部。"

韩剑南低头想了一想："事情已经定下来了，只能这样了。我会调整胡沧海的分工，让她主要负责一些辅助性工作。"

夏常点了点头，总算没有白费口舌。

还以为胡沧海第二天才来上任，不料快下班时，她就迫不及待地出现了，还是在黄括、孙照的陪同下。

黄括满面春风："老同学，你的老同学胡沧海从现在起就是你的副手了，她以后会听你指挥为你服务。你作为领导，也要对她多帮助多包容。"

孙照趾高气扬："夏常，不怕你知道，胡沧海胡组长是我们的人，你对她好一点，她的意见要认真听，这样，我们以后才好合作。否则，到时翻脸了都不好看。"

黄括尴尬地咧着嘴，想找补回来，又觉得实在没话说。

胡沧海一如既往地思路清晰："夏常，我来当副组长，一是为了让小组的力量更充实；二是让小组的决策更公正公平，更科学；三是为了让黄括和孙照的公司得到应有的待遇，或者说，得到实际上的照顾。"

"我有一说一，在小组中，我会大面上配合你。但在具体的事情上，我会坚持我的立场，不会和于时一样当你的追随者。"

于时立刻就不干了："说什么呢？我什么时候事事追随夏常了？我有自己的主见好不好？"

"你的主见表现在哪里？"胡沧海冷笑反问。

"比如在任命你担任副组长的事情上，主任在征求我的意见时，我不像夏常一样含糊其辞，而是坚决反对。"于时得意地一笑，"就是现在当着你的面，我还是一样的态度——你进来当副组长，是示范点小组的不幸，是一次错误的任命！"

"能让你不高兴并且着急，也是我进小组的目的之一。"胡沧海得意地说，"小组有我在，才会更有活力更有战斗力。"

夏常表态了："我代表示范点小组欢迎胡沧海的加入。于时，不要带着情绪和偏见，胡沧海对人工智能的研究，也有一定的成绩。"

尽管夏常不太欢迎胡沧海的加入，但已经是既成事实，他也就没有再多说什么。背后除了有黄括的推动之外，应该还有孙飞天的出面。

转眼到了6月，天气日渐炎热。

黄括和胡沧海也入住了人才公寓。

黄括住在607房间，胡沧海是在707，正好在他的楼上。

孙照也申请了一套人才公寓，是在708，胡沧海的隔壁。

林工博、莫何和杨小与，也各分到了一套，他们三人都在7层，和孙照不远。

如此一来，夏常和黄括他们，就算白天碰不到，晚上也会在人才公寓抬头不见低头见。

近一个月来对夏常来说，事情一半顺利，一半纠结。

顺利的是智慧城市示范点的建设推动工作，基本上各方还算配合，胡沧海虽然是副组长，但她的具体分工是负责后勤保障以及辅助工作，发言权有，但分量不够。而且还有夏常和于时配合得非常默契，几乎让胡沧海插不上手。

因此，胡沧海的作用暂时还没有体现出来。

夏常也没有盲目的乐观，胡沧海进小组的时间还短，还在适应期。一旦等她适应了，她会施展手段的，他又不是不了解她。

奔涌和飞跃的配合非常顺利，现在文成锦既是飞跃的负责人，又是奔涌的股东，两家公司像是一家公司一样，做什么决定自然既快速又高效了。

飞天和中道的配合也很不错，魏越开始时还和孙照有过冲突与矛盾，后来得知孙照的身份后，她的态度大变。飞天是中道的大股东之一，因此，飞天和中道的合作在前期的磨合之后，也进入了快车道。

反倒是颜色和荣光的合作，有一些磕绊。主要是黄括过于强势，并且几次提高预算，让荣光大为不满，一度气得展布声称如果黄括再在预算上做文章，荣光将会向管委会提出中止和颜色的合作。

后来孙飞天出面直接和荣光的老总王守本谈了一次，王守本让展布全力配合颜色的工作，展布虽然不满，但还是得听命行事。

孙飞天在经历过上次和文克的见面事件后，迅速做出了投资颜色的决定，持有了颜色20%的股份，孙照也顺理成章以飞天全权代表的身份，成了颜色的股东。

既然颜色是孙飞天名下的公司之一，颜色的问题就是他的问题，而他恰好又和荣光的老总王守本关系不错，出面说和一下，不过是举手之劳。

第47章
没有退路

在经过近两个月的磨合与适应后，三家人工智能公司和三家房地产开发商的合作，初步走上了正轨，开始进入了实质性的落地阶段。

工作上的事情倒是顺利，生活中的事情，却让夏常纠结。

纠结的地方还是订婚之事。

虽说和文成锦达成了共识，二人假装接受订婚，先过了双方父母的一关再说。但夏常还是想拖着不订，总感觉即使订婚后再取消，也有一种二婚的感觉。

偏偏老夏还非逼他订婚不可。

原本老夏还想等一等，不知为何突然就改变了主意，在和文克商定后，非要让夏常和文成锦在国庆时订婚，而且还要大摆宴席，宴请当年里弄里面所有的邻居，包括孙飞天。

夏常隐隐猜到，应该是老夏和孙飞天翻脸了，没谈妥。这次就连母亲也是坚定地支持老夏，就让他很是郁闷。他索性就住在人才公寓，一连一周没有回家。

文成锦也反对订婚，她的父母也是强势的家长作风，声称必须得订婚，甚至她妈还以生病住院为由，对她进行道德、亲情加病情绑架。

文成锦虽然文艺，崇尚自由与浪漫，但她骨子里还是一个孝顺的女儿。一开始她也以为妈妈是装病,去了医院探望才发现,还真是病了。妈妈高血压多年,情绪波动一大,心脏负担就过重。

下班后,文成锦又和文克通了一个电话,得知妈妈病情得到了控制,准备出院了,心情稍微舒展了几分。

回到公寓,刚躺下,就有人敲门。

是于时。

"夏常呢?怎么没见到他?"于时进门后发现文成锦脸色不好,"文姐你怎么了?病了?"

文成锦摇了摇头:"没事,就是有点累。我也没见到他,是去施工现场了吧?"

夏常负责三大版块的智慧城市的建设,凡是遇到技术上的问题,都会找他,他忙得团团转。于时还好,规划上的改变比较少。技术层面就不一样了,会经常遇到各种意想不到的大小问题。

"打个电话问问他在哪里不就行了?"于时是行动派,说打就打。

半天没人接听。

于时鼓动文成锦打,文成锦不愿意:"他可能不方便接听电话,又或者不愿意接听,就别打扰他了。"

"不行,得打。这几天我看他情绪不对,有时还有点恍惚,万一他一时想不开,出什么事情可怎么办?"

文成锦气笑了:"你就爱胡思乱想。行,我打。"

文成锦打了电话,一打就通了。

夏常的声音有气无力:"我在滴水湖,你们别找我了,我静一静。"

"不好,要出事。"于时忙拉起文成锦,"走,去找他。"

不多时她们就来到了滴水湖畔。找了半天,才在一个角落里找到夏常。

夏常的神情很沮丧,一个人坐在一个角落里,远望西方的晚霞。

"这是什么情况？"于时上前拍了拍夏常的肩膀，"怎么跟失恋加破产了似的？"

"你干吗来了？"回头看到还有文成锦，夏常更不悦了，"你来就来吧，还拉上成锦干什么？我一见到她就更烦了。"

"我也是，你以为我愿意见到你？"文成锦苦笑，坐在了夏常的身边，"你能想象在经济最发达的上海，在21世纪的今天，居然还有包办婚姻的存在，是不是很可笑很不可思议？"

于时用力点了点头："虽然我有那么一点点喜欢夏常，但如果你们两个人在一起，真的能让双方父母皆大欢喜，而且你们又不是那么讨厌对方，我愿意转让夏常。"

"文姐，你愿意给我多少钱让我离开他？"

"去你的，你对我没有所有权。她一分钱都不会给你！"夏常被于时气笑了，"你能不添乱吗？"

"我的存在，就是为了让一团糟的生活更加杂乱无章。"于时得意地笑，"生命的终究意义是追求永生，永生是什么？就是永远有序。但宇宙定律就是从有序到无序，无序是永恒的，有序是暂时的。我添乱，是让你们有规律的生活变得没有规律，符合宇宙定律。"

夏常笑了："别跟我讲形而上的大道理，我比你懂得多。大道理都懂，小情绪都控制不了。一个人如果既懂大道理又能完全控制情绪，还能不以物喜不以己悲，就是圣人了。"

"我知道你不是圣人，但也用不着为了订婚的小事而上愁，不符合你的人设。"于时很哥们地拍了拍夏常的肩膀。

"我的人设是钢铁般的意志，对吧？我再有钢铁般的意志，也是一个活生生的人，有父母，有亲情，总会在意一些什么。"

"所以说嘛……"于时转向了文成锦，"你们不如订婚算了，订婚又不是结婚。或者，你们现在同时告诉家人，你们都有喜欢的人了。"

文成锦摇了摇头："试过了，我说我有喜欢的人了，想和他在一起，被爸妈坚决反对。我妈还说，如果我不听话，就会气死她。"

夏常也是点了点头："这条路恐怕行不通。我也尝试和老夏沟通，说如果我遇到了真正喜欢的人，能不能订婚后再解除，他说如果我敢这么做，就打断我的狗腿。我知道他这么说是吓唬我，但以我对他的了解，他肯定会做出一些让人想象不到的事情，让我后悔。"夏常对许多事情可以做到当断则断，唯独面对父母的逼迫时，优柔寡断。

每个人都有自己的短板，或对父母，或对子女，或对伴侣，或对朋友，夏常也不例外。他平常和父母的关系很融洽，也经常没大没小地称呼父亲为老夏，但在内心深处，他很尊重父母，也清楚老夏看似随和，实则极其固执。

说来也怪，他当时在众目睽睽之下，为了将军孙飞天，一口答应要和文成锦订婚，就让文克信以为真。更主要的是，文成锦也随即应下，就等同于他们当众官宣了恋情。

结果倒好，现在无法收场了。

人生总有许多意外，现在的努力，都是为了弥补当初的冲动。

现在文成锦是被妈妈以病的名义绑架，他是被老爸以断绝父子关系绑架，两个人都没有退路了。

夏常以前遇到过许多困难，都一一克服了。但现在，他真的束手无策了。

工作上的压力，他扛得住，父母的逼迫，让他身心俱疲。

文成锦也是同样的苦恼，她双手托腮坐在夏常的左边："怎么办呀？于时，你帮我们想想办法。"

"办法倒是有，总要有一个人牺牲才行。"于时眨眨眼睛，狡黠地笑了。

"什么办法？"夏常和文成锦异口同声。

"文姐直接和莫何领了证，不就结了？"于时双手一摊，"这样的既成事实，文叔没有办法，夏叔也只能认了。"

"不行，不行。"文成锦连连摇头，同时摆手，"我对莫何完全没有感觉。"

夏常是提出了要为莫何和文成锦牵线。莫何随口应下，漫不经心。文成锦也默认了，就当成是一个在关键时候用来抵挡的幌子。

夏常和文成锦都对莫何说了个清楚，莫何依然是一副似乎明白又似乎没有听进去的表情："行呀，你们怎么说，我就怎么办……还有事情吗？我要计算数据了。"

大多时候，莫何比夏常还更技术宅男，他工作时的认真与专注，别说谈恋爱了，就是老婆站在他身边他也想不起来对方是谁。

在文成锦正式成为奔涌的股东之后，她和莫何在工作上的接触也多了起来。二人配合得倒也顺畅，在许多事情上都可以达成共识。也一起下班一起吃饭，却只是同事关系，始终没能前进一步。

哪怕是微小的一步也没有。

对莫何，文成锦不讨厌，但也绝对谈不上喜欢。而对文成锦，莫何有好感，但也没有上升到喜欢。主要是他现在完全没有恋爱的想法，没有任何心思去接近、讨好一个女孩。

更不用说文成锦的文艺女青年的性格随性又感性，莫何的严谨、认真用在工作上，是优秀的品格。用在恋爱上，就很难对她产生吸引力。

回想起以前遇到的众多追求她的男生，以及她为什么对他们都不动心的原因，文成锦愈加觉得爸妈的眼光也有过人之处，他们看中夏常不无道理。

夏常有着莫何在工作上的严谨与认真，同样在生活中，他又有幽默、风趣的一面，表面上大大咧咧，其实有温暖和细心之处。女孩子都很在意细节和感受，一个不能打动她不能让她感到愉悦的男人，她很难喜欢。

第48章
先看人品，后看能力

如果一个男人做不到在观感上让人赏心悦目，就得做到在听感上能说会道、幽默有趣，或者做到在行为上温柔体贴、细心周到也行，当然，也有女孩追求对方的财力……文成锦不同，她不需要对方的财力，比她有钱的同龄异性并不多。

文成锦也清楚自己的处境，别看她家境好长相不错，又有学历与见识，反倒更难遇到合适的人。女性慕强，一定要找在某一方面比她优秀的男性，否则就没有办法吸引她并让她动心。但如果优秀到了一定的程度，到了塔尖，可挑选的余地就极小了。

男性不同，男性可以往下兼容，不管是身份地位还是年龄，只要长成了他喜欢的样子就行。

人越是在年轻时，越不认可爸妈的决定，认为他们的经验已经过时，言论老套且可笑。而到了一定的年龄阶段才发现，老一代人所经历的人生，自己还是一样要经历，无法逃脱也不能超越。

文成锦经过对比和深思，也体会到了爸妈的良苦用心，不得不说，夏常确实是没有选择的选择。不是说他最优秀，而是他最均衡，方方面面都没有短板，最关键的一点是，他值得信任，并且人品可靠。

到了一定的层次，对人的要求会先看人品后看能力。人品决定长度，能力决定高度。只有能力而没有人品，就会成为风一吹就倒的竹竿。

不知不觉中，文成锦对夏常由不以为然变成了好感，由好感又上升成了喜欢。她有时会想，既然非要结婚不可，又没有其他更合格的人选，为什么不选夏常呢？至少他是不让她讨厌又让爸妈喜欢的唯一一个！

于时的话，让文成锦瞬间明白了什么，于时是虚晃一枪，她就立刻试探道："不如夏常你和于时领证，我当被你抛弃了，不会怨恨你。只不过你要成为你爸妈和我爸妈眼中的坏人了。"

夏常摸了摸鼻子，看了看右边的于时，又看了看左边的文成锦，愣了片刻："不和你订婚，为什么就非要和于时结婚呢？难道我就没有其他选择了吗？"

"有也可以，只要能说服对方跟你领证就行。"于时很大方地拍了拍夏常的肩膀，"我从来不勉强别人，哪怕我再喜欢你，你说不喜欢我了，我也会放手。"

"明说吧，夏常，你到底喜不喜欢于时？"文成锦决定今天拿出一个解决方案，不能再无限期拖下去了。

他到底喜欢于时吗？夏常第一次认真地思索这个关系到终身大事的问题。

应该说，从和胡沧海分手后，夏常就没有再严肃地思索过感情问题。期间也不是没有女孩向他暗示过，他都置之不理。

一方面他只想好好工作，做出一番事业证明自己，另一方面，他也觉得恋爱太费心费时。他安慰自己，还没有遇到让他真正心动的女孩。

如彩虹一般的人，向来少见并且难以遇上。

直到他遇到了于时。

其实说心里话，于时并不符合他对另一半的期待。他所喜欢的女孩应该是长发长裙温柔体贴，哪怕心思细腻到琐碎，也好过大大咧咧。偏偏于时短发长裤飒爽干练，大大咧咧不说，还很直来直去，就让他有一种称兄道弟的感觉。

在恋爱中，夏常还是喜欢主动。

但相处久了，慢慢接受了于时的风格，竟然让他有了耳目一新的感觉。不但喜欢上了于时直接不绕弯的性格，跟她在一起人也变得开朗了许多。

得承认，他现在对于时多了喜欢与信赖，不但工作上的事情喜欢与她商量，就连他和文成锦的订婚，也要于时帮助拿主意。

喜欢加信赖，就上升到了依赖。依赖，就是爱了。这么一想，夏常怦然心惊，他是真的爱上于时了？

很多时候夏常不愿意承认他爱上于时，是不想认输。在他看来，最先提出爱的人就是认输的一个，他想让于时先说。

夏常咬了咬牙："你应该先问于时是不是喜欢我……"

于时看出了夏常的小小心思，暗暗一笑："我不喜欢你，我是爱你，行了吧？喜欢是势均力敌，爱是认输，你怕认输，我不怕。在爱的面前，没有输赢，只有勇气和决心。

"我先说爱你，是我比你更有勇气和决心。"

文成锦站了起来，目光坚定地说："就这么定了，夏常，你和于时领证。然后我们再一起告诉他们，虽然我们爱他们，但也不能让他们摆布我们的人生。"

夏常哭笑不得："为什么于时说她爱我，我就要和她领证。你就不问问我是不是爱她，愿不愿意吗？"

"于时愿意跟你领证，你就笑醒了，还用问愿不愿意吗？"文成锦仿佛卸下了心中的巨石，"不能再拖下去了，否则夜长梦多，容易节外生枝。"

节外生枝的事情，来得比想象中要快。

7月的一天，夏常正和于时、文成锦、林工博几人在现场跟进施工进度，作为主要牵头的智慧城市教育版块的建设，他基本上每天都会亲自到现场视察，认真检查每一个环节，唯恐有遗漏。

根据相关规划，南汇新城作为上海自由贸易试验区临港新片区的主城区，将集聚优质教育资源，满足该区域内市民群众和产业人口对优质教育的需求，优先发展中学、小学、幼儿园、托儿所，打造教育改革开放先行区。

按照适度超前的原则，引入市级优质教育资源，与本地名校合作办学，开办优质基础教育学校。

正是由于在规划上对教育有诸多的侧重，夏常负责的教育版块的智慧城市建设，才是重中之重。百年大计，教育为本，上海对教育的重视程度，大家也是有目共睹的。

只有完善的基础教育和全面的高等教育，才能为城市培养源源不断的人才。上海的教育不敢说全国第一，说是第二，应该没有争议。

新片区在规划之初，就定下了完善教育设施的思路，从幼儿园到小学、初高中，以及大学的分校，等等，考虑得十分全面且周到。夏常作为教育的受益者，对他牵头的教育版块，十分用心。

虽然天气已经非常炎热了，夏常顶着烈日，戴着安全帽，在施工现场一丝不苟地检查细节。从电缆的型号到标准，从开关的合格证到验收报告，哪怕小到一根膨胀螺栓的质量，他都不会放过。

许多深埋到地下、浇筑在墙壁中的材料，质量不过关日后想要替换，难如登天，必须在施工环节就严把质量关。

一上午没有停歇，快到午饭时，于时顶不住了，买了三瓶冷饮，然后和文成锦一起拉着夏常，让他在房间中吹吹空调。

夏常擦着汗，已经晒黑的他更显精练。他几口喝完饮料，刚要出门再去查看施工情况时，韩剑南推门进来了。

"主任过来视察工作？"夏常忙打了个招呼。

韩剑南不时也会视察工作，几大版块他会轮流转上一遍。

点了点头，韩剑南脸色微有阴沉，他扫了文成锦和于时一眼，示意夏常到外面说话。

烈日下，夏常眯着眼睛问："有什么事情非得背着于时？"

"夏常，事情有点严重……"韩剑南沉默了片刻，"你是不是在跟于时谈恋爱？"

"……"夏常愣住了，是谁透露他不再是单身的秘密？他和于时是在谈恋爱，但没有在单位谈，没有公开谈，没有刻意谈，甚至可以说，他们在谈一场无声的、不动声色的、不为人所知的恋爱。

第49章

演一场好戏

怎么就让韩剑南知道了呢？以他和于时的演技，在工作中绝对不会让别人看出来他们之间的互动有任何亲昵的行为！当然最关键的是，他们在工作中也确实专注与认真！

不等夏常否认，韩剑南摆了摆手："你承认不承认，都不重要，重要的是，梁主任相信你在和于时谈恋爱。"

"你也知道我们的规定，不允许办公室恋爱。你和于时，得调离一个！"

夏常瞬间明白了什么："是胡沧海嚼舌根吧？"

韩剑南没说话，沉默意味着默认。

"按照疑罪从无的原则，谁主张谁举证，得拿出真凭实据才能证明我和于时在谈恋爱，为什么不编造我和文成锦在谈恋爱呢？"夏常不服，他和于时真的没谈一般人认为的恋爱，更没有影响到工作。

"你跟我说不着，你跟梁主任说去。"韩剑南拉着脸，"又不是我做出的决定。"

夏常也不生气，想了想，笑了："主任，您认识老夏吧？不，我爸。"

"认识，怎么啦？"韩剑南有点晕，"和我认识老夏又有什么关系？"

"您不欠老夏什么人情吧？"

"问他去。"韩剑南气笑了。

"老夏认识梁主任吗？"

"应该……不知道。"韩剑南话说一半突然转了口风，"你就别套我话了，有什么不明白的地方，你去找梁主任，再不行，让老夏出面。反正这件事情我已经管不了了，别再折腾我就行。"

"怎么能叫折腾您呢？我是对您信任。我来新片区，一大半原因是因为您。您要是不管我，等于是有始无终。"夏常决定赖上韩剑南。

韩剑南苦着脸说："你赖上我也没用，我做不了主！你来新片区，我只是负责执行上级领导的安排，如果我说了算，胡沧海就当不了副组长，明白？"

"不明白。"夏常故意气韩剑南，他也清楚韩剑南人不错，虽然胆小了点，又没有什么魄力，至少不会背后黑人坑人。

"我只管通知你，剩下的事情，你自己解决。哼！"韩剑南转身要走，刚迈开几步，又想起了什么，回身站住，"夏常，你是不是得罪人了？最近反映你的问题有点多，你得多注意点。"

"除了谈恋爱之外，我还有什么可以被人诟病的？我有那么优秀吗？"

"有家电缆供应商反映你收取了另一家电缆供应商的回扣，所以才选择了另一家而没有选他们。"韩剑南忙捂住了嘴，"又说多了，不该告诉你的。我没说，你没听到，记住没有？"

"你告诉我，如果我解决不了这些麻烦该找谁，我才装没听到。"夏常才不肯轻易放过韩剑南。

韩剑南气得脸都黑了："你小子等着，以后我要再替你说话，我就是傻子……你爱找谁找谁，反正别找我。你找老夏也行，找文克也没问题，难道要找于时？真受不了你。"

韩剑南话里有话，夏常想了半天愣是没想明白。

到底是要找于时还是老夏，夏常先和文成锦商量。

他和文成锦没处成男女朋友，反倒处得像铁哥们一样，有什么事情都喜欢和她商量。

"啊，要调离你？不行！我向梁主任说理去。"文成锦当即不干了，不顾天气的炎热，起身就要向外冲。

于时在一旁也听了个明白，她没埋怨夏常没有第一时间征求她的意见，而是眼睛快速眨动几眼，偷偷地笑了："不急，不急。我有一个办法，谁也不用去找梁主任，保证让事情迎刃而解。"

"什么办法？"夏常和文成锦一起问道。

下午五点多，快下班时，夏常给胡沧海打了一个电话。

"沧海，我和于时要去天空之境，你有时间一起去吗？"夏常抛出了诱饵。

胡沧海说："哎呀，你们两个人去浪漫，为什么非要让我当灯泡呢？"

"有你在，我们才好表演灯光秀……"夏常嘿嘿一笑，"听说现在海滩建设得很好了，我们三个人一起实地考察一下。"

临港临海，海边，有一片原生态的滩涂。天气晴朗的时候，一望无垠的海面倒映着蓝天白云，俯身望去，水天一色。人们被美景折服，称之为"天空之境"。

"我晚上有事了……"胡沧海还在犹豫。

夏常加大了诱惑力度："时间不会太久，我开车，考察也就是十几分钟，然后开车送你回去。对了，我有一份文件要送给梁主任，得顺道去一趟梁主任的办公室，不会耽误太长时间。"

"好吧。"胡沧海瞬间想到了什么，顿时愉快地答应了，"等我 10 分钟，可以吗？"

可以，当然可以，10 分钟的时间，也正好让胡沧海暗中布置好一切。

10分钟后，夏常和于时、胡沧海一起上了车。胡沧海坐在了后座，有意让于时坐副驾驶。于时也没多想，直接就坐了上去。

"你的车？"胡沧海闻到了车内新车的气息，"以前你就说你喜欢宝马，还真买了一辆X5，很贵吧？"

"那当然了。"于时俨然以车主自居，"说好了夏常，以后副驾驶只许我一个人坐，如果敢让别人坐，小心我收拾你。"

"遵命！"夏常发动了汽车，连连点头，"上海人买得起汽车买不到牌照，我好不容易摇号中签，就赶紧买了。哎，上海的车牌摇号难度，和北京一样是'地狱'级别的。"

"不一样。"于时立刻化身北京人，"北京同样是摇号，摇号后就可以上牌，上海中签了还得掏钱……"

"你都有理，你说得都对。"夏常摇头笑了。

不多时，来到了梁主任的办公楼下。

胡沧海突然提出她要帮忙上楼送文件，夏常客气几句，就由她代劳了。

胡沧海轻车熟路地来到了3楼梁诚心的办公室。

50多岁的梁诚心看着比实际年龄显年轻，他正在认真地阅读一份文件。见胡沧海进来，示意她把文件放在办公桌上。

"主任，我刚才给您打过电话……"胡沧海见梁诚心没认出她来，就小声提醒道。

"哦，沧海呀。"梁诚心抬起头来问，"是有什么事情吗？"

怎么才打过电话就又忘了呢？胡沧海暗自不满，却还是耐心说道："刚才在电话里，我向主任汇报了夏常和于时谈恋爱的事情，现在他们两个人就在下面，在同一辆车上。主任现在下去，可以亲眼看到他们恋爱的证据。"

梁诚心放下文件，似乎是想了一想，才恍然大悟道："事情一多就忘了，抱歉。夏常真和于时在谈恋爱吗？走，看看去。"

刚说要走，梁诚心却又起身收拾文件，足足过了几分钟后起身下楼。

楼下，夏常的车停在原地。车灯没亮，人没在车上。

梁诚心愣住："没人呀。"

"应该是去便利店了。"胡沧海眼尖，注意到了不远处便利店的门口出来两个人，二人有说有笑，还不时打闹几下，动作亲昵无间，明显是一对正在热恋中的恋人。

胡沧海暗暗叫好，她原本想只要让梁诚心看到夏常和于时二人坐在车里，有一些亲密的举动就足以证明二人非同寻常的关系。不想二人下车去买东西，旁若无人地打情骂俏，真是天助她也。

只想让梁主任看到夏常和于时的亲密举动，没想到夏常如此配合，居然非要当着梁主任的面上演一场恋爱大戏，就不能怪她算计他了，谁让他太笨呢？

夜色有点暗，夏常身边的女孩又被他挡住了半个身子，就一直没有露脸。不要紧，等走到近前让梁主任逮个正好，岂不更好？胡沧海耐心地陪梁诚心等夏常二人一步步走近。

梁诚心推了推眼镜，脸色越来越凝重几分，似乎在盘算到底该怎么处理眼前的事情。还没想好时，夏常二人已经走到了近前。

夏常身边的女孩才注意到梁诚心和胡沧海，惊呼一声躲到了夏常的身后。

胡沧海几乎压抑不住内心的兴奋了，她虽然还没有看清女孩的脸，但不用想就知道肯定是于时。虽然刚才的一声惊呼让她总觉得哪里不对，却也没有深思。

"梁……梁主任，您怎么亲自下来了？刚才沧海说她要送文件上去，我就偷个懒，陪女朋友去买瓶水。"夏常惊慌之下，不打自招。

"女朋友？"梁诚心在心中暗叹一声，夏常怎么上来就承认了，也没法兜底了，"是谁呀？是不是我认识的人？"

"认识，梁主任肯定认识。"夏常故意看向了胡沧海，"沧海也认识。"

胡沧海冷笑着说："我当然认识，于时我能不认识吗？她是我的同事，也是你的同事。夏主任，我们有明文规定，同事之间不能谈恋爱。你和于时谈起了恋爱，违反了规定，就得调离一个。说吧，是你调走还是她？"

面对胡沧海的咄咄逼人，夏常不知所措了："胡组长，你怎么能乱说呢？我什么时候和于时谈恋爱了？你污蔑我可以，我习惯了，你毁人于时清白就不对了。"

"别装了，夏常，在梁主任面前，你还想演戏吗？"胡沧海几乎要笑出来了，"于时，你出来吧，能躲在夏常身后一辈子吗？"

第 50 章

付出全部，预支未来

"你叫我，胡组长？"

突兀间，于时的声音在车后响起。人影一闪，于时从后面走了过来："怎么了胡组长，我在车后面打个电话，你那么大声喊我做什么？"

"啊！"不只胡沧海震惊当场，就连梁诚心也是大为惊讶。

胡沧海如见鬼魅："你……你……你刚才不是在夏常的身后，怎么突然跑车后面去了？"

"不明白你在说什么，我一直在车后面呀。"于时一脸懵懂和天真，"胡组长，你是喝多了还是眼花了，或者是吃了什么不消化的东西？不行赶紧去看看医生。"

"那夏常身后的人是谁？"胡沧海深深感觉到了不妙。

"是我啦。"文成锦从夏常的阴影中跳了出来，灿若桃花，"不好意思，被你们发现了秘密，胡组长，你也费心了。"

梁诚心的脸色立刻舒展开来，重重地哼了一声："胡沧海，胡闹！"

他又冲夏常和文成锦一笑："你们两个人玩什么捉迷藏，要谈就光明正大地谈！还要谈得理直气壮，就是要让人羡慕！"

"谢谢梁主任的祝福！"夏常和文成锦手拉手，朝梁诚心灿烂地笑。

等梁诚心走后，胡沧海的脸色青里带紫，极为难看。她推托身体不舒服，没再跟夏常去天空之境，匆忙离开了。

回到人才公寓，敲开黄括的房门，她气呼呼地说了刚才发生的一切。

黄括半天无语。

又仰天长叹一声，黄括才无力地摇了摇头："沧海，以后在行动之前，能不能和我打个商量？你是被人算计了。"

"就凭夏常的脑子，他还能算计我？我也是过于相信他，没多想。"胡沧海还不服气，"这次大意了，下次再来，不信弄不了他。"

"夏常不是不会算计人，是他太高傲了，不屑于算计人。于时就不同了，她古怪精灵，最有主意了。"黄括苦笑一声，"下次提前和我说一声，我们一起想一个万全之策。现在好了，别想调走夏常或是于时任何一人了。"

"问题是，夏常真会和文成锦订婚吗？"胡沧海想不通。

"已经不重要了。现在我们和夏常的关系，没有办法修复了，只能对立到底。"黄括想了想，"继续推动B计划。"

"不是说现在时机还不成熟吗？仓促进行B计划，会不会收到相反的效果？"胡沧海有些担心。

"如果没有今天的事情，是得等等再进行B计划。但今天的事情一出，不但会让夏常更加警惕，也会让梁诚心、韩剑南对我们的信任度下降。"黄括下定了决心，"不能再等下去了，越等下去越会让夏常准备充分。我们都了解夏常的为人，他很有耐心，喜欢打有把握的仗。他不反击还好，一旦反击，就会是不死不休的大战。"

黄括拿起了电话，准备和孙飞天再深入聊一次，索性提前推动让夏常下台。

胡沧海点了点头，表示赞成，又意识到哪里不对："你的意思还是埋怨我今天被算计了是吧？告诉你黄括，今天换了是你，你也会失算。"

黄括才不想和胡沧海吵架，胡沧海的胡搅蛮缠他已经深有体会，怕了，转身拨通了孙飞天的电话。

过了一会儿，孙飞天才接听电话："有事快说，我在忙。"

黄括简要一说今天胡沧海的遭遇，孙飞天只是淡淡地回应一句："我在和夏祥谈事，回头再说。"

孙飞天端坐在了自家的沙发上，神情有几分凛然，他直视坐在对面的夏祥，语速很慢："老夏，我们认识得有 30 年了吧？"

"不止，40 年都有了。"夏祥一副不以为然的样子，丝毫不怕孙飞天故意表现出来的威压。

"哪里有 40 年，我们今年才 50 多岁。认识的时候，我们都有孩子了。"孙飞天故意请夏祥来家里做客，就是想借主场优势力压夏祥一头。

谁知并没有达到预期的效果，夏祥一副混不吝的态度，对他所刻意展现的一切，包括奢华、有钱、任性，等等，毫不在意。

虽说夏祥并不富裕，但他也是经历过大风大浪之人，当年在海南闯荡时，一度拥有了千万财富。

后来虽然赔得精光，至少老夏也是曾经经历过。有过经历的人，就算再落魄，也有当年的见识和格局在。

"30 年还是 40 年都不重要。"夏祥不以为然地摆了摆手，"我就问你，事情到底要怎么解决？"

"急什么，我作为受害者都不急，你是施暴者，还有什么可急的？"孙飞天气定神闲地一笑，他最喜欢看到别人情绪失控时的表情，"今天就我们两个老伙计，好好聊聊以前和现在。"

家里没人，孙飞天为了和夏祥开诚布公地谈一谈，特意请他来他浦东的房子。平常孙飞天一家常住黄浦，来浦东不多。

"聊聊当年的事情？"夏祥笑了，"好呀，说说你欠我的，什么时候还吧？"

一句话点燃了孙飞天的情绪，他顿时失控了："我欠你的？是你欠我的好不好？当年如果不是我救你，你现在说不定都不在人世了！还我欠你的，能不能做个人，老夏？"

现在反倒轮到夏祥气定神闲了："看，这就是我们的分歧所在。你总认为当年的事情是我欠了你的人情，还动不动抬出来威胁我。我是觉得当年的事情是我帮了你，是你欠我的多。我们总是在这件事情上达不成共识，就一直迈不过自己心里的一关。"

"当年就是你欠我的！"孙飞天气得浑身发抖，站了起来，"老夏，做人要讲良心。"

"坐下，别激动。"夏祥示意孙飞天坐下，他一脸微笑，"好，现在没有外人，我们就把当年的事情再好好核对核对。"

孙飞天缓慢坐下，自觉刚才的失态有几分怯场，咳嗽一声以掩饰尴尬："老夏，当年创业时，在最困难的时候，我是向你借了100万。后来不也还你了吗？还是连本带息，还了你102万。"

"仅仅是钱的问题吗？"夏祥嘿嘿一笑，"你说你生死关头，如果没有100万元救急，公司没了，命都会丢。我一下拿不出100万，就借了高利贷。你说你三个月还钱，结果半年才还。是，你是还了我102万，但多出来的2万块覆盖不了高额的利息，利息要15万块。我又省吃俭用了两年才陆续还清13万的亏空。"

"老孙，当时承诺要用公司的50%的股份来报答我，后来为什么提也不提了？"夏祥冷笑了，"后来我生了一场大病，你确实帮我跑前跑后，并找了最好的医生，医好了我。如果不是你找到了最好的医生，我可能确实真的没命了。

"但一码归一码，我当时帮你，冒了身败名裂、赌上身家性命的风险。万一你还不了钱，我也还不上，在单位被人知道我借了高利贷，我还有立足之地吗？我会被单位开除，还会被高利贷追杀，肯定得落一个妻离子散的下场。这份情义，值得用你一半的股份来偿还。

"滴水之恩，当涌泉相报！"

孙飞天仰天长叹一声："是，老夏，当时只有你借我钱，让我渡过了难关，我确实应该感谢你。还你钱，顶多算是利息，本金就是我承诺的公司的一半股份。后来我为什么没有兑现股份？是因为你生病的时候，我为了帮你找最好的医生，耽误了一桩大生意，损失了至少上千万。当时我的全部资产加在一起，也只有2000万。

"但我没有后悔，认为救你救得值，毕竟你也救过我。不过我的损失总是需要弥补回来，就从承诺你的一半股份中偿还吧。毕竟，我虽然答应了给你一半股份，但你一没出钱二没出力，也没有参与公司的经营，我还了你的钱，救了你的命，等于是两清了。"

"呵，呵呵……"夏祥一阵冷笑，"救我一命损失了上千万？你怎么不说赔进了全部家当呢？老孙，做人说话得凭良心，不能张口就来。我是感谢你对我的救命之恩，但你不过是帮我找了最好的医生，住院费用还是我自己掏的！

"还有，你救我一命，损失了1000万，当时你的资产是2000万，好，就算你说损失了1000万是真事，我信你，也不过是你全部资产的二分之一。而我当初为了帮你借的高利贷100万，相当于我的全部身家，还外加两年的白干，我付出的是全部并且预支了未来，你呢？你不过是拿出一半资产，连伤筋动骨都算不上，我们的付出能相提并论吗？

"我只给你100万，是因为我只有10万然后又借了90万。搭上了全部，预支了以后。你为我损失1000万，先不说你所谓的损失是不是一定是你的收益，也许没有救我的事情，你的生意也不会谈成，就算真的可以谈成，你也是有2000万，你不用搭上全部，更不用预支以后……我是倾尽所有，还愿意承担债务。你是拿出一半，还不用预支未来！"

第 51 章

年轻就是资本

孙飞天大怒："老夏，你这是强词夺理，是无理取闹，你才借我 100 万块，只是我损失的十分之一！"

"真心的价值，不能用金钱的多少来衡量，而要用是不是拼尽了全力来对比。"夏祥寸步不让。

孙飞天拍案而起："这么说，你还是觉得我亏欠了你？"

"那是当然。你答应给我公司的一半股份没有兑现，就是你出尔反尔说话不算数，就是你吞并了本该属于我的财富！"夏祥越想越气，"不管你怎么解释，怎么自我安慰，怎么自圆其说，都改变不了你拿走了属于我的一半的事实。"

孙飞天也气得不行："夏祥，你讲讲道理好不啦？什么叫我拿走你的一半？我原本只是随口一说，我们没有落到文字上，没有签协议，就当是一句玩笑话好吗？玩笑话你也当真，你是 3 岁小孩子吗？"

"对呀，我说让夏常和孙照订婚，也是一句玩笑话。玩笑话你也当真，你是 3 岁半小孩子吗？"夏祥当即反驳。

孙飞天再一次气得浑身发抖："老夏，你越老越没品了！你个老东西！"

"你也一样，老东西。"

"你再说一遍？"

"好话不说二遍。"

"孙照和夏常的事情，怎么办吧？"孙飞天强压怒气，"我让孙照和夏常结婚，不就是想通过婚姻，还你一半股份吗？只要他们结婚，婚后感情不错，早晚我的家业都是他们小两口的。"

"不了，谢了，消受不起。"夏祥仰头，一脸得意，"文克的公司更有实力，资产规模比你更雄厚，女儿也比你女儿更优秀，他当年承诺我的事情，都一一兑现了，比你更靠谱。综合对比下来，我为什么要选择你当亲家呢？"

"我又不瞎，也不傻。"

孙飞天几乎出离愤怒了："夏祥，是不是一开始你就想玩我？你压根就没想让夏常和孙照结婚，就是为了引出文克，然后狠狠地踩我一脚？"

夏祥摇了摇头："别这样想我，我没那么卑鄙。当然，开始确实是想玩你一把，但没有引出文克再踩你的想法，只是想先答应让夏常和孙照订婚，再悔婚，让你也体会体会被羞辱被抛弃的感觉。没想到，文克也看上了夏常，事情就出现了不可控制的变化，哈哈。

"别怪我，要怪只能怪我儿子太优秀。"

"真的没有回旋的余地了？"孙飞天不甘心，他并非认为夏常有多优秀多不可替代，主要是不甘心就这么被玩弄，他要面子。

"这也不能怪我，夏常没看上你家孙照，我总不能逼他去娶一个他不喜欢的人吧？"夏祥乐呵呵地喝了一口水，"该放下过去了，老孙。我都不追究你不给我一半股份的事情，你还在意夏常是不是和孙照订婚的小事？人得往前看，孙照不是喜欢黄括吗？

"黄括也不错的，他肯定可以败光你这些年积攒的家业。把你的公司都交给他，保证你有一个脑血栓的晚年。"

孙飞天双眼冒火："既然你这么无耻，就别怪我对夏常下手了。"

"随便，看你还有什么本事尽管使出来。"

"你就不怕夏常丢了小组组长的工作？"孙飞天嘿嘿一阵冷笑。

"怕，夏家的骄傲如果丢了工作，我会很没面子的。可问题是，你有那本事让他不当小组组长吗？"

"试试？"孙飞天不无威胁。

"你敢？"夏祥急了，"我们的事情，我们解决。要是敢动我儿子，我跟你拼命。"

"拼命？你拿什么跟我拼？拿钱还是拿人？"

"拿人！"夏祥突然站起来，抓起了椅子，"信不信我现在就打破你的头？"

"你没那本事。打架，你也打不过我。"孙飞天也彻底怒了，挽起了袖子，"你碰我一下试试？"

夏祥放下椅子，转身就走："不和你一般见识。"

"瓜尿！"孙飞天冒出了一句外地方言。

夏祥不理会，继续走，眼见走到门口了，孙飞天冲了过去，一把揪住了夏祥的衣领："不许走！今天你必须给我一个明确的答复，你怎么赔偿我的精神损失？"

夏祥反手推开孙飞天，孙飞天一拳打在了夏祥的胸口。

二人扭打在了一起……

下楼，出门，右拐有一个家便利店，夏祥进去，找到镜子照了照。还好，没有鼻青脸肿，脸上不见伤，身上有瘀青不怕。

回想起刚才动手的过程，算了一算，没有吃亏，应该说，他还赚了好几拳，心情就莫名好了起来。

电话响了。

看了一眼来电，夏祥犹豫了一下，接听了电话。

"老夏,方便说话吗?"

"方便,老梁,你说吧,我在外面呢,一个人。"夏祥特意强调了一句。

"今天胡沧海折腾事情,想让我逮着夏常和于时谈恋爱。对于办公室恋情,虽然没有明文规定,但不成文的规定一旦发现,必须调离一个。结果还好,让我撞见了夏常和文成锦手拉手的一幕……"

夏祥静静地听了一会儿:"行,让老梁你费心了。夏常这孩子不爱算计人,不是不会,是不屑于那么做。今天这事,多半是于时的主意。

"以后还得承蒙你多照顾他。"

梁诚心的语气相当客气:"你的儿子在我这里,肯定要照顾的。只要不是犯了什么原则性的大错,我都会担着。但你也知道,新片区还有其他领导,孙飞天就跟杨汉亮关系不错。

"不过有于时在,有文成锦在,夏常不会吃亏的。"

夏祥还是不太放心:"老梁,杨汉亮和孙飞天的关系有多好?比我们两个人的关系还要好?"

"差不多吧。"梁诚心停顿片刻,"你真的一心想要夏常和文成锦结婚,一点也不考虑于时?"

"不考虑。"夏祥的态度很坚决,"他们不合适。"

"是不合适,还是觉得于时配不上夏常?"梁诚心有意暗示,"别怪我没有提醒你,老夏,你也有看走眼的时候。"

"不是不是,我可没有嫌贫爱富,于时和夏常不合适,他们在一起更像是兄弟。"夏祥没有听明白暗示,或是压根就没有仔细听。

夏祥回到家里,已经晚上十点多了。他平常很少这么晚回家,见家里黑着灯,就悄悄地进门,不想惊动曹殊。

不想刚关上门,一扭身,客厅的大灯亮了。客厅中,站着夏常。

夏祥吓了一跳,差点惊叫起来:"臭小子,怎么是你?你怎么回来了？"

夏常最近很少回家住，今天是回来取几件衣服。听母亲说老夏去见孙飞天了，有点担心，就在客厅等他。

"我就不能回来了？"夏常注意到了夏祥脸上的伤痕，虽然轻微，但还是能看出来。

"你都多大了，还赖在爸妈家里，不像话。儿子长大了，就得出去另立门户。"夏祥躲着夏常的目光，把受伤的左手背到身后，"赶紧睡觉去，天不早了。"

"见到孙飞天了？"夏常突然一问。

"嗯。"夏祥下意识点头。

"动手了？吃亏了吧？"

如果夏常只问动手了没有，夏祥会条件反射般否认，但问他有没有吃亏，他本能的第一反应是："怎么可能？我老夏是谁，还打不过孙飞天？"

"没动手，都一把年纪了，谁还会打架。行了，赶紧睡吧。"意识到说多了，夏祥赶紧回到了卧室。

夏常还是注意到了夏祥左手上也有一块擦伤，暗暗攥紧了拳头。

第二天，中午下班时，夏常从施工现场回到办公室，一进门，迎面走来了孙飞天。

夏常立刻脸色一变。

孙飞天也是脸色不善："夏常，知道我为什么过来找你吗？"

"不知道。但我知道你不过来找我，我也会去找你。"夏常逼近孙飞天，他比孙飞天高了半头有余，"我警告你，孙飞天，你怎么对付我都可以，但如果你敢对老夏动手，就别怪我不客气了。"

"你有什么本事对我不客气？"孙飞天莫名胆怯了，后退一步，强自镇静，"别太自以为是了，你在我面前，没有资本！"

夏常举起拳头说："在你面前，拳头就是资本！年轻就是资本！孙飞天，最后警告你一次，如果你再敢动老夏一根手指，我让你后悔一辈子！"

孙飞天今天过来，本来是要到颜色开会。开完会，想起昨晚和夏祥的争执，心里气不顺，就顺道过来夏常的办公室，打算威胁夏常几句。

没想到，一上来就被夏常占据了气势的制高点，孙飞天有几分沮丧，想要扭转局面，却发现夏常发狠起来，居然如此吓人。

"有话好好说，别动手……"想起昨晚和夏祥动手他都没能占上风，和更年轻的夏常动手，肯定更吃亏，孙飞天软了，后退两步，坐到了沙发上，"我过来是要和你商量一件事情，夏常，坐，快坐下。"

夏常平常对老夏没大没小，其实很敬重自己的父亲。孙飞天和老夏动手，尽管没占到多少便宜，他心里还是极度愤怒。

第 52 章
埋了一个大雷

夏常坐在自己的转椅上，居高临下地俯视孙飞天："如果是公事，尽管说。如果是私事，就等下班后。"

"现在是午休时间，不是上班时间。"孙飞天恢复了几分镇静，"有件事情，我们得好好聊聊。"

"我们没什么好聊的吧？"夏常很冷漠，想要下逐客令。

"关系到我和你爸的恩怨。"孙飞天抛出了诱饵，"你肯定很想知道，当年我和你爸到底有什么往事和过节吧？"

一句话勾起了夏常的兴趣，确实，他对老夏以前的事情所知不多，除了老夏自吹自擂的开发浦东的光辉事迹之外，其他的人生经历近乎一无所知。

他更好奇孙飞天一直拿来要挟老夏的到底是什么呢？

夏常立刻为孙飞天倒了一杯水："孙总，喝水。不好意思，茶叶没了，只能喝白开水了。"

孙飞天瞥了一眼夏常办公桌上的茶叶："夏常，你自从进入研究院以来，尤其是担任组长以后，成长了不少。

"从你身上，我看到了老夏的影子。当年你爸从海南回到上海后，曾经颓废了一段时间，后来浦东开发，他才又重新鼓足勇气，投入大建设之中。

"其实我和你爸早就认识了,我们从小一起在里弄中长大,直到都结婚有了孩子,因为你和孙照玩得比较好,才算熟悉起来。以前的认识,就是点头之交。"

夏常立刻又泡了一杯茶水递了过去:"刚想起剑南主任还了我一袋茶叶,孙总请喝茶。"

孙飞天接过水杯,眼神复杂:"你爸和文克也是同样的情况,都是因为你们几个孩子比较合得来,我们几个家长才慢慢多了了解。到后来,才一点点成了好朋友。

"我下海经商后,遇到过几次生死关,都是在你爸的帮助下,才挺了过来。说你爸是我的救命恩人,一点也不为过。他的情义,我都记在了心里。最让我难以忘记的一次是我当时欠了别人100万块,如果不能如期还款,不但公司会倒闭,还会被抓进去……当时你爸二话不说就帮我筹到了100万元。"

不是吧,当年老夏这么有钱吗?夏常记得他小时候老夏别说有100万了,10万都不可能有。

"你是不是觉得你爸当年没有100万?确实是没有。他没钱,却借钱帮我救急。他是一个值得敬佩并且让人敬重的朋友!

"因为他当时的仗义之举,我答应给他公司的一半股份。后来他有过一次大病,为了帮他,我耽误了一笔1000万的生意。当时我公司的规模才2000万,等于是用一半的股份帮他治病,算是还了他的人情,正好两清了。"

夏常不说话,静静地听。

"夏常,你自己说,他救我公司于水火之中,我救他一命,是不是可以两清了?"孙飞天一脸真诚。

夏常不置可否:"只从你的叙述来看,我不好判断。当时的情况应该很复杂，老夏没钱，借钱也要帮你过关，他也是赌上了身家性命，对吧？"

"是的，后来我才知道，他借我的100万块，一部分是借的高利贷，另一部分是挪用的公款……"孙飞天前面铺垫了很多，最后才抛出了炸弹，"虽然现在老夏退了，但挪用公款的事情可以追诉的。只要有人举报，倒查下来，他还是要进去的。"

夏常瞬间明白了孙飞天的暗示是什么，他猛然站了起来："你的意思是？"

孙飞天也站了起来，轻轻放下茶水："茶水太差了，不好喝不说，还有好多梗。我没什么意思，就是回忆一下当年的事情，感慨今天为什么会和老夏越走越远呢？我和他可是同甘苦共患难过！"

"好啦，我还有事，要去忙了。夏常，你和文成锦什么时候订婚？我一定过来为你们祝贺。"

送走孙飞天，夏常有几分恍惚。孙飞天埋了一个大雷，随时都可以引爆，他可不想看到老夏一把年纪了还会因为经济问题被抓进去。老夏当年真有这么傻，非要挪用公款也要帮助孙飞天？

下午，夏常无心工作，想打电话给老夏问个明白，又怕电话里说不清楚。好不容易挨到下班，刚要动身时，于时推门进来了。

"夏常，有件事情要和你商量一下……"

夏常举手打断了于时："不是现在，我现在真没空，得赶紧回家一趟。"

于时注意到了夏常脸色不太好："出什么事情了吗？"

夏常也没隐瞒于时："孙飞天来过了，他说到了当年他和老夏的恩怨，威胁我他可以随时让老夏以挪用公款罪进去……"

"啊！"于时大惊失色，"你是要回家当面问个清楚是吧？我陪你一起，我懂法律。"

夏常不信："真的假的？"

"我自学了法律，还有律师证，不信是吧？"于时拿出了手机，翻出了照片，"看到没有？"

夏常佩服地问："还有你不会的东西吗？"

"即使我是宝藏女孩，也有我不了解的知识。比如爱情，比如做饭，比如开车……"

夏常不信："我怎么记得你是老司机？"

"你又没见过我开车……"于时斜了夏常一眼，"其实吧，我会开车，但开不好，又不喜欢开。以后要找一个开车技术好的男朋友，不管他开车是粗暴还是温柔，是慢还是快，我都会好好配合他，不挑不拣不嫌弃。"

夏常张大了嘴巴："听上去你真的像是老司机。"

夏常是没车，但文成锦的宝马X5经常放在新片区，她平常更喜欢开奔驰S600，就让夏常笑她一个年纪不大的女孩居然喜欢一款四平八稳的中老年成功男人车。

文成锦笑而不语。

夏常也明白，文成锦是有意把X5闲置，是为了让他随时可以用。

一路开车回家，夏常在家门口看到了文成锦的奔驰，心想文成锦好快。

推开家门，客厅中坐满了人，除了文成锦外，还有文叔和王阿姨。

消息都够灵通的，比他来得还快，夏常见老夏和母亲满脸笑容地招待文叔一家人，并没有什么异常，放心了不少。

夏祥见夏常回来，本来还很高兴，见夏常身后还有一人是于时时，脸色顿时拉了下来。

"今天是家庭聚会，于时怎么也来了？"夏祥就有意赶走于时。

于时一点也不尴尬："家庭聚会我就更要参加了，我又不是外人，是吧夏叔？"

夏祥脸色一沉："于时，可别乱说话，影响不好，会让人误会。"

于时依然淡定："这话说得就见外了，夏叔，当初为了让我配合您演戏，我可是请了一天假，和您一起跟踪夏常，才在咖啡馆截住了他。从那一刻起，就注定了我们将会成为一家人。

"不过夏叔您别担心，我们的秘密，我没有跟任何人说，包括夏常。"

夏祥老脸一红，咳嗽几声："于时，喝什么茶？红茶、绿茶还是普洱？"

"绿茶就行，谢谢。"于时得意地笑了。

夏常看得目瞪口呆，老夏怎么跟谁都有秘密，他越来越看不透老夏了。

于时的到来，文成锦没什么表示，文叔和王阿姨也是平静应对。

"正好夏常你回来了，本来我想和你文叔商量好后再和你说，遇上了，就不用瞒着你了。"老夏很认真的语气，"你和成锦也不用订婚了，元旦直接结婚。"

"啊！"夏常和文成锦同时惊呼。

文成锦今天被爸妈临时叫来夏家，并没有多想，以为顶多就是订婚的事情。不想居然绕过了订婚直接结婚了，怎么老一辈人年纪大了，想起一出是一出了？

文克点头附和："时间不等人，你们年纪也不小了，该结婚了。你们什么都不用管，结婚的事情，我和老夏安排就行。"

"没问题吧，夏常？"

夏常的大脑短路了片刻，又恢复过来："先等等，文叔，我还有件事情和老夏说。老夏，今天孙飞天来我办公室了，说到了你和他的恩怨……"

正在倒水的夏祥手一抖，水杯失手落地，摔个粉碎："这个老孙，被打得轻是不是？非要到小辈面前搬弄是非，回头还得好好修理他一顿。"

老夏的反应有点过激，夏常上前替老夏倒水："你怎么知道孙飞天就是搬弄是非，而不是实话实说？"

文克呵呵一笑："孙飞天这人一向精明，说话能有一半可信就不错了。不管他说了什么，夏常，你要理性分析。"

"我不是那么轻信别人的人。但在老夏你没有告诉我当年事情真相的前提下，孙飞天说了出来，肯定会让我有一个先入为主的见解。"夏常看向了父亲，"老夏，如果你还不说出真相，你想让我知道的真相，可能会越来越偏离真相。"

夏祥愣了一会儿，忽然叹息一声："你先说老孙都跟你说了些什么……"

夏常看了看几人，众人都没有什么表示，于时自己跳了出来，郑重说道："我是自己人，不会乱说的，放心。以后不管什么事情，不拿我当外人就对了。"

于时都这么表态了，众人也不好再赶她走了。

第53章
大日子

夏常简单地将孙飞天对他所说的事情又复述一遍，着重说了说最后的部分，也是他最担心的部分——到底老夏有没有挪用公款。

"孙飞天的话，有几分真几分假？"说完后，夏常问老夏，心悬了起来。

夏祥沉默了一会儿："八分真二分假……这一次，老孙没有胡编乱造，倒是说出了基本事实。"

"二分假是指哪部分？"夏常的声音都有几分颤抖了，"挪用公款的部分？"

"是。"夏祥点了点头，"我当时确实挪用了公款……"

"多少？"于时迫切地问道。

"5万。"夏祥低下了头，一脸悔责的表情，"当时特别着急，就差5万，没办法了，我才铤而走险。第二个月我就东拼西凑了5万还了回去。"

于时长舒了一口气："孙飞天真是差劲，你是为了救他才挪用了公款，他居然还想拿这件事情威胁你？"

"这种恩将仇报的人，是卑鄙恶劣的小人！"

"不用怕，夏叔，没事的。"于时气愤之余，又站在了法律的角度剖析,"首先,您第二个月归还了公款。其次,数额不大。根据相关法律规定一般来说并不会被追究法律责任。"

"真的?"夏常顿时惊喜。

"百分百准确。"

"我现在就给老孙打电话,臭骂他一顿。"没有了心理负担,夏祥立刻活了过来,要对孙飞天打击报复,被夏常劝住了。

"别和他一般见识,他也就是威胁我们,如果让他知道了他的威胁无效,他又会想别的方法。就先让他继续做梦也好。"夏常清了清嗓子,鼓起了勇气说,"下面,我要宣布一件非常重要的事情……"

文成锦一拉夏常的衣角,及时打断了他:"别宣布了,还是说说我们结婚的细节问题吧……"

"……"夏常一脸懵懂,他要宣布和于时的恋爱关系,文成锦不让他说,难道她改变主意了?

于时也拉了拉夏常的衣角:"听文姐的,别任性。"

好吧,两个女人都下命令了,他不听不行。

文成锦拉住了于时的手:"于时,到时你当我的伴娘好不好?"

于时笑逐颜开:"好呀好呀。"

"我们一起到夏常房间商量一下伴娘和伴郎的人选?"文成锦接连朝夏常暗示。

夏常明白了什么。

夏常卧室,于时和文成锦并没有商量伴娘和伴郎的人选,而是四下在寻找什么。

"非礼勿视懂不懂?"夏常急了,忙收拾东西,想要掩盖什么。

卧室是一个人的私密之地,男人的卧室,更是见证了一个男人的成长与爱好。搬来浦东后,夏常就一直住在此处,对他来说,眼前的10平方米是他人生成长中陪伴他时间最长的10平方米。

是他从少年到青年的见证者。

倒也不是说房间中有多少见不得人的秘密，而是总觉得他最真实的一面如此毫无遮拦地暴露在两个女孩子的面前，多少有点害羞。

"有没有什么小视频？小玩具？"文成锦文艺的时候很文艺，厉害的时候，也很厉害，"没事，夏常，我和于时都会替你保守秘密，你可以像相信兄弟一样相信我们。"

"想多了。"夏常冷笑，"都什么年代了，还小视频？都是在微信群里面直接交流，阅后即焚。"

"所以，我们不会发现什么不雅观的东西了？"于时嘿嘿一笑，坐在了夏常的床上，"你刚才是不是想要宣布我们的恋情？"

"不能说，千万不能说。"文成锦连连摆手，"你们怎么还没有领证？"

上次提醒二人要先领证，结果二人一忙，就都忘了，就拖到了今天。

夏常和于时面面相觑，过了一会儿夏常才说："我忘了回家拿户口本……"

文成锦压低了声音说："听说，你爸你妈也想好了对付你的办法。只要你敢说你有喜欢的人了，他们有的是方法让你分手。"

夏常才意识到了事情的严重性，他看向了于时："我们明天去领证？"

于时点了点头，忽然又有几分胆怯："还是感觉有点快，不是感情上的水到渠成才领证，而为了领证而领证。"

"不要紧，结婚后再谈恋爱，也一样的。"文成锦比夏常和于时还着急，"夏常，你和于时动作快点，别耽误了事情，就害了自己又害了我。"

"还有一个关键的问题，如果我和于时领证了……"夏常想得更长远一些，"就没有办法在单位隐瞒了，我和她必须得调离一人，到时胡沧海肯定会接管她的所有工作。"

"我也想到了这一点，这样，我们一起想办法先让胡沧海离开示范点小组，再公布你们的事情。"文成锦胸有成竹地一笑，"到时于时调离了，会有新的副组长到任，只要不是胡沧海就行。"

最后，三人达成了共识，夏常和于时明天就去领证，然后由文成锦想办法让胡沧海离开示范点小组。

胡沧海的存在，只会是小组的不安定因素，只会是隐患。

次日，夏常和于时商量好下午去领证，不料上午一上班就接到通知，要让他们参加一个开工仪式。

是一次集中的开工仪式。

本次集中开工仪式涉及的18个重点产业项目涵盖集成电路、新能源汽车、人工智能、航空航天、生物医药等重点产业领域，将有力助推临港新片区做大经济规模、提高经济质量。

其中，格科半导体、商汤科技新一代人工智能计算与赋能平台等项目将带动上下游企业发展，加快提升产业链整体能级。

开工仪式上，市里的相关领导为临港新片区智能新能源汽车产业链招商服务中心揭牌。该中心将整合相关服务资源，以全产业链招商与企业全生命周期服务为目标，实现精准招商、推动项目落地、促进产业链融合，助力临港新片区打造千亿级智能新能源汽车产业集群。

陪同领导的除了梁诚心之外，还有一人，正是副主任杨汉亮。

杨汉亮和梁诚心同为副主任，排名却在梁诚心之上。

集中开工仪式结束之后，梁诚心特意留下了夏常，为他介绍杨汉亮认识。

杨汉亮50来岁的样子，身材高大，说话声音洪亮："夏常，我听说过你，你领导的智慧城市建设示范点小组，是新片区的工作重点之一。你的工作很出色，不但梁主任夸过你，孙飞天也常跟我提起你，说你年轻有为。"

夏常心中一跳，杨汉亮的话有所暗示，他忙谦逊一笑："杨主任过奖了。孙总和我爸是老朋友了，他夸我，是偏心，不一定真实有效。"

杨汉亮目光闪动几下，呵呵一笑："话不能这么说，我和飞天也是认识多年了，他轻易不夸人。对你，他是真心地认可。"

夏常又客气几句，着急想走，再晚离开的话，民政局就下班了。今天是他和于时的大日子。不想他越是焦急，杨汉亮就越是拉着他不放，说个没完。

梁诚心在一旁不动声色，于时和胡沧海在夏常身后，也陪着不能走。

正当夏常实在忍受不了，要以工作为由结束谈话时，突然，有两个人冲了过来。

集中开工仪式结束之后，参加会议的大部分人都散去了，只留了主要领导以及夏常等人。一般来说，能够参加会议的都不是一般人，不会有不懂事的惹事者。

冲过来的两个人，从穿着和神态来看，不像是工人。

新片区自从成立以来，也没有工人闹事的先例。

第 54 章

开头没开好

夏常也就没有多想，不过还是下意识迎了过去，伸开双臂拦住了二人："你们是谁？有什么事情？"

"杨主任、梁主任，我们是齐全电缆厂的付锐、卢地，我们有情况要向你们反映。"二人中的稍矮者抓住了夏常的胳膊，另一个稍高者一闪身躲过了夏常的拦截，冲到了杨汉亮和梁诚心的面前，"我们举报天局电缆向智慧城市建设示范点小组组长夏常行贿，夏常收取回扣，暗箱操作，让天局电缆中标！"

"啊！"夏常感觉一盆脏水从天而降，正中头顶，顿时全身湿透……拦了半天，他还担心二人会影响两位副主任，不想二人是要告他的"御状"！

杨汉亮轻轻咳嗽一声："夏常，让他们过来。"

夏常已经让开了，一听杨汉亮的话，又重新拦住了矮个："你叫什么名字？"

矮个脖子一挺："我叫卢地。"

高个回头打量了夏常一眼："我叫付锐！怎么的，你是哪个？"

夏常刚要自报家门，话到嘴边，忽然灵机一动："我就是天局电缆的人……"

付锐一愣，没想到冤家路窄，他退后一步："你是天局电缆的什么人？我怎么没见过你？"

"天局电缆上下几千号人，你都见过？"夏常冷静下来，笑了笑，"说吧，天局电缆到底怎么向夏常行贿了，夏常又怎么暗箱操作采购了他们的产品，当着杨主任、梁主任的面，都说个清楚。"

"你们背后做的事情，你们会不清楚？哼！"付锐十分不满地瞪了夏常一眼，一把推开他，来到杨汉亮面前，"杨主任，您一定要严查暗箱操作的中标事件，还新片区一片蓝天，还我们供应商信心。"

杨汉亮看向了梁诚心，梁诚心只好说道："既然遇上了，就正好问个清楚，看看到底是怎么一回事。"

杨汉亮点了点头："我和梁主任都在，你们尽管放心大胆地说。"

付锐和卢地对视一眼，二人交流了一下眼神，付锐说道："两个月前，我们齐全电缆和天局电缆同时竞标智慧城市建设中的教育板块。教育版块的总负责人是夏常。我们对自己的产品充满信心，并且经过对比，和我们一同竞标的其他厂家，只有天局电缆的技术参数接近我们的产品，其他厂家的产品，在参数上和我们差了很多。"

"为了中标，我们拿出了最好的产品报了最优的价格，也是本着为智慧城市的建设出一份力的出发点，我们的利润做到了最低。最后开标，价格比我们高、参数比我们差的天局电缆中标了！"

"我们很不服气，后来打听到，原来是天局电缆在背后做了手脚，给夏常送了回扣，夏常暗箱操作才让他们中标。我们多次向示范点小组反映问题，都石沉大海没有音讯。尤其是一个叫于时的副组长，脸难看事难办，让我们吃了多次的闭门羹。"

于时从二人一出现就盯着胡沧海不放，胡沧海也挺厉害，始终不动声色，仿佛事情和她毫不相关一样。

听着听着，忽然听到了自己的大名，于时顿时支起了耳朵。

摸了摸脸，又照了照镜子，于时很不满意："我的脸还难看？有没有眼光？"

胡沧海在一旁却没有笑出来，她理解于时的幽默，知道于时是故意做给她看，是在告诉她她依然风轻云淡，并没有受到突发情况的影响。

不对，肯定是哪里不对，胡沧海仔细回忆了一下付锐和卢地从出现到现在的每一个细节，忽然一激灵，坏了，有一个疏漏的地方。

不等胡沧海开口，梁诚心抢先发现了问题所在，问了出来："付锐、卢地，你们认识夏常和于时吗？"

"认识，怎么可能不认识！"付锐信誓旦旦。

夏常其实早就察觉到了不对的地方，梁诚心一问，他就配合地向前一步："付锐、卢地，你们看是我帅还是夏常帅？"

"还有……"夏常一指于时，"胡沧海副组长你们应该见过吧？她比于时副组长态度好多了，你们以后可以和她对话。"

胡沧海暗道坏了，忙上前一步："夏组长你叫我？于时，刚才我在打电话，出什么事情了？"

胡沧海的暗示立刻让付锐和卢地明白他们都犯了致命的错误，好在二人也不傻，迅速交流了一下眼神。

付锐自告奋勇地说："杨主任、梁主任，对不起，我们撒谎了！我们根本不认识夏常、于时和胡沧海，我们只是公司的技术人员，负责竞标是另外的同事。他们不愿意出面据理力争，我和卢地看不过，就自告奋勇过来讨个公道……"

梁诚心意味深长地笑了："合理正当的诉求，我们自然会支持。但不认识说成认识，开头没开好，效果就大打折扣了，会让人怀疑是不是提前有过演练。"

"不要先入为主嘛，梁主任。"杨汉亮和颜悦色，"你们说的事情，我都记下了。如果你们有更具体的证据，也可以提交上来，我们会认真调查的。"

"证据有，都有。"付锐忙不迭从包中拿出一沓材料，递了上去，"请领导为我们主持公道。"

杨汉亮让胡沧海带走了付锐和卢地，并安抚他们。几人走后，杨汉亮和梁诚心留下了夏常和于时。

夏常暗叹一声，完了，今天的领证大事，肯定泡汤了。

杨汉亮办公室。

半个小时过去了，杨汉亮一直在看材料，一言不发。梁诚心、夏常和于时只能耐心地等候。

终于等杨汉亮看完了资料，他缓慢地抬起头来："如果材料上反映的问题是真的，很让人震惊，很是触目惊心呀。梁主任，你也看看。"

梁诚心接过材料，翻看了有几分钟，就放到了一边。

"杨主任认为上面列举的所谓证据，是真实的？"梁诚心推了推眼镜，心中隐隐有怒火。对方栽赃陷害的目的太明显，手法也太恶劣。

"你说呢？"杨汉亮站了起来，直视夏常和于时，"你们要不要解释一下？"

夏常一脸淡然："杨主任，他们的指控很空洞，根本拿不出我收受天局电缆贿赂的真凭实据。"

于时更冷静："我先不说，让夏常说。就算受贿，也是他先拿，而且拿得比我多！"

"要证据是吧？"杨汉亮一脸严肃，"这上面时间、地点、金额，都有，很详细。夏常，如果你主动交代，还可以内部处理。如果非要反抗，上升到了刑事案件，就麻烦了。

"一辈子就没法翻身了。"

夏常态度坚决："承认了我没有做过的事情，才是一辈子的污点。杨主任，如果我说对方是完全在诬陷我，您会相信吗？"

"我只相信证据！"杨汉亮的脸色更加阴沉了几分，"我是出于对你的爱护，夏常。现在我们是内部会议，不会对外。你可以说我和梁主任说实话。"

"我说的就是实话，我没有做过！"夏常的脸色也不太好看，"杨主任，在竞标中，我没有决定权，只有推荐权。是，我承认我是推荐了天局电缆，因为天局电缆的实测参数最好，远远好过齐全电缆。"

"齐全电缆的标注参数是所有参与竞标的厂家中，最好的一个。但标注参数和实测参数是两个概念。我让奔涌抽检了所有的竞标电缆，采取了盲测的检测。最终，天局电缆全方位胜出。

"并且天局电缆的报价最优，综合下来，我才推荐了天局电缆。由于最终的出资方是开发商，在专家评审阶段，主要打分人是由飞跃房地产聘请的专家，杨主任、梁主任，你们认为我会对飞跃聘请的专家有影响力吗？

"天局电缆最终中标，才是真正体现了新片区一切以质量取胜的立足点！"

"至于他们说于时作为副组长脸难看事难办，更是无稽之谈！"夏常觉得很有必要替于时说几句，"于时是副组长不假，她主要负责规划，既没有行政权又没有决策权，而且还不参与到具体项目中。她负责的是宏观的规划，又不是具体的施工，更不负责采购，那么问题来了，从来不和供应商打交道的她，怎么就给付锐和卢地留下脸难看、事难办的印象了？

"我敢说，供应商基本上都没有见过于时！

"更何况于时的脸难看吗？这么好看的一个人被他们说成难看，他们是瞎还是傻？"

于时感动地都快要流泪了，才知道夏常经常怼她批评她，在呵护她时也是不遗余力。

杨汉亮的语气缓和了几分："别激动嘛。我和梁主任不是怀疑你们什么，是要弄清事实。"

"事实就是……"夏常提高了声调，"我从来没有收受任何一家供应商的贿赂，更没有介入最后的竞标阶段，所以，我希望杨主任严查事情背后的真相，还我一个清白，揪出污蔑我的幕后黑手！"

杨汉亮沉默了一小会儿："夏常，反映材料上面不但有你收贿的时间地点，还有你接受天局电缆现金的数额以及存放地点，以及你指使奔涌故意调高天局电缆参数的证据！"

第55章
火力全开

看来证据链挺完整的，可见对方准备得十分充分，反倒更加激起了夏常的好胜心，来吧，既然对方火力全开了，就好好较量较量。

夏常正想说尽管放马过来，身正不怕影子歪。

但还没开口，就被梁诚心犀利的眼神制止了。

梁诚心不让夏常冲动，是担心万一真有什么事情，哪怕是小到不能再小的细节问题，只要动静大了，就没有办法内部处理了。他不是不相信夏常，而是认为年轻人做事不太细致，有可能会出现疏漏。

在他看来，夏常应该没有收受贿赂，但在做事上有不规范之处，也正常，并且也有可能是哪个环节有些小问题，也在情理之中。可能夏常自己意识不到，真要细究下去，也是麻烦。

梁诚心缓慢地说道："我们先不设前提条件地了解一下事情的来龙去脉……"

夏常摆了摆手，诚恳且认真："谢谢梁主任的关心和爱护，我觉得现在只有一点最为关键，就是证据。如果证据充足，能让我百口莫辩，我就认。如果不能，就是有人故意抹黑我，故意破坏智慧城市示范点小组的工作……

"杨主任，能让我知道都有哪些如山的铁证吗？"

到底还是年轻气盛，梁诚心心中喟叹一声，夏常迫切地想要看到证据，但往往证据一亮出来，就再没有任何回旋的余地了。

"好！"杨汉亮拿起材料，翻看几眼，指着其中的一条说道，"上月 15 号晚上 7 点，在滴水湖，天局电缆的负责人孙峰向你行贿 10 万元。本月 1 号晚上 8 点，在航海博物馆门口，孙峰再次向你行贿 10 万元。本月 5 号晚上 9 点，在芦潮港公园门口，孙峰第三次向你行贿，送了你一辆宝马 X5 汽车……"

夏常乐了："一辆宝马 X5 按 80 万计算，加上前面两次的 10 万，一共 100 万，真好，整数。"

"不过我受贿的地点都挺有意思，全是景区，都是约会地点，怪了，谁送礼会选在人多的景区门口呢？"

梁诚心见夏常神情轻松，猜测他可能真的没事，不过还是心存了一丝担忧："夏常，你是怎么过来的？"

"开车过来的，开的宝马 X5……"夏常大方地承认，他有点遗憾为什么胡沧海没在现场，对方的活儿干得太糙了，胡乱往他身上安插罪名不说，还拿送钱、送车说事。

车他确实在开，以他的收入也买不起 X5，但钱呢？对方声称送他 20 万的现金，现金在哪里？

杨汉亮脸色一寒："哪里来的车？不会是自己买的吧？"

"杨主任……"夏常想了想，"我的收入是买不起一辆豪车，但家里资助的总可以买得起吧？朋友送的也有可能。"

"什么样的朋友会送你一辆豪车？"杨汉亮对夏常的态度不太满意。

"送你豪车的朋友，有。送你进监狱的朋友，也有。什么样的朋友，都不稀奇，世界那么大，高尚者很多，卑鄙者也很多。"夏常义愤填膺，"宝马 X5 就在外面，杨主任想要看看的话，随时。问题是，宝马在，赃款去了哪里呢？"

杨汉亮被夏常的操作弄迷糊了,只好随口说道:"先看看宝马车。"

办公楼楼下的停车场,宝马X5静静地停在那里。

夏常打开了宝马的全部车门和后备厢,摆出了大义凛然的姿态:"请各位领导查看。"

"车登记在谁的名下?"杨汉亮忽然想通了一个环节,接过夏常递来的行车本看了一眼,脸色微微一变,"文成锦的车?"

"不然呢?"夏常开心地笑了,"以我的收入,怎么可能买得起豪车。车,确实不是我的,也确实是别人送我的,但可惜的是,不是什么天局电缆,而是文成锦。"

"咳咳……"梁诚心忙咳嗽几声,提醒夏常别太得意了,要见好就收。

夏常得给梁诚心面子,忙收敛几分:"文成锦的车不是送我的,是借我开。我家和她家是世交,借车是正常的礼尚往来,不存在送礼行贿。"

杨汉亮点头认可:"理解……这么说,送钱、送车的事情,都是别人诬陷你了?"

夏常连连点头:"我虽然有点贪财好色,但还是保持了一身正气,并且不会突破自己的原则。贪财,要取之有道。好色,要发乎情止于礼。我是个正常人,正常人的需求都有。但我同时又是一个有自己立场的人,不会为了一己之私做出损害国家利益的事情,更不会违法乱纪。"

梁诚心点了点头:"说得好呀,现在的年轻人敢于表达自己,是真性情。既真实,又可爱,还让人放心……"他起身去关后备厢,"既然证明了夏常没事,后面的事情就再调查一下,看看到底是谁在幕后策划了这一切。"

关后备厢时,梁诚心不小心碰到了一个包,包翻滚落地,掉出来了几匝钱。

"谁的包？"杨汉亮问了一句，拎起包，又有几捆钱从里面掉落，他翻开一看，愣住了，"这么多现金，得有20万的样子。"

于时忙凑了过来，帮忙数了一数，惊呼一声："真的有20万，整整20万！夏常，你从哪里弄来这么多钱？不会是别人送的吧？"

夏常狠狠瞪了于时一眼，说："文成锦的车，自然是她的钱了。"

"我不信，你打电话问问她。"于时突然就化身成为正义的卫士，"算了，还是我打比较好，省得你们串通。"

于时说到做到，立时打通了文成锦的电话，还打开了免提。

"文姐，宝马的后备厢有20万现金，是你的钱吗？"

"什么钱？20万现金？不记得车上放钱了呀。"文成锦的声音很肯定，"肯定不是我放的，我车上从来不放现金。现在谁还用现金呀？车交给夏常开有两个月了吧？肯定是他的钱。你问他。"

"你确定？"于时故意提高了声调，目光不断地扫向夏常、梁诚心和杨汉亮，表情既夸张又古怪，"如果夏常也说不是他的，是不是就可以归我了？"

"随你，他不要，你想拿就拿走。反正不是我的钱，我不管，嘻嘻……"

挂断电话，于时戏谑地笑问："听到没有，文姐说了，可以是我的钱，我现在能拿走吗？"

夏常气笑了，什么时候了还不分场合乱开玩笑，他推开于时："别闹，一边儿去。"

杨汉亮的脸色沉了下来："夏常，你说明一下20万的来源。正好和天局电缆行贿你的数额对得上，你是不是觉得是巧合？"

"就是巧合，难道除了巧合还是别的吗？"夏常心中开始着急，也确实太巧了，主要是他每天都要打开后备厢几次，怎么从来没有发现有一个装钱的袋子？

事情越来越蹊跷了。

"我也希望是巧合。"杨汉亮的语气更加严厉了,"在事情没有弄清楚之前,这 20 万现金先放在我这里,由我和梁主任共同保管,没问题吧?"

"没问题。"反正也不是他的钱,夏常毫不心疼。

"梁主任,你说事情接下来该怎么处理?"杨汉亮把难题交给了梁诚心。

梁诚心犹豫片刻,都知道他和夏常关系密切,现在事情又都摆到了明面了,他已经没有了回旋的余地,只好咬了咬牙:"我建议先暂停了夏常的工作,等事情弄清楚后,再决定夏常是不是复职……你的意思呢,杨主任?"

杨汉亮点了点头:"既然你这么说了,我也没什么意见。你呢,夏常?"

夏常很愤怒,也很委屈,想要辩解,见于时朝他连使眼色,想了想又说:"我服从组织安排。在我停职期间,我推荐于时代理主持示范点小组的全面工作。"

"我也认为于时是最合适的人选。"梁诚心及时接话,唯恐杨汉亮有其他人选。

"于时很合适,相信她能胜任。"杨汉亮没反对,"原本打算过段时间再调林全过来担任副组长,夏常的事情一出,得提前了。梁主任,调林全过来的事情,就麻烦你了。"

梁诚心一愣:"不是说要到年底吗?提前这么多?"

"时间不等人呀。"杨汉亮微有忧色,"希望夏常的事情早些水落石出,不要影响了智慧城市建设的大计。"

"夏常,你也不要有思想包袱,一旦查明真相,肯定会给你一个公正的待遇。"

夏常轻松地笑了笑:"虽然很巧合,也很狗血,但我没做过就是没做过,不管别人怎么诬陷我,总会有真相大白的时刻。谢谢杨主任和梁主任,我回家了,随时听候你们的调遣。"

"我送你。"于时冲杨汉亮和梁诚心摆手告别,和夏常一起离开了现场。

"去哪里?"等离杨汉亮和梁诚心远了,于时才笑眯眯地问道,"现在快下班了,应该来不及去民政局了?"

夏常看了看时间:"快的话,也能赶上。现在就去民政局,领个结婚证,冲冲喜。走!"

"走!"于时义无反顾,小手一挥。

第56章
比结婚更糟心的事情

领证的过程比夏常和于时想象中简单,只花了不到半个小时,二人就各手持一张结婚证出来了。

互相看了看对方的结婚证,夏常忽然感慨:"总感觉不太对,突然间变成已婚人士了,对新的身份不太适应。"

"以后,你不适应的地方还多着呢。"于时翻看了几眼结婚证,顺手装进了包包,"我是在你失业并且被调查期间和你领证的,你得领情,听到没有?在你落难的时候,不但没有离开你,还坚定地和你站在一起,这是多深厚的情义。"

"你记住了,以后要对我一是忠诚,二是认真,三是专一。"于时一如从前拍了拍夏常的肩膀,"还有,从今天开始,我们要正式谈恋爱了。所有恋爱的流程,都要走一遍,听到没有?"

夏常叹息一声,摇了摇头:"没领证前,和我说话是征询的口气,是问好不好。领证后,就变成了命令的口气,是听到没有。领证前后,待遇一个天上一个地下,地位一落千丈,男人,是真的难。"

夏常一把抓住了于时的手:"结婚了,得住在一起,什么时候搬过来?"

于时惊呼一声,跳开了:"不许耍流氓!夏常,我警告你,在我没有爱上你之前,如果你再敢对我动手动脚,别怪我对你不客气了。"

夏常哭笑不得:"我们都领证了,是合法夫妻。"

"结婚不等于有感情,懂吗?"于时翻了一个大大的白眼,"我们是合法的夫妻,但还不是感情深厚的夫妻,明白吗?"

"不明白!"夏常生气了,转身就走,"随你好了,你怎么说都行,只要别烦我!"

"不行,我就要烦你,你是我法定的丈夫。"于时追了过来,抱住了夏常的胳膊,"现在陪我去吃饭。"

"不吃,不饿。"夏常继续生气。

"必须吃。家里的事情,我说了算。"于时才不会放过夏常。

"我们只有一张证,没有感情基础。"

"感情可以培养,现在就是你努力付出争取让我尽快爱上你的最好机会。"

"谢了,我不想去爱。"

不管夏常怎么反对,最终还是被于时拉到了胡三金的饭店。

和往常一样,胡三金的饭店客人很多。见夏常来到,胡三金忙过来招呼。

"夏老师好。老样子?"胡三金脸上洋溢着热情。

于时点头:"老样子。胡老板,以后吃饭的事情,你问我就行了,我可以做主。"

胡三金看了看于时,又看了看夏常:"你们今天的状态有点不一样。"

于时以为胡三金看出了什么:"哪里不一样了?是不是感觉我和他越来越像了?有夫妻相?"

胡三金摇头:"于老师的样子像是捡了宝,夏老师的样子像是丢了魂,是不是发生了什么让夏老师痛不欲生而让于老师欢欣鼓舞的事情?

还是同一件亲者痛仇者快的事情？"

一句话逗得夏常大笑。

于时嘟嘴，脸不太高兴的样子："会不会说话呀，胡老板。以前觉得你挺好的，今天我突然讨厌你了。"

胡三金嘿嘿直笑："看来是被我说中了。不瞒二位，我当年刚和韩萌萌领证后，也是这副鬼样子，像是丢魂一样。毕竟，失去了最宝贵的自由……"

"你闭嘴。"于时气笑了，"赶紧上菜要紧，好不啦？"

"不用我动手，我招了两个人帮忙，菜很快就来。现在有件事情要向夏老师汇报一下。"胡三金坐了下来，"夏老师，我和刘锋合作开了两家分店，目前的生意还可以。刘锋也不再干搬家了，他和他的手下都改行做餐饮了。"

好事，夏常总算觉得心情舒畅了几分："生意兴隆，值得多吃一碗米饭。"

"巧了，刘锋来了。"胡三金冲门口的刘锋招手，"刘锋，夏老师正好在。"

刘锋兴冲冲地来到夏常面前，激动地朝夏常敬了个礼："夏老师，太感谢您了。我和胡老板的合作特别顺利，现在两家分店都开始盈利了。"

饭后，刘锋非要请夏常去他的店里坐坐。

天色已晚，夏常和于时跟着刘锋、胡三金，来到了刘锋的第一家分店——位于新片区海洋创新园的附近。

新店面的装修比较简洁大方，正是用餐高峰，上客率约有五六成。对于一家刚开张不到一个月的饭店来说，已经是很不错的成绩了。

转了一转，刘锋请夏常来他的办公室喝茶。

刘锋的办公室在饭店的二楼，窗户下面就是饭店的门口。

刘锋刚学会泡茶，虽然姿势很笨拙，但态度很诚恳。泡好茶，第一杯恭恭敬敬地递给了夏常。

"泡得不好，夏老师多体谅。"刘锋赔着笑，"请夏老师过来，除了喝茶之外，还有一件事情要向夏老师、于老师汇报。"

夏常接茶，品了一口，点头："火候还不错，挺好的。"

"什么事情？"

"就是上次于老师交代的事情。"刘锋看向了于时，征求于时的意思。

于时点头："可以说，放心说。"

于时又暗中布置什么事情了？夏常现在对于时的所作所为已经见怪不怪了。

"上次于老师让我跟踪调查几个人，现在已经查清楚了。"

"谁？"夏常惊问。

"余流星和王巴旦。"

原来是他们，夏常瞬间明白了什么："黄括的两个装修工人？安装窃听装置的事情？"

刘锋点了点头："怎么夏老师好像不知道的样子，于老师说是你吩咐她让我调查的。"

好吧，夏常只能默认了，对于时的先斩后奏表示了不满。不过他表示不满的方法过于含蓄了一些，只是将茶杯推向了于时。

于时立刻帮夏常续了茶，还讨好地一笑。

夏常就瞬间原谅了于时："调查的结果怎么样？"

"他们就在楼下……"刘锋一指窗外，"刚吃完，正准备走。"

窗外，楼下，饭店门口，站着两个人，一脸的满足。一个用牙签剔牙，另一人正在抽烟，二人站没站相，正在小声地说着什么。

刘锋嘿嘿一笑："有一次他们喝醉了，说了真话。他们就是受黄括指使，打算在夏老师和于老师的墙壁上安排窃听装置，报酬是每人5000块。最后没有成功安装，黄括没有兑现承诺，只给了他们每人1000块，他们很不服气。我请他们吃了三顿饭，喝了三次酒，然后他们就拿出了和黄括谈判的录音。他们打算直接去威胁黄括，胡沧海听说后，给他们结清了欠款，并且要走了他们的录音文件。不过胡沧海不知道的是，余流星已经复制了文件给我。"刘锋拿出手机，"录音文件已经转发给夏老师和于老师了。"

夏常并没有急于打开，说道："就算余流星和王巴旦承认了受黄括指使安装窃听装置的事实，我们又有证据在手，但又有什么用呢？"

"这你就不懂了吧，笨。"于时想要敲打夏常的脑袋，手伸到一半缩了回来，意识到在外人面前不合适，就嘻嘻一笑，"通过余流星和王巴旦，刘锋还挖出了其他的信息……"

刘锋忙说："信息量有点大，我先整理一下思绪……"

他一边说，一边拿出了一个小本本，补充道："我都记上面了……除了帮黄括安装窃听装置之外，余流星和王巴旦还帮胡沧海认识了奔涌的一个人。"

夏常顿时竖起了耳朵："奔涌的人？"

"对，对，叫……翟玉会。"刘锋连连点头，"不过余流星也不知道胡沧海认识翟玉会是什么事情，他介绍他们认识之后，就不管了。"

"翟玉会在奔涌是什么职务？"于时歪头问道。

"负责运营的副总。"夏常和翟玉会不熟，但知道他，也打过几次交道。印象中，翟玉会是一个内敛、话不多、做事比较沉稳的人。

刘锋继续说道："后来翟玉会和胡沧海有什么密切的接触，余流星也不清楚了。前几天，胡沧海还问他能不能不在暴力破坏的情况下打开宝马车的后备厢，他说不能。他如果有技术能破解宝马的钥匙，他早就不干装修工人了。"

于时不说话，看向了夏常。

夏常也沉默不语，他想了一会儿，站了起来："茶不错，生意也不错。祝刘老板以后蒸蒸日上，生意兴隆。"

回到公寓，于时没回自己房间，跟夏常一起进了他的房间。

不多时，文成锦敲门进来了。

"今天忙了一天，现在才空下来，听说你受贿被查处了？"文成锦上来就是一脸调笑的表情，似乎对夏常的倒霉是幸灾乐祸的态度。

夏常没好气地说："差不多行了，别太过分了。我心理素质强大，不代表你们可以对我落井下石。小心我也会哭鼻子的。"

"你都是有证的男人了，要挑起重任。"文成锦呵呵一笑，"结婚了，是什么感觉？"

夏常拿出结婚证看了一眼，放到了一边："没多一块肉没少一块肉，没感觉。于时又不让拉手，又不和我住一起，我也不知道和她结的叫什么婚。不说结婚的糟心事了，说说我被停职的更糟心的事情吧。你们怎么都一点儿也不为我担心？万一我过不了关呢？"

第57章
绝　配

"我和于时都相信你没有受贿。"文成锦的态度很坚定,"既然没做任何违法乱纪的事情,你肯定会过关的。难道你真的背着我们做过受贿的事情?"

"我都没有机会背着你们做任何事情好不好?你们白天黑夜地盯着我,和我形影不离。"夏常气得不行,"不是说没做坏事就一定没事,万一别人的设局很严密,还有后手呢?"

"至少现在我就说不清20万现金的来源!"夏常忽然想起了什么,"于时、文成锦,你们是不是有什么事情瞒着我?20万的现金,你们肯定知道是怎么来的,对吧?"

于时和文成锦对视一眼,二人一起大笑。

"现在还不到公布真相的时候,你也别急,先好好休息几天。你只需要相信一点……"于时抱住了文成锦的胳膊,"我和文姐都不会害你,我们都是你的贴心棉袄。"

"别,现在大热的天,贴心棉袄非得热死我不可。"夏常推开于时,他不是不领情,是总觉得哪里不对,"你们别再演了,说吧,到底瞒了我多少事情?"

"真没有!"于时和文成锦异口同声。

夏常生气地说："不早了，累了，睡了，赶紧的，走吧。"

一边说，一边要推走于时和文成锦。

二人偏不走，继续赖在夏常的房间。

夏常无奈地说："你们既不说出真相，又不走，到底想怎样？"

从胡沧海想要余流星和王巴旦通过技术手段打开宝马后备厢的想法中，夏常隐约猜到了什么。他之所以不明确提出，是相信于时和文成锦早有对策，也知道很多内情。偏偏二人就是不说，他就不免有几分焦躁。

他自然知道自己的清白，也能推测出来在背后是黄括和胡沧海做的手脚。但他没有直接的证据证明是二人的所为，从于时和文成锦的镇定与从容来看，二人肯定掌控了不少关键证据。

夏常其实有很多手段可以对付黄括和胡沧海，却不愿意出手。不是他善良到了软弱的地步，而是他不屑于这么做，也觉得没有必要。

道不同不相为谋就行了，何必非要上升到你死我活的程度？更何况从主持示范点小组以来，他自认公正，不管是对待颜色还是飞天，都没有夹杂私货，哪怕是他和黄括有过过节，又哪怕是他和孙照也有过矛盾。

但可惜的是，他对别人报以善意，别人却对他始终想要栽赃陷害。整个事件的幕后策划者，不用想就知道是黄括和胡沧海，至于孙照有没有参与其中，就不好说了。但她是不是参与其中，并不重要。以夏常对孙照的了解，她只能是被黄括和胡沧海摆弄的角色。

孙照自以为聪明，实际上无论智商还是情商，又或者是算计别人的能力，她都远不如黄括和胡沧海二人。

夏常太了解黄括和胡沧海了。如果说胡沧海冷静、冷酷的话，那么黄括的精于算计、擅长布局以及心狠手辣就和她形成了最好的互补。他们二人在一起，确实是绝配。

如果黄括和胡沧海把主要心思都用在事业上，他们很有可能会开创一片全新的广阔天地。遗憾的是，他们的受迫害妄想症太严重了，总以为他会对付他们。夏常有时会很郁闷，黄括是他多年的兄弟，而胡沧海也是他的初恋情人，二人都曾经和他有过密切的关系，为什么都不了解他？

他就那么让人难以捉摸吗？为什么在黄括和胡沧海眼中，他就那么坏那么心思阴沉，非要公报私仇呢？

他们对他的误解太深了！也太小瞧了他的人品！

夏常是很痛恨黄括对他的背叛，但对胡沧海并没有太多的抱怨。他和胡沧海的分手算是和平分手，并没有太多的矛盾，也没有闹得不可开交。他也从来没有报复胡沧海的想法，对黄括，虽然有一些想要他付出代价的念头，但也绝不会是在工作中。

而是在工作之外，或是其他方面。

黄括和胡沧海的步步紧逼，甚至是不惜栽赃陷害，让他很是心寒。如果不是有于时和文成锦的陪伴，以及猜到二人必有后手，他都有当面质问黄括和胡沧海的冲动。

于时和文成锦对视一眼，文成锦想说什么，于时摇头暗示她还不到时候。

于时安慰夏常："我们是想劝你不要冲动，放宽心，很快就会有结果出来，而且还会是你所期待的结局。"

"你们知道我在期待什么吗？"夏常摇头，"你们别故弄玄虚了好不好？是怕我配合不好你们的戏，还是觉得我会冲动、会失控？"

"都不是。"于时说话的腔调像是家长哄小孩，"你越是不知道背后发生了什么，就越入戏，越让别人觉得你就是受贿者。这样，才更好玩，后面的事情走向才更好控制。"

夏常还想说什么，有人敲门。

夏常顿时猜到了是谁，说道："谁呀？太晚了，睡了。有事明天再说。"

"是我，夏常。"门外传来了胡沧海的声音，"还有黄括，我们想和你谈谈。"

夏常还想拒绝，于时却不由分说拉开了房门。

胡沧海和黄括见于时和文成锦也在，先是一愣，随时胡沧海露出了欣慰的笑容："正好都在，省得一个一个聊了。"

公寓本来不大，一下多了不少人，就更显得拥挤了。

黄括一脸平静，径直坐到了夏常的对面："夏常，你肯定认为事情的背后主使是我，我就是在有意针对你。我事先声明，整个事情的来龙去脉，我毫不知情，更没有策划这一切。不管你信不信，我都要强调我的无辜和清白。"

于时一脸鄙夷："此地无银三百两。"

文成锦当即补充："隔壁王二不曾偷。"

"德云社临港分社？"胡沧海大笑，"行啦，大家也别打马虎眼了，也别绕弯了，我就直说了。夏常受贿的事情，真的不是我和黄括在幕后推动的，你不相信我没有关系。只要你能拿出证据，我就任由你处置。"

夏常听出了什么，呵呵一笑："你们这么急于撇清自己，也是相信我是清白的了？"

黄括和胡沧海对视一眼，胡沧海点头："我只是相信你在这一件事情上面的清白，其他方面不敢保证。主要也是对方的活儿做得太糙了，不说别的，就说送宝马的事情也太不靠谱了。谁会收这么一个大件，还天天在新片区开着招摇？"

黄括点头附和："20万的现金，不管是不是巧合，我都不相信是你收的赃款。没有人会傻到收了贿赂会天天放在车上……"

夏常听不下去了，打断了黄括："还有别的事情吗？黄括，你和胡沧海事后找补，再怎么表演也没有意义。最后查明了真相，齐全电缆的人会说出真正的幕后主使，到时，谁也跑不了。"

于时连连点头:"对,对,真的假不了,假的真不了。你们也不用费心费力编造了。趁现在几个关键的当事人都在,有些事情可以摊开了说。"

"我就问你一句,胡沧海,付锐和卢地,是你找来的人吧?"

胡沧海镇定自若地说:"不是,我不认识他们。"

"我相信你。"于时笑得很认真,"毕竟,你不会做这么漏洞百出的事情。问题是,虽然我也不相信夏常会受贿,但他确实也有洗脱不了的嫌疑。是吧,文姐?"

胡沧海和黄括对视一眼,没明白于时为什么突然调转了枪口对准了夏常。

文成锦点了点头:"宝马确实是我的,另外,这辆车有过维修的记录,也在4S店配过钥匙,被人非暴力打开后备厢也不是没有可能,说不定是从哪个环节就流出了一把备用钥匙。对了,我没在现场,不太清楚20万现金是不是成捆没有打开?一般成捆的大额现金,上面都有银行信息,可以查出来是从哪家银行取出来的,一查就能追溯到源头。"

黄括和胡沧海更加疑惑了,二人面面相觑,不明白为什么文成锦的话有对夏常落井下石的感觉,像是文成锦也不相信夏常的清白,有意推波助澜?

于时若有所思地点头:"还有一点,文姐,你们飞跃作为开发商,在确定电缆厂家的时候,有没有倾向性?"

文成锦摇头:"以前的项目,从电缆到任何一种建材的采购,都由我们市场部的人来决定。但由于在新片区的项目要配合智慧城市的规划,所需要的建材有特殊性,不但电缆、管道都要经示范点小组批准,在采购环节,示范点小组的意见也占相当大的比重。"

"夏组长并没有向我们直接推荐哪一家的产品,他相信技术和参数,让我们尽可能选择参数最好报价最优的一家。我们根据奔涌提交的测评报告,最终选择了天局电缆。"

第58章
回顾之旅

胡沧海虽然不明白文成锦为什么没有明显向夏常倾斜，但她还是认为有必要说个清楚："天局电缆的参数和报价综合对比下来，确实是最佳的选择。但问题是，测评可以做假，谁能保证奔涌在测试过程中，没有做手脚呢？如果你们不反对，希望把天局、齐全两家的电缆样品提供给颜色和飞天，由我们两家同时再做一次测评，看看最终的结果是什么，就可以断定夏常在过程中有没有向奔涌暗示或是直接指使奔涌作假了。"

于时当即说道："我没问题。"

文成锦也连连点头："我也没有意见。"

"你呢？"黄括和胡沧海一起看向了夏常。

夏常忽然有一种四面楚歌的感觉，眼前的四人似乎达成了某种程度的默契，对他进行了围攻。他想拍案而起，忍了忍才说："我更没有意见。清者自清浊者自浊，欢迎更多的第三方机构加入测评之中。"

"不过……"夏常又想到了什么，"最终决定权还是在杨主任和梁主任手中。"

"他们是官方决定，我们也要有自己的判断，不一定非要等他点头。"胡沧海及时补刀，"既然夏常不反对，我就马上着手进行了。"

她说到做到，当即打出了一个电话。

"对，立刻抽取天局和齐全两家电缆公司的产品进行测评，我要马上出结果。好，一个小时是吧？我等你一个小时！"

收起电话，胡沧海一脸笑意："一个小时后就有结果了，有没有耐心一起等？"

夏常打了个哈欠："就不能让人好好睡觉？"

于时立时反驳："不能！仇不过夜，就得等。正好凑够了一桌麻将，要不打起来？"

于是，在夏常的强烈反对无效下，在于时和文成锦的强烈支持下，在黄括和胡沧海的积极配合下，四人在夏常反对加不满的目光中，打起了麻将。

结果于时一连赢了三圈，然后又是文成锦赢，在夏常快要睡着时，输红眼的胡沧海终于接到了电话。

胡沧海静静地接听了电话，几分钟后，她一脸严肃："结果出来了，很遗憾，之前奔涌的数据有问题。经颜色和飞天两家公司的测试，齐全电缆的参数全面超过天局。

"不出意外，奔涌所给出的参数，有人为做假的嫌疑。"

夏常张大了嘴巴："不可能！"

"没有什么是不可能的，夏常，你现在跟我们说实话还来得及。"文成锦一脸痛心，"如果真是你背后指使奔涌修改了数据，我不会再站在你的一方。

"现在，能先把车还我吗？"

夏常很愤怒，咬了咬牙，递过去钥匙："给你！"

于时也似乎很震怒："夏常，如果真是你背后做了手脚，我不会原谅你的。你现在还不肯说实话吗？"

夏常依然态度强硬："我什么都没做，这就是实话！"

"希望你记住你所说的话！"于时的眼泪在眼眶中打转，她忍住了，拉起文成锦,"文姐,我们走。"

黄括和胡沧海也紧随其后,走出了夏常的公寓。

胡沧海安慰于时:"不要紧,谁都会有看走眼的时候。我相信夏常本质上不坏,可能就是一时糊涂。这不,副组长林全很快就要上任了,我们可以和他好好配合工作。"

"听说,如果夏常真有问题,林全就会接任组长的位置?"胡沧海压低了声音,"林全和孙飞天孙总关系很近……"

于时一脸震惊:"啊,是孙总推荐的人选?"

"并不是。孙总并没有推荐人选的资格,是上级领导选定的人选,林全也是人工智能领域的专家,名牌大学毕业,方方面面都要超过夏常。他如果担任了组长,会为小组带来全新的气象。"胡沧海开心地说,"他也是我和夏常的大学同学。"

夏常一夜无眠,不是生气,而是翻来覆去地在想问题。于时和文成锦的态度突然转变,他能理解二人肯定是在下一盘大棋,但对二人的做法不是很满意,主要是二人隐瞒了他太多,当他是傻子。

虽然他一直想要说服自己有时当一个傻子也挺好,至少有两个美女在为他奔波忙碌,并且冲锋陷阵,但他还是想自己冲到最前面,他不想当被动的一个。

也不知道什么时候就迷迷糊糊睡着了,一觉醒来,才发现天光大亮。再看时间,夏常惊呼一声跳了起来,天,都九点多了。

平常每天都六点多准时起床的夏常,第一次九点多才醒,像是半天的时间被偷走了,心中无比懊恼。好在转念清醒之后才意识到,他被停职了,今天不用上班。

想了一想,他决定回家一趟,和老夏谈谈。

刚出公寓楼大门,迎面一辆跑车驶来,停在了他的面前。车窗打开,他发现开车的人是孙照。

"上车。"孙照冲夏常挥了挥手,"带你去一个好玩的地方。"

夏常没有犹豫,直拉上了车:"去哪里?"

孙照不说话,一脚油门踩下,一路绝尘而去。

一个多小时后,汽车停在了路边一棵高大的梧桐树下。

夏常和孙照下车,沿路边朝前走去。

眼前都是熟悉的景色,低矮的楼房、青砖地面、狭窄的里弄,以及头顶上悬挂的各式内外衣,瞬间让夏常疑心回到了小时候。

孙照边走边好奇地东张西望:"也没变多少。这么多年过去了,他们还生活在一成不变的环境里,是不是有时没有见识也是一种幸福?没有经历过,就没有想法,也就没有痛苦?"

难得孙照还能说出这么有哲理的话,夏常默然点了点头。

从小在黄浦长大的他,对黄浦感情很深。

离开黄浦多年,夏常对黄浦的感情还在,也最深厚。现在和孙照故地重游,就别有一番滋味在心头。

小时候,总觉得里弄很长,房子很大,应该是当时没有长大身材矮小的原因。现在重回故地,却发现和记忆中的一切既熟悉又陌生。

很快转完了里弄,当年的邻居已经所剩无几,也没有几人认出夏常和孙照。

回到车上,夏常忍不住问道:"前戏铺垫完了,该进入主题了,说吧,你想说什么?"

孙照不说话,发动了汽车,一路疾驶而去。

转眼间来到了复旦大学。

复旦大学是夏常的母校。

由于管控原因,二人没能进去,只沿着大学的外围转了一圈。

随后又来到了位于延安西路的延和大厦。

延和大厦是当年夏常和黄括共同创办公司的地方,准确地讲,是第一次创业的地方。

这一次,夏常没下车,只看了几眼,就淡淡地挥了挥手:"不看了,没意思。走。"

孙照也没说话,发动了汽车,来到了浦东张江办公楼。

是夏常和黄括第二次创业的地方。

夏常算是明白了什么,今天孙照带他先是故地重游,又先后路过他两次创业的地方,是一次回顾之旅。

那么孙照到底想要表达什么呢?夏常耐心十足,就是不问,只等孙照开口。

孙照再次发动了汽车,带夏常来到了一家咖啡馆。

让夏常意料不到的是,孙飞天居然也在。

咖啡馆人不多,又地处幽静之地。二楼,有一个隐蔽的靠窗的角落,孙飞天正一个人静静地喝着咖啡。

"来了。"孙飞天打了个招呼,"坐。"

夏常和孙照坐在了孙飞天的对面。

"地方还可以吧?"孙飞天看了看周围,"是孙照开的。她非说喜欢咖啡馆,想自己开一家店,缠了我很久,我就给她开了一家。生意一般,但能维持住,就当是一个自己可以随时过来喝咖啡的地方。"

行吧,有钱人的世界就是任性,夏常淡淡地回应:"今天的一出大戏,很精彩,也很累,孙叔,有什么事情您就直接说吧,别再绕了,累了。"

孙飞天淡淡一笑:"这两天发生的事情,不知道你有什么感想?"

"没有。"夏常很干脆地回答,"我是清白的,相信也很快就会水落石出。所以,对我来说停职就是休假几天,反倒是好事。"

"真是迷之自信。"孙飞天哈哈一笑,"还想着会复职是吧?就没想过可能会被抓进去?"

第 59 章
很多东西用金钱买不来

"这么说,孙叔叔还有后手?为我挖的不是一个坑?"夏常当即笑道,"还有招数就尽管使出来,我接着呢。"

孙照气呼呼地说道:"别以为有文成锦和于时帮你,你就可以过关,夏常,你太天真了。这件事情,你肯定得栽倒。"

夏常直视孙照的双眼:"孙照,宝马车里面的20万现金,是谁的?"

孙照哼了一声:"不是我的,我不知道!"

夏常继续追问:"付锐和卢地,是你安排的人吧?"

"不是。我才懒得干这些鸡鸣狗盗的事情,太低端、太没水平。"孙照将头扭到一边,"现在你不应该再关心是谁安排的人,应该考虑下一步该怎么办?"

"什么意思?"夏常明知故问,"什么下一步?你的意思是,我不会再复职了?"

"林全很快就到任了,他表面上是副组长,其实过来后会主持全面工作,很快就会成为组长。你没戏了,不会再回示范点小组了。"孙照一拢头发,一脸得意,"你现在有两个选择,一是向我承认错误,重新回到我的身边,你就可以平安无事并且官复原职。二是执迷不悟,继续在错误的道路上越走越远,最终会落一个身败名裂的下场。"

"行啦,你自己决定吧,我不勉强你。"

夏常呵呵一笑:"真当自己是上帝了。不好意思,我说过我不信邪。"

"孙叔,还有别的事情吗?"夏常直接站了起来,"我也劝您以后做事情三思而后行,您毕竟也是50多岁的人了,不是年轻力壮的小伙子,不管是体力还是脑力,都慢了下来。要接受已经是老人的事实,老人,就得知天命就得耳顺……"

"用你教我?"孙飞天冷笑了,"夏常,没想到你这么狂妄这么不知悔改。你就这么有把握可以过关?"

"孙叔,你就这么有把握可以置我于死地?"夏常也冷笑了,"就凭20万的现金和漏洞百出的栽赃陷害?你当别人都是傻子,你怎么演别人就都会信?"

孙飞天反倒又冷静了下来:"夏常,你别急,事情的背后,没有我和孙照。我只是知情而已,并没有真的参与进去。不过我可以告诉你的是,对付你的不是一个局,是连环局,如果没有我的点头,你别想过关。"

夏常伸了伸懒腰:"我说孙照为什么总喜欢当上帝,原来是跟孙叔学的,是有家传的渊源。"

"你不信是吧?"孙飞天淡然地一笑,"别以为文成锦和于时可以帮你过关,她们还是太嫩了些。她们自以为聪明的手段在策划人眼里,不过是雕虫小技。"

"这么说,你坚定地认为黄括和胡沧海可以斗得过于时和文成锦了?"夏常突然一问。

孙飞天点了点头:"他们的手段比于时和文成锦高明多了。"

"意思是,你是默认他们是幕后黑手了?"夏常欣慰地笑了,"虽然早就猜到了是他们,但听到孙叔亲口承认,还是觉得既心酸又感慨。"

孙飞天摇头笑了笑:"就算你套出了我的话,也对你没什么帮助。

别要小聪明，关键时候，还得看站队站得对不对。"

夏常愣了一会儿，似乎在权衡得失，过了半天他才长叹一声："我想问下孙叔，我要怎么做才算站队站对了？"

孙飞天微微点头："很简单，你只需要做两件事情，我就保你没事，不但能洗清罪名，还能重回小组长的位置。"

夏常摆出了恭敬的姿态："我在听。"

"第一，和孙照结婚。第二，在以后的事情上，向飞天科技倾斜，并且帮助飞天成为新片区最有实力的一家科技公司。"

夏常微有失望："就这？"

"就这还不够吗？"孙飞天用力朝后一靠，摆出了胜利的姿态，"你和孙照结了婚，在研究院也不会待太久了，顶多一年半载的就会来飞天担任副总，未来飞天的大梁，要由你来挑。"

夏常暗笑，孙飞天好歹也是一个人物，怎么还在做不切实际的美梦？有时一个人自我陶醉久了，会对现实有错误的认知。这个世界上，用金钱买不来的东西很多，除了幸福之外，还包括人性、原则和理念。

夏常不点头，也不说反对，而是笑了笑："我怎么知道孙叔一定可以帮我过关呢？万一黄括和胡沧海不听您的指挥，他们继续陷害我，我不是要身败名裂了吗？"

孙飞天含蓄而自信地一笑："别忘了，我是黄括公司的大股东，而且，黄括和胡沧海还有许多把柄在我手里，他们不听我的话，也得听。"

夏常的态度假装更谦恭了："我不是不相信孙总的能力和对黄括、胡沧海的控制力，但以我对他们二人的了解，他们可不是甘于被人控制的人，他们肯定也有对孙总反制的手段。孙总可要小心了，别被他们带进沟里去。"

"不可能。"孙飞天哈哈一笑，"我会被两个后生小辈耍了？这么多年不就白混了。黄括和胡沧海是有一些手腕，也有心机，但在绝对的实力面前，都是白给。"

夏常决定继续设置陷阱："问题是，如果黄括和胡沧海一口咬定我车里的 20 万现金就是孙总放进去的，孙总怎么解释呢？"

孙飞天摆了摆手："别想套我的话，20 万现金的事情，我并不清楚。也应该不是黄括和胡沧海干的，他们想过要在宝马车上做文章，但没有办法在不破坏车体的前提下打开车门。"

夏常心中一跳："他们还有另外的招数？"

"肯定有，哈哈。如果没有，他们不是白策划了？"孙飞天似乎在嘲笑夏常的幼稚。

"会是什么招数呢？"夏常似乎是在问问题，又似乎是自言自语，"难道他们真弄了 20 万藏在了我不知道的地方？"

"不然呢？"孙照被夏常的傻呆逗乐了，"你车里面的 20 万只是一个意外，真正的 20 万还没有出现。一出现，你就真的完了。"

看来不能真的安心休假，后面要处理的事情还有很多，夏常站了起来，转身就走："谢谢孙叔的咖啡，我还有事，就先走了。"

孙飞天都震惊了，夏常怎么想起一出是一出，他忙起身拦住了夏常："想走？你还没有给我一个明确的答复呢。"

夏常一拍脑袋："不好意思，忘了。抱歉孙总，您的条件我不能答应。结婚的事情您以后不要再提了，我已经是有证的男人了。"

"啊？"孙照大惊失色，"你和谁？"

"这个得保密。"夏常气死人不偿命地笑，"主要是和你也没有关系不是？"

"夏常！"孙照气得跳脚，"你等着，你死定了。"

"等着，一定等着。"夏常呵呵一笑，头也不回地走了。

孙照怒极，摔了咖啡杯。孙飞天一动不动，也不知道在想些什么。

过了半晌，他才拿起电话，打了出去。

"黄括,现在怎么样了?"

黄括的声音传来,兴奋中微带一丝疲惫:"还算顺利。"

"什么叫还算顺利?"孙飞天微有不满,"布局了这么久,如果不能一击致命,等夏常反击时,会把我们都拖下水。"

"不会,不会的,请孙总放心,他已经没有机会了。"黄括压低了声音,故作神秘,"翟玉会已经从奔涌辞职了,带走了大量的证据以及商业机密。"

"林工博和莫何有什么反应?"

"他们两个书呆子、技术宅男,懂啥?完全没有任何反应,只是象征性地挽留了一下,就同意了翟玉会的辞职。"

"好。是时候放出翟玉会这个大雷了。"孙飞天现在对夏常彻底死心了,"翟玉会可控吗?"

"可控。他欠我不少钱,不敢不听话。"黄括嘿嘿一阵冷笑。

办公室,黄括和胡沧海相对而坐。

旁边还有一人,正是奔涌的原副总翟玉会。

翟玉会个子不高,面相憨厚,端正地坐在一旁,看上去似乎很朴实很可靠。

黄括为翟玉会倒了一杯咖啡,翟玉会摆了摆手:"谢谢,我只喝白水。"

胡沧海递过去一杯白水。

黄括问道:"事情都办妥了?"

"妥了。"

"确定不会出现什么差错?"黄括追问,"不会被林工博和莫何发现?"

"不会,他们都是傻呆呆的人。"翟玉会笑了,"如果他们够聪明够灵活,我也不会离开奔涌。"

第 60 章
一系列的手法

"你就敢确定奔涌其他的人都没有发现你的手脚?"黄括心想林工博和莫何确实有些呆傻,可你也好不到哪里去。

"没有,奔涌就三个核心人物,林工博、莫何和杨小与。也就杨小与还聪明一些,总能发现一些什么动向。但她最近主要负责施工上面的事情,很少在公司,对公司的事情也就知道得不多。"翟玉会喝了一口水,"只要黄总兑现承诺,说到做到,我答应的事情,也一定不会出现纰漏。"

"好!"黄括一脸坚定,大手一挥,"走,现在就跟我去见杨主任和梁主任。"

黄括、胡沧海和翟玉会一起,不多时来到了杨汉亮的办公室。几人在楼下等了半个小时,孙照来了。

小声说了几句什么,黄括几人上楼,敲开了杨汉亮的办公室。

杨汉亮正和梁诚心商议着什么。

见是黄括几人,梁诚心眼中闪过一丝不满。

杨汉亮招呼黄括几人坐下,问道:"有什么事情吗?"

"有一件非常重要的事情要向杨主任和梁主任汇报。"黄括态度很诚恳,并示意胡沧海。

胡沧海上前，递上去一份材料："昨晚，颜色和飞天的技术人员连夜抽查了天局和齐全两家公司的产品，结果发现，齐全电缆的各项参数全面优于天局，就不得不让人怀疑是夏常指使奔涌在测评时暗中篡改了数据。只是怀疑没有证据也不行，正好翟玉会从奔涌辞职了，他是奔涌的原副总。"

杨汉亮正和梁诚心商量如何处置夏常的事情，之前的证据链不完整，也没有说服力，不足以对夏常定罪。结果突然就又冒出了新的证据，他顿时为之一惊："翟玉会……你为什么要从奔涌辞职？"

翟玉会推了推眼镜，微带紧张地向前走了一步："主任好，我原先在奔涌负责运营。我以为林工博和莫何是两个一心想用技术改变世界的年轻人，谁知道后来才发现，他们也是唯利是图一心不择手段赚钱的商人。

"尤其是在测评过程中，他们不断指示我胡乱篡改数据，谁给的钱多，就听谁的。谁有权力，也听谁的。他们在夏常的指使下，为了让天局电缆中标，多次调高了天局的产品参数，让天局一个原本第一轮就应该被淘汰的厂家，顺利中标了……

"我多次提出了反对意见，林工博和莫何不但不听，还有意冷落我，警告我不要乱说话。无奈之下，我只好辞职，以保证自身的安全。主要是我不想再和他们同流合污了。"

杨汉亮和梁诚心对视一眼，感觉不是欣喜，而是太巧太及时了。

不过，既然送上门了，听听也无妨，杨汉亮保持了足够的冷静："你有证据吗？"

"有，有。"翟玉会连连点头，拿出了一个U盘，"上面有林工博和莫何二人指使我数据作假的录音。"

接过U盘，杨汉亮交给了梁诚心，又翻看了几眼胡沧海递来的材料："如果你们所提供的材料都真实可靠的话，夏常的罪名就跑不掉了。"

梁诚心说道:"如果是假的、伪造的,你们就是伪造证据罪,以及诬陷罪,加在一起,后果很严重的,你们可要想清楚了?"

翟玉会淡定地笑了笑:"明白,清楚。我做事情从来都是认真严肃的,也从来不会害人,请领导放心。"

梁诚心不再说话,插上了 U 盘,播放了录音文件。

录音不是很清楚,依稀可以听到林工博和莫何的声音。

"造假?只是调整参数,怎么能是造假?"

"天局电缆必须中标,参数想怎么……调就怎么调……"

录音不长,并且断断续续,似乎不是一次性录下来的,并且经过了剪辑。梁诚心暗笑,欺负他不懂技术吗?这些断章取义的东西,怎么可能拿得出来当作证据?

不过他没有点破,而是问杨汉亮:"杨主任怎么看?"

杨汉亮模棱两可地说道:"暂时先放一放,我的意思是,还需要让夏常过来当面说个清楚比较好。另外,涉及的当事人,也都有必要一一问个清楚。"

"你说呢,梁主任?"

梁诚心想了想,判断了一下形势,决定赌一把:"还是别折腾了,直接报警,让警方出面处理比较好。我们查来查去,就算有结果出来,最终还得由警方来介入。"

"先不要报警。"黄括急不可耐地提出了反对意见,"事情本来不大,本着治病救人的出发点,让夏常意识到错误并且改正,就达到我们的目的了。我们又不是非要让夏常被抓进去,从本质上来说,他还算是一个好同志。"

梁诚心似笑非笑地看向了胡沧海:"沧海,你的意思呢?"

胡沧海还算镇静,点了点头:"内部处理,事情不会闹大,也不会影响示范点小组的形象。报警处理，更有威慑力，但也可能带来更大的负面影响，比如让外界质疑示范点小组的权威性，万一影响到了新片区的整体形象，就得不偿失了……"

梁诚心暗暗点头，胡沧海还是比黄括更高明也更有水平，不过现在他更加笃定夏常身上没事了。以前还真担心夏常一时受不了诱惑而犯一些小错，一旦被揪出就会无路可退。现在看来，夏常身上有没有事情先不提，至少对方采取的一系列的手法，都是有意为之的陷害之举。

从出发点来说，对方就是错的。

梁诚心决定快刀斩乱麻："你说的也有道理，但为了尽快解决眼下的问题，还是报警为好……杨主任说呢？"

杨汉亮一开始还想自己着手解决事端，现在发现越来越棘手不说，事情还更加复杂了，一着不慎把自己坑进去就麻烦了。

原本杨汉亮是相信黄括和胡沧海的说法，认为夏常必然有受贿行为。他本人对夏常并没有太大的偏见，但因为证据确凿并且事实清楚，他就认定夏常就算没有犯了大错，也肯定小错不断。

但随着事情的发展，他越来越觉得背后有太多人为的因素，现在他不再那么肯定夏常一定有事了，而且刚才的录音文件他听过之后，更加坚定整个事件的背后，肯定有一个推手。

杨汉亮想了一想，长久以来严谨的作风让他有了判断，当即点头："报警！专业的人做专业的事情，还是让警察出面才能更快更准确地解决问题。"

黄括急了，上前一步："不能报警，杨主任。事情闹大了，对示范点小组会带来极不好的影响，肯定还会影响到新片区的形象。"

"危言耸听了。"梁诚心漫不经心地瞪了黄括一眼，"会不会影响到示范点小组的形象，得由杨主任和我做出判断。让警察处理，更能速战速决，反而可以更好地推进事情的进程。"

"咚咚……"

有人敲门。

于时推门进来，见一屋子人，先是一愣："杨主任、杨主任，我有个提议，不知道是不是合适？"

杨汉亮正心烦意乱，就摆了摆手："有话赶紧说。"

于时丝毫不怕杨汉亮，嘻嘻一笑："可以让林全负责夏常事件的调查工作。"

"好主意，我赞成。"黄括迫不及待地跳了出来，"林全肯定是公正的立场，他在示范点小组没有利益纠葛，他是最佳人选。"

胡沧海也连连点头："我也支持。"

梁诚心眯起眼睛看向了于时，总觉得于时有太多让人捉摸不透的地方，不是说林全和黄括、胡沧海关系更密切吗？他下意识问了一句："你确定？"

于时用力点头："百分百确定。"

梁诚心思忖片刻："我觉得可行，杨主任觉得呢？"

杨汉亮心烦意乱，就顺势说道："行吧，先让林全负责调查。有了最终结果，再决定是不是报警。"

胡沧海暗中长舒了一口气，和黄括交流了一下眼神。

出了办公室，到了楼下，胡沧海随黄括上车。

"为什么于时突然提出让林全负责调查工作？她难道不知道林全和我们的关系特别好？"胡沧海有些疑惑，怀疑是不是哪里出了差错。

黄括想了片刻："于时应该是不知道，她多半是听说林全和夏常也是同学，就认为林全和夏常的关系也不错。就算不是特别好，林全至少也可以做到公正公平。也是没有选择的选择，总好过报警。"

"于时怕报警，难道我们就不怕了？"胡沧海哼了一声，"黄括，不是我说你，有些活儿干得太粗了，很容易让人查出问题。以后别这么对付事情了,听到没有?"

黄括连连点头:"收到,明白。"

"再不长记性,小心你摔个大跟头。"胡沧海瞪了黄括一眼,打出了一个电话。

片刻之后,她收起电话:"和林全约好了,现在过去见面吃饭。"

"厉害了,胡组长。"黄括一脸笑意。

"小意思。"胡沧海不无得意。

第61章
一切以事实为依据

　　下班后，梁诚心和杨汉亮又开了个碰头会，然后下楼。上车后，他打开了导航。

　　半个小时后，梁诚心来到一处环境优美且幽静的会所。

　　会所里，正在等待梁诚心的除了文成锦之外，还有于时和夏常。

　　也是自从夏常出事以来，梁诚心第一次和夏常私下会面。

　　梁诚心也不绕弯，上来就问夏常："你向我保证你没事？"

　　夏常重重地点头："保证！"

　　梁诚心又看向了于时："你向我保证会保护好夏常？"

　　于时挥舞着右手："绝对保证！"

　　梁诚心又看向了文成锦："你向我保证可以帮夏常解决眼下的麻烦？"

　　文成锦俏皮地笑了："我不但要向梁主任保证，还要向我爸我妈保证，更要向于时保证。如果我做不到，夏常的下半辈子，我养了。"

　　"不用！"夏常和于时异口同声。

　　梁诚心见几人信心满满，心中大定："林全……会不会有问题？"

　　于时笑了："不会。林全是和黄括、胡沧海关系更好，但他也是聪明人，不傻。在事实面前，他可不想被人坑。"

"越是聪明的人，越怕被人坑！"

这句话梁诚心信，他又问："你和林全谈过了？"

于时点头："认真地谈了一次。"

"他怎么说？"梁诚心追问。

"我就直接问他——你是想在示范点小组做出一番成绩，还是想捞点好处就走人？如果是前者，就认真做事，不要被别人误导了。如果是后者，就别来示范点小组。一是示范点小组没有什么油水可捞，二是如果想要捞好处，会搭进去一辈子。"

"林全只沉默了几秒钟，就给了我明确的答复——他想做事业做成绩，想参与到新片区的建设之中，不想陷入人事斗争之中。"

梁诚心心中更加笃定了几分："行，接下来就看你们的了。夏常，你很幸运，有于时和成锦帮你。如果没有她们，你就洗不清嫌疑了。"

夏常不领情，哼了一声："哼哼，也许没有她们，我就不会被人诬陷了。"

"话不能这么说，夏常，我们可没有陷害你。"文成锦想和夏常理论，被于时制止了。

于时嘻嘻一笑："随他怎么想怎么说，反正现在他拿捏在我们手里，跑又跑不掉。再不听话，就废了他。"

夏常立马投降："是，我听话，我保证乖乖的。请两位美女原谅我刚才的冲动。"

梁诚心看了看夏常，又看了看于时和文成锦，哈哈大笑："夏常，你也有今天，被制住了吧？我就不明白了，你到底是怕成锦还是怕于时？"

"你们跟我说实话，现在夏常跟谁在一起了？"

"保密！"于时和文成锦几乎同时大声说道。

梁诚心意味深长地笑了："你们不说我也能猜到，根据我对夏常的了解，他肯定是和你在一起了。"他一指文成锦，又说，"你以后可要管好他。他虽然是一个很优秀很不错的年轻人，但有时也会冒失……"

"请梁主任放心，我一定管教好他。"文成锦咬着嘴唇笑，"我只能管教，于时负责调教。"

梁诚心反应过来："啊，夏常跟于时在一起了？出乎我的意料呀，年轻人，不爱慕虚荣，不贪图富贵，只追求真爱，了不起。"

"不过别怪我没有提醒你们，如果你真和于时恋爱了，你们两个人必须调离一个。"

夏常点头："明白。到时谁调走，我听于时的。"

梁诚心惊讶不已："现在就确定了服从的家庭地位？夏常，你让我刮目相看呀。"

夏常一副愿赌服输的表情："人得认清现实，要及时调整自己的心态。其实有时家庭地位的高低，和事业的成功没有必然关系。反倒越是心态平和的人，越有前景。"

梁诚心再看夏常的眼神都变了，一副看可怜孩子的同情表情。夏常不理会梁诚心的安慰，开心地送走了梁诚心。

回来后，夏常一屁股坐在了沙发上，疲惫地说："现在没有回头路了，你们说，是不是一定可以打赢？"

于时和文成锦对视一眼，她呵呵一笑："你是怕被我们卖了是吧？"

夏常诚实地点头："我相信你们的出发点，也相信你们的能力，但还是觉得心里没底。"

"你自己就没有一点准备？就全靠我和文姐的帮衬？"于时笑得很灿烂。

"保密。"夏常也笑得很含蓄，"你们不和我说实话，我也得保守一些秘密。"

于时不和夏常计较，转移了话题："要不要先和林全见个面？"

"不用。"夏常十分笃定地摇头,"林全以前是和黄括关系更密切,和胡沧海也处得不错,但他本质上是一个聪明人,也很会权衡利弊。我相信他不会轻信黄括和胡沧海的话,拿自己的身家性命开玩笑。"

"这句话有水平。"于时点了点头,"听你的,不再和他私下见面了,省得林全以为我们心虚。"

第二天,林全到任了。他上任后的第一件事情就是主持全面调查夏常事件的工作。

林全个子不高,白净、瘦长脸,文质彬彬的样子。他低头翻看了半天资料,抬头看向了夏常、于时、黄括、胡沧海、林工博、莫何以及翟玉会等人。

"相关的当事人都到了……"林全说话时慢声细语,"我也就不绕弯了,直接进入调查取证阶段。首先声明,我和夏常、黄括、胡沧海是同学,都很熟。其次,我保证会以公正的立场来解决问题。最后,如果我有什么偏向或是私心,你们可以向上级领导举报我,也可以报警处理。

"下面进入取证阶段……"

林全看向了夏常:"夏常,你对被指挥受贿的事情,全部否认是吧?"

夏常点头:"无中生有!栽赃陷害!"

"付锐和卢地声称他们向你行贿了一辆宝马X5汽车外加20万的现金,你承认吗?"

"宝马车是文成锦的,车里的20万现金确实不是我的,但我也不知道从哪里来的,不过绝对不是付锐和卢地向我行贿的。"夏常斜了黄括和胡沧海一眼,见二人淡定从容,一副胜券在握的姿态,不由暗暗冷笑。

"车里的20万现金先不说,根据付锐和卢地交代,天局电缆向你行贿的20万现金,是孙峰分两次亲自交到了你的手中,你放到了你的公寓……你同意我们一起到你的公寓检查一下吗?"林全的语气保持了一贯的平静。

"可以，没问题。"夏常站了起来，"现在去？"

"不用，等下再去也行。"林全摆了摆手，"一次性解决了眼下所有的疑点再说。"

"齐全电缆的人还指责你指使奔涌篡改了天局电缆的测评参数，才让天局电缆中标，你承认吗？"

夏常摇头："胡说八道！一派胡言！"

林全不动声色地看向了翟玉会："翟玉会，你说你在林工博和莫何的指使下，暗中篡改了天局电缆的测评参数，请你详细说明一下当时的情况……"

翟玉会站了起来，推了推眼镜，依次看了几人一眼："是的，当时是林工博亲自下的指令。具体情况说明，我已经整理成了材料，相信林组长已经看过了。"

林全点头示意："事实基本清楚了，夏常还有话要说吗？"

夏常很好奇地问道："我的公寓真的有20万现金？"

林全面无表情："根据付锐和卢地的说法，是的。"

"现在去检查一下？"夏常比谁都积极，"既然我知道了公寓有钱，如果你们不及时检查，我肯定会转移的。"

"好。"林全见夏常都十分迫切的样子，不知道是该好笑还是悲哀。

从知道自己将要调来示范点小组的一刻起，林全的内心就复杂难言。他在上学时是和夏常有过矛盾，但只是表面上的不和，并不是不可调和的过节，更没有根本的利益冲突。后来他和夏常一直没怎么联系，关系也就没有得以缓和，但他也不像黄括和胡沧海认为的那样，非要和夏常作对并且要置他于死地。

他是不喜欢夏常，但不喜欢不代表就一定要对付夏常。更何况他也不傻，上来就被黄括和胡沧海用力拉拢，希望他和他们一起围剿夏常，他很清楚他不是被当枪使了，就是被当成支点了。

如果他不加以甄别，到最后不管夏常有没有事情，他肯定会被牺牲掉。林全认真考虑了一个晚上，在杨汉亮和梁诚心决定让他负责调查夏常事件时，他就下定决心要完全站在事实的立场上，而不是被任何一方牵了鼻子。

他牢牢记住了杨汉亮对他交代的话："林全，你负责调查夏常事件，不要持有立场，不要有先入为主的想法。一切以事实为依据，记住，一定要查明真相。万一事情复杂到没有办法在内部解决时，还可以报警处理。"

"我不希望你被情绪左右了判断，也相信你有足够的理智。"

林全听懂了杨汉亮的意思，也明白杨汉亮在整个事件中的立场，心里更加清楚他该何去何从了。

十几分钟后，一行人来到了夏常的公寓。

之前没露面的孙照和文成锦也出现了。

第62章
真相大白

林全提出希望有人帮他一起搜查，黄括推托，胡沧海躲到了一边，只有于时自告奋勇上前，挽起了袖子。

"我来！一定帮你们找到20万的现金，找不到，我就自掏腰包！"

于时说到做到，只片刻工夫就从夏常的床底下拉出一个包，打开一看，里面赫然是20万现金。

众人都震惊了。

夏常更震惊："从来没想过我原来这么有钱！加上原先车里的20万，我现在有40万现金了？"

黄括一阵冷笑："夏常，别抖机灵了，说吧，钱从哪里来的？不会又是巧合吧？"

夏常异常冷静："一般来说，从银行取出来的大额现金，都有可以追溯的标识。正好这20万还没有拆封，赶紧问一下付锐和卢地，天局电缆给我行贿的20万现金是从哪个银行哪个支行取出来的？"

于时及时将现金藏到了身后，不让别人看到上面的标签。

黄括看向了胡沧海，胡沧海倒也识趣，立刻向林全请求："林组长说了算。"

"问下。"林全点头，心想这么大的坑，你居然没有察觉，不是你笨，而是你太想赢了。

胡沧海立刻打出了电话，片刻之后放下电话："问清楚了，是中行新片区支行的网点。"

于时闪身，拿出其中的一捆现金，惊呼一声："哎呀，还真是。完了，夏常你浑身是嘴也说不清了。"

夏常看了一眼，呵呵地笑了："胡沧海，有一个问题不知道你想过没有？"

"什么？"胡沧海斜着眼睛笑。

"这20万现金是谁向我行贿的？"

"天局电缆的人呀。"

"这就对了。天局电缆的人向我行贿，付锐和卢地不但知道详细的时间和地点，还知道我把钱放在公寓，并且清楚钱是从哪家银行的网点取出来的……他们是神探还是因为自己动手的原因？"夏常抛出了灵魂追问。

"这……"胡沧海暗道坏了，掉坑了，没想到这一点儿，她试图解释，"具体得问付锐和卢地。"

文成锦点了点头，及时补刀："你说得对，确实可以问他们了。"随即，她打出了一个电话，"可以动手了。"

放下电话，文成锦一脸似笑非笑的表情："请大家耐心等上半个小时，半个小时后，付锐和卢地就会向我们说清楚实情。"

"什么实情？"胡沧海莫名有了一丝慌乱。

"别急嘛。"文成锦意味深长地笑了，"不会连半个小时都等不及了吧？"

半个小时后，刘锋和胡三金带着付锐、卢地、余流星和王巴旦几人，一起出现在了几人面前。

黄括脸色大变，和胡沧海迅速交流了一下眼神。

付锐、卢地和余流星、王巴旦垂头丧气，不敢和黄括、胡沧海交流眼神。

"请林组长继续主持，相关情况，可以问付锐他们几个当事人。"夏常从黄括和胡沧海过于紧张的反应中更加断定，事情距离真相越来越近了。

林全既然不打算偏袒任何一方，他以中立的立场行事，立刻就感觉心明眼亮了。现在的局势看似扑朔迷离，其实离明朗化只有一步之遥了。

林全轻轻咳嗽一声，威严地问道："付锐、卢地，你们是怎么知道天局电缆向夏常行贿的数额、取钱的时间地点以及夏常把钱藏在了哪里的？"

"我们不知道……"付锐还想负隅顽抗，听到刘锋和胡三金咳嗽了一声，忙说，"我们不知道天局电缆有没有向夏常行贿，藏在夏常公寓的20万，是我们放的。"

众人皆惊！

尤其是孙照，她跳了起来："你……你们为什么要这么做？你们知不知道你们坑了多少人？我信了你们的邪，居然被你们拖到沟里了！"

"真是浑蛋！"

没人理会孙照的愤怒，林全继续追问："说详细一些。"

付锐偷偷看了胡沧海一眼："我们受人之托，从中行新片区支行的网点取了20万的现金，打算放在夏常宝马X5的后备厢，结果没能搞定钥匙问题，又怕暴力破坏引发报警，就让余流星和王巴旦想办法放进了夏常的公寓。"

林全不动声色："余流星、王巴……旦，你们是怎么进去了夏常的公寓？"

余流星和王巴旦对视一眼，二人一起指着对方的鼻子："你说！"

"好吧，我说就我说。"还是余流星有担当，推开王巴旦，向前一步,"我拿了黄老板的钱,就得替他办事。一开始他想让我在夏常的房间安装窃听装置,没成功。不过也成功地转移了夏常和于时的注意力,趁他们不注意,复制了他们的房间钥匙。后来于时搬走了,如果她不搬走,20万就一分为二每个房间放10万了。"

于时拍了拍胸口,一副死里逃生的夸张表情。

余流星倒也坦荡:"我就负责复制钥匙,后面的事情我不管。拿多少钱办多少事,是我的原则。"

林全大概明白了是非曲直:"这么说,你们四个人联合做了一场大戏,栽赃陷害了夏常?"

余流星拍着胸脯:"我只管复制钥匙,后面的事情是杀人还是放火,都和我没有关系,我也不知道。"

"还有我,还有我。"王巴旦也迫不及待地表态,"我和余流星一样也是受害者,我们只是被利用的小角色,我们什么都不知道,我们只想赚点小钱。"

黄括怒了,大喊:"你们不要血口喷人,我没给你们钱,没让你们栽赃陷害夏常!"

余流星斜着眼睛:"你是没给钱,胡沧海给了。她说是你的意思,你们不是一家人吗?"

黄括摇头:"不是,我和她只是普通的合作伙伴,不是一家人。她代表不了我!"

胡沧海冷笑,想要说什么,被林全打断了。

林全摆了摆手:"先不要争论你们内部的事情……既然夏常宝马车和公寓中的钱都不是天局电缆行贿的钱,那么问题来了,宝马车里面的钱是从哪里来的?夏常你能说明来源吗?"

"不能。"夏常很坦然地摇头,"不是我的钱,我也不知道怎么回事儿。"

"是你的钱。"于时又及时补刀了,"你是不知道,但说到底还是你的钱。因为,钱是我放进宝马后备厢的。"

"你的钱?"夏常震惊,"你从哪里弄来这么多的钱?"

"20万就叫多?我只是拿出了一小部分而已。"于时得意一笑,"我就故意放20万进去混淆视听的,既然黄括和胡沧海非要惹事,好,就来吧,水越浑越好。结果他们还真的当真了。"

"20万当陪嫁,不多吧?彩礼你就给10万好了。10万彩礼,还你20万陪嫁,算公平吧?"于时灿烂地笑道,"反正不管你拿出多少彩礼,我都加倍。"

林全尴尬地咳嗽几声:"能不能先放一放你们的婚事,正事要紧。"

于时吐了吐舌头,不说话了。

夏常点了点头:"林组长说得对,先解决正事。行贿的事情解决了,该说说我指使奔涌篡改天局电缆技术参数的事情了!该你上场了,翟玉会。"

翟玉会此时满头大汗,形势急转直下大大出乎他的意料,他没想到事情会严重到现在的地步,他一边擦汗一边结结巴巴地说道:"我想要说的,已经都在材料上了,也……也附上了相关证据,不……不用再说一遍了吧?"

"可以不用说了,省得浪费时间。"林工博站了出来,"翟玉会,还是说说你贪污公司公款被公司发现,然后被开除的事情吧……"

翟玉会求助的目光看向了胡沧海:"胡……胡总,我们……我们约定的合作中,没有和林工博对质的部分,这……这我应付不来。加钱也不干。我收回之前说的话,撤回所有对夏常的指控,我可以走了吗?"

胡沧海没想到翟玉会会这么怂,才一个回合就交枪了,恨得咬牙切齿。

"晚了。别以为你做了坏事知道错了,还能一走了之?任何人都要为自己的错误付出代价！"林工博很是生气，翟玉会对奔涌无中生有的指责，让奔涌的名声受到了不小的冲击，也让他和莫何焦虑了很久。如果不是夏常的耐心疏导和于时的认真教导，他们早就按捺不住要和翟玉会当面对质了。

还好，他们忍耐了下来，等待时机。

现在，时机到了，林工博紧咬牙关："公司已经报警了，你为公司带来的经济和名誉上的损失，会由法律让你一次性还清。"

"啊，不要。"翟玉会吓得一屁股坐在了地上，紧紧抱住了胡沧海的大腿，"胡总救我。胡总，你答应过我没事的，你一定要救我。我把钱退给你好不好？"

胡沧海厌恶地踢开翟玉会："别胡说八道，我可没有给你钱，也没有让你做任何事情。都是你自己想要毁了奔涌，是你自己主动的。"

翟玉会痛哭流涕："别这样，胡总，别抛弃我，我还有用的……"

林全皱眉，颇为不耐："赶紧报警。"

门一响，警察推门进来，二话不说带走了翟玉会。

第 63 章
今天的主题是夏常

付锐和卢地都已经吓傻了，二人面面相觑，愣了片刻，都看向了胡沧海："胡……胡总，我们没事吧？"

谁也没想到的是，此时孙照居然出招了，还是反杀。

孙照笑得很狰狞："你们栽赃陷害，还会没事？脑子秀逗了吧？你们得有多傻才会干出这种事情？我长这么大，还是第一次见到你们这么蠢的东西！"

胡沧海气坏了："孙照，你到底站哪边？"

孙照呵呵一阵冷笑："我一直站你这边的，但你做的这些事情太低端了，简直侮辱我的智商，所以我决定和你决裂了。"

关键时候，孙照也不傻："在此我郑重声明，胡沧海的所作所为和我没有一丝关系，我既不知情也没有参与其中。如果非说有什么幕后交易的话，顶多就是在林全调来的事情上，我爸说了几句好话，对林全表示了认可。"

林全微有几分不满："孙总，请不要节外生枝，今天的主题是夏常。无关的事情，不要提。"

"不提就不提。"孙照一反常态地表示了接受，"你们继续，我没事了。"

于时暗暗打量孙照几眼，行呀，关键时候居然第一时间摘清了自己，孙照平常挺二的一个人，却也有这么机智的一面。

林全庆幸他在接手调查夏常一事的开始就选择了中立的立场，想了片刻："付锐和卢地怎么处理？于组长有决定了吗？"

"有了。"于时很是轻松地站了起来，"十分钟前就报警了，警察应该马上到了。"

付锐和卢地对视一眼，二人转身就跑。刚到门口，门被人推开了，门口站着几个警察。

警察带走了付锐和卢地，林全深沉的目光看向了胡沧海："胡沧海，现在该讨论你的问题了。"

胡沧海满脸挫败："不用讨论了，我辞职。我会主动离开颜色。还有，所有的事情都是我一个人做出的决定，和黄括没有关系，他不知情。"

黄括想说什么，被胡沧海犀利的眼神制止了，他默默地低下了头，明白了胡沧海的意思，只要保住了他，他还在，就有东山再起的机会。

"不过我也要举报夏常和于时，他们公然违反办公室不许谈恋爱的规定……"胡沧海才不肯轻易放过夏常和于时二人。

话说一半，被于时打断了。

于时笑得很开心很甜蜜："不好意思胡沧海，我刚刚向梁主任提交了辞职。不用你操心了，我不会再留在示范点小组了。有了林全的加入，夏常又成长起来了，示范点小组以后就会步入正轨。主要是颜色被踢出局，是保证后续工作的关键。"

"啊……"胡沧海大惊失色，"你辞职了？要去哪里？"

黄括的关注点却不一样："谁说颜色被踢出局了？你胡说八道。"

于时先回答胡沧海的问题："我也不想辞职，一是为了夏常，我们两个人只能留一下，留他对示范点小组更有利。二是我也很无奈呀，有家业需要继承，不回去不行。再不回去，老爸就要发火了。"

"至于颜色的事情……"于时转身看向了黄括,"刚刚杨主任和梁主任已经确认,颜色不适合再继续留下来,所有颜色负责的技术,都由奔涌全部接手。"

"不可能!"黄括还是不相信,急忙打了杨汉亮的电话,结果没人接听。

他又打了梁诚心的电话。

总算接听了。

黄括上来就问:"梁主任,颜色出局了,是真是假?"

梁诚心的声音听上去一如既往地平缓:"是杨主任和我共同做出的决定。颜色由于技术力量不达标,又有主要合作伙伴陷害夏常的事情发生,不适合再继续留在小组。"

"不过……"梁诚心停顿片刻,"新片区还是继续欢迎颜色常驻,希望以后颜色提升自身的技术力量,早日成为新片区的重点扶植企业。"

"等等……"黄括听出了什么,"新片区的重点扶植企业名单出台了?是不是有奔涌?"

"是的。"梁诚心只回答了一句就挂断了电话。

黄括感觉血往上涌,多年的高血压病瞬间又犯了,刚迈出两步,眼前一黑就昏了过去。

随后不久,夏常重回示范点小组,重新坐上了组长的位置。于时辞职,林全担任了副组长,他和夏常配合得倒也默契,工作开展得非常顺利。

于时说是回家继承家业,还真是,并没有骗人。夏常才知道于时也是一个隐藏的富二代,家族财富不比文成锦少。经过历练的于时,比文成锦和孙照更有管理才能,接手了父亲公司之后,很是得心应手,很快就在公司站稳了脚跟,并且赢得了公司上下的信任。

颜色科技虽然被踢出了示范点小组,但最终还是没有搬出新片区,黄括决定继续留下来享受新片区的优惠政策，新片区源源不断吸引来的人才对他也是巨大的吸引力。在商言商，他在没能打败夏常之后，转变了思路，决定和夏常谈判，要恢复夏常之前在公司的股份，希望可以赢得夏常对颜色的帮助。

夏常拒绝了，不过也为颜色提出了一些建设性意见，希望颜色可以调整研发方向。

周末，夏常打算睡个懒觉，准备8点再起床——平常他都是6点起来。不料刚过7点，就被电话吵醒了。

来电显示是一个陌生的号码。

夏常接听了电话，懒洋洋地问道："谁呀？今天是周末好不好？这么早打来电话，你礼貌吗？"

"礼貌，太礼貌了。"电话中传来的是于时的声音，"快起床了，跟我去一趟你家，见见爸妈。"

"啊。"夏常瞬间清醒了，从床上跳了下来，"不是说好我们还要暂时瞒着他们吗？"

夏常和于时领证都超过一年多了，既没有告诉父母，也没有和文成锦父母摊牌。夏常以为他们都忘了，父母和文叔都没有再催他和文成锦结婚。

也可能是文叔近来有重大项目在推进，顾不上，而父母每天早出晚归，也不知道在忙些什么。既然都顾不上他，没人催他，夏常才乐得清静。现阶段新片区的各项建设都进入了高速发展期，智慧城市的建设也初具气象，他不想在紧要关头节外生枝。

于时问过他一个问题："你不觉得奇怪吗？怎么突然都不再关心你的婚姻大事了？"

夏常是觉得奇怪，但他就是懒得多想，毕竟他除了有一个对他过多关心的父母之外，还有一个事事谋划周全的于时，他能不操心就不操心。

不过不但父母没有催促文叔没有再提，就连他的法定妻子于时，也似乎忘记了和他已经领证的事实。自从辞职离开了示范点小组后，于时每月都有大半的时间在北京，小半时间在上海。

即使是在上海期间，也很少单独和夏常在一起，要么叫上文成锦一起，要么叫上杨小与一起，每次和夏常聚会都有第三方在场，好像生怕夏常对她动手动脚一样。

夏常就暗笑于时的故布迷阵，都是领证一年多的老夫老妻了，还假装刚刚认识的初恋阶段，累不累？他也不点破，就配合于时演戏。

于时不和他住在一起，就和他维持着恋爱状态，夏常就告诉于时，他现在的精力主要是工作上，如果觉得和他结婚结错了，随时可以提出离婚，他不会反对。

于时说不急，再等等。

一等就又是几个月。

到底于时在忙些什么，又继承了什么家业，她没说，夏常也没问。

夏常只一心想干好本职工作，将新片区的智慧城市打造成国内一流的示范点。以眼下的进度来看，许多方面确实超过了兄弟城市，前景十分广阔。

第 64 章
惜才纳婿

夏常还以为于时会在一个突如其来的时候告诉他,要和他解除婚约。没想到,恰恰相反,他一时有些糊涂。

"你确定?"夏常清醒了几分。

"当然确定了,不开玩笑。"于时强调说道,"给你 10 分钟的起床时间,我在楼下等你。"

"男人起床洗漱,5 分钟就够了。"

夏常说到没做到,7 分钟后,来到楼下,却没有发现于时,就打电话问:"你在哪里?"

"在你身后。"

"身后没人。"

"身后的宝马车里。"

夏常定睛一看,身后的停车场内,果然停着一辆黑色的宝马 X5,他愣了愣,和之前文成锦的宝马 X5 一模一样,包括颜色和款式,他见宝马车闪了闪灯,就走了过来。

"你的车?"坐进车内,夏常闻到了新车的味道,"新车,不超过 10 天。"

"说什么呢你,刚提车好不好?顶多一天。"于时发动了汽车,"现在去你家,我已经准备好了,做好了心理建设。"

"问题是,我还没有做好心理准备。"夏常不想现在就和父母摊牌,多轻松惬意的时光,自由自在,他可不想被父母的反对、争吵以及逼他和文成锦结婚给破坏了。

"车归你了。"于时大方地拍了拍方向盘,"怎么样,现在感觉好点没有?有没有信心说服爸妈?"

"好多了,好多了。"夏常搓着手笑,喜出望外,"自从文成锦收回她的车之后,我做梦都要想再拥有一辆。没想到,梦想实现得这么快。我原本打算存上10年钱怎么着也够买一辆了。"

"就算你存够了钱,你能拍到车牌吗?"于时对夏常的幼稚想法嗤之以鼻,"给你车开就拿去开,别那么多事。"

"遵命。"吃人嘴软拿人手短,夏常立刻认输,东看看西摸摸,喜不自禁。男人天生爱车,就跟女人天性爱包一样。

"最近在忙什么,能不能和我说说?"夏常很诚恳地说道,"我觉得我很有必要深入了解一下我已经领证一年多的妻子。对了,你是7月28日的生日吧,狮子座?"

"你是6月23日的生日,巨蟹座,对吧?"于时腾出一只手来,和夏常握手,"你好夏先生,我叫于时,我们从现在起重新认识了。希望在以后的岁月时,我们出入相友,守望相助……"

夏常吓了一跳:"这有点太正式了,你是真打算和我过了?"

"废话,都领证了,不跟你过难道我要离异再婚吗?我这辈子就没打算让自己有离婚证!"于时恶狠狠瞪了夏常一眼,"你听好了,别有什么奇怪的、不合时宜的念头,否则,嘿嘿……"

夏常汗毛竖立:"否则会怎样?"

"你心里清楚。"于时点到为止。

行至中途,于时临时停车买了两杯咖啡,然后换到了副驾驶位,让夏常开车。

夏常开车，和于时到家时，差不多快要12点了。

正好是饭点。

敲门，开门的是母亲。

曹殊一惊："你怎么回来了？"朝夏常的身后张望了一眼，见是于时，脸色顿时一沉，"怎么是你？"

"怎么不能是我？"于时一闪身就挤进了房间，"妈，爸呢？"

"你……你说什么？"曹殊大惊，"别乱叫，我们没有血缘关系，我也不认你这个女儿。"

"我不是女儿，是儿媳。"于时把宝马车的钥匙拍到了茶几上，"嫁妆都带过来了。准确地讲，宝马车只是其中之一，其余部分，等爸点头了再拿出来。"

"咳咳……"伴随着一阵有意的咳嗽声，夏祥迈着四平八稳的步子从卧室中走了出来，"于时，你违反了我们的协议，提前一个月，是你违约了，我要对你索赔。"

夏常和母亲面面相觑，到底发生了什么事情，好像哪里不对？好像老夏和于时有什么秘密协议而他们对此一无所知？

夏常呵呵一笑："呵呵，老夏，是时候解释清楚了吧？我怎么觉得从一开始都是你挖的一个大坑呢？是不是从头到尾你都在摆布我？"

"怎么跟爸说话呢，他是关心你爱护你，怎么能叫摆布你呢？"于时当即反驳夏常，"要说摆布，也得是我摆布才对。"

老夏坐在了沙发正中的位置："还没吃饭吧？"

夏常心想老夏是气糊涂了："早饭过点了，午饭还没到，要是你问的是晚饭，昨晚的吃了。"

老夏并不笑："坐下，现在开始谈判。谈好了，一起午饭。谈崩了，今天一天没饭吃。"

母亲坐在了老夏的身边:"老夏,你给我说清楚,到底是怎么一回事?说,你到底了隐瞒了我多少事情?"

"别急,今天就一次性说个清楚。"老夏毫不慌乱,示意于时,"别当自己是外人,去倒茶。"

于时不动:"让夏常去。在没有谈妥之前,我暂时还不能以夏家媳妇的身份从事任何家庭活动。"

夏常扫了于时一眼:"法律上你早就是了。"

"法律又没有规定我必须倒水,是吧?"

夏常认输,乖乖地倒了茶水。

老夏慢条斯理地喝了一口茶:"事情,得从当年我和于时的爸爸于天的革命情谊说起……"

当年老夏南下海南,最终输得一败涂地,然后回到了上海。他在海南期间的经历,很少对夏常提及,夏常只知道他在海南最大的收获就是娶回了母亲。

实际上老夏在海南有一个过命交情的兄弟——于天。当时老夏的生意之所以失败,就是帮了于天的缘故。老夏败了,于天却成功了。

于天在海南发迹后,在海南的房地产崩盘之前,及时收手,回到北京。为了答谢老夏对他的及时帮助,于天决定将公司的一半股份赠予老夏。

老夏推托一番,最终达成了协议——要了30%的股份。

于天的生意越做越大,涉及了地产、教育以及高科技行业。近年来,随着政策的调整,于天的商业布局也同步进行了调整,放弃了地产和教育,加大对高科技研发、制造的投入。

于天只有一个女儿于时,于时也有意接掌家族企业,但提出了一个条件,就是她要先自己出去历练一番,等她真正地成长起来之后,再来接手。

于时同时拒绝了于天为她包办的婚姻，坚决不同意嫁给夏常——于天很欣赏夏常，和老夏商议后决定结为亲家。原本他打算强行让二人结婚，被老夏劝住了。

老夏比任何人都了解自己的儿子，对付夏常，要反其道而行之，越是强迫他，他越有逆反心理。于是老夏决定采取曲线救国的方式，先让夏常和于时认识再说。

老夏先和于时经由于天介绍认识了，只让于时知道老夏是于天的老朋友，并且老夏强调需要于时配合演戏，只是为了说服夏常留下，让夏常去人工智能研究院上班。

于时一口答应下来，她原本就有一个演戏的梦想，可惜最终学了规划设计，并且爸爸坚决反对，就只好深藏于心底。好在于时适应能力比较强，并且很快热爱上了规划设计工作，她也一心想要在规划院干出一番成绩，并且历练自己。后来在和夏常的工作中，慢慢产生了感情。老夏和于天看在眼里喜在心中，为了让二人的感情进一步加深，两个老一辈决定再加一把火。俗话说，越是有人抢的爱情，越有意思，二人就制定了一个三步走的计划。

第一步，先为于时设定一个假想敌——老夏太了解自己儿子了，夏常对爱情不太积极，有时喜欢主动出击的女孩，和他的性格正好相反。

第二步，让于时的"情敌"和于时经常接触，让于时有危机感。

第三步，制造夏常要和"情敌"订婚的假象，让于时更加主动地向夏常进攻，掌控主动权。

不料计划赶不上变化，原本老夏和孙飞天商量好，只要孙照配合夏常演一场戏，他和孙飞天之前的恩怨就一笔勾销。孙飞天本来欠老夏一个天大的人情，老夏提出了解决方法，又如此简单，他自然一口答应。

但随着孙照和夏常接触之后，她对夏常大有好感不说，还真的想要嫁给夏常。随着孙照对夏常的好感加深，孙飞天也对夏常动了惜才纳婿之意，他并不知道老夏让他配合演戏的根本出发点是什么，只以为如果他真让孙照和夏常结婚，是对老夏的恩赐。

毕竟，孙家有钱。

孙飞天并不知道老夏其实也是一个隐形富翁，他就一厢情愿地带着偏见和高高在上的姿态，以为夏家造福的架势提出了假戏真做。

当即就被老夏拒绝了。

老夏的态度很明确，当初说好是演戏，是为了还人情，现在想当真，对不起，没门。主要是老夏压根就没看上孙照。

虽然老夏没那么势利，但自家儿子的审美，他还是清楚的，夏常无论如何也不会喜欢孙照，他们肯定就不是一路人。

第65章
自主选择

老夏以为他委婉拒绝孙飞天，孙飞天会识趣。不料孙飞天反倒觉得大受羞辱，非要促成婚事不可。老夏哭笑不得。但此时又不好和孙飞天翻脸，毕竟夏常和于时的感情还没有进入稳定期。

正好此时由于夏常的工作原因，接触到了文克的公司，文克和老夏本来就一直有联系，但从来没有想过要结为儿女亲家。

不料文克在观察了夏常之后，和孙飞天一样对夏常有了惜才纳婿之心。

老夏一边对自己儿子的优秀大感自豪，另一边又有些头疼。就他本人而言，文成锦和于时不相上下，都是儿媳的不二人选，问题是，站在夏常的角度，他会更喜欢哪一个呢？

老夏更喜欢于时，因为于时干练、飒爽，可以很好地弥补夏常性格上的不足。而文成锦过于文艺和浪漫的气质，会和夏常的气场不太相合。尽管他的想法不代表夏常的想法，但以他对儿子的了解，夏常应该更喜欢于时。

既然文克也欣赏自己儿子，老夏也不好一口回绝对方的赏识，就和文克说明了情况，他是希望夏常和于时在一起，现在是正在摆脱孙飞天非要嫁女的纠缠阶段。他不反对文成锦加入竞争之中，但最终夏常选择谁,是他的自由,身为父母,也不好干预太多。

文克同意了。他虽然欣赏夏常,并不代表文成锦就一定喜欢。他一方面愿意让女儿多跟夏常接触,培养感情,另一方面也同意配合老夏演戏,让孙飞天知难而退。

只要是让孙飞天不愉快的事情,文克都愿意做!

事情就在老夏和文克的筹划下,继续向前推进了。

如果说老夏是总设计师,文克就是副总设计师,他们二人的配合很默契,也有共同的针对目标——孙飞天。孙飞天感觉到了被针对被围剿之后,奋起反抗,并且采取了一系列明里暗里的手段,就多少让老夏担心夏常和于时会被动挨打,会深陷其中。

文克却持不同意见,他坚定认为年轻人不经磨难不会成事。如果夏常和于时、文成锦不能经受住考验,没有过关,说明他们还不够成熟,没有办法担当重任。

最终老夏和文克达成了共识,让夏常、于时和文成锦三个年轻人携手锻炼,反正有他们几个老人家在背后坐镇,最差也出不了大乱子,他们可以兜底。

最终在事业上能不能经受得住考验,在感情上又是什么结局,就让年轻人自己做主自己选择,他们只负责引导和保护,不做最终的决定。

事情的发展,比老夏和文克预期中要严峻,但夏常和于时、文成锦三人的联手,又比他们想象中犀利和严谨。虽然一开始比较被动,三人却并没有慌乱,并且很快就团结了大多数,并且抓住了重点,一步步攻克了对方的包围与攻势。

虽然最后只是胡沧海受到了处罚,颜色受到了牵连,黄括受到了影响,但黄括并没有离开新片区,并且孙飞天和孙照从容脱身,似乎在整个事件中他们完全没有介入,老夏对结果不太满意。

好在最满意的是夏常如他所想的一样,和于时在一起了。

其实于时和夏常领证的事情，老夏第一时间就知道了。于时和老夏的关系非常好，她有什么事情都会和老夏商量。

于时和老夏约定，虽然她和夏常领证了，但在她没有完全接管于家的产业之前，她先和夏常保持一种密切但不公开的关系，更不举办婚礼。等什么时候条件成熟了，再提上日程。

至于要等到什么时候，于时说大概是一年半。

老夏也没提出反对意见，反正证都领了，也不跑了。一年半的时间说长不长说短不短，正好可以让夏常用来夯实他在新片区的工作。

按照约定时间，还差一个来月才能说出事情真相，结果于时提前了。

尽管稍微有点被动，但老夏毕竟多年来练就了一身铜臂铁骨，很结实，抗打击。再者，于时的提前露面，其实对他来说也不算什么坏事不是？

只不过打了一个小小的措手不及。

曹殊一直反对夏常和于时在一起，她喜欢文成锦，非常希望文成锦能嫁给夏常。

老夏担心的是，万一夏常知道了所有事情的背后，都是他一手策划的结果，会怎么想？会不会爆发？也担心老曹如果说什么也不肯接受于时又该如何是好？

现在只能硬着头皮上了，老夏不怕孙飞天的威胁，也不怕文克的嘲笑，就怕夏常的反对和老曹的翻脸。

等老夏说完了事情的前因后果，于时一脸轻松，没什么表示，夏常一脸震惊，曹殊则是震怒。

"老夏，你太过分了！"曹殊气得浑身发抖，指着老夏的鼻子，"从我认识你到现在，你骗了我多少回？这一次，是最严重最离谱最过分的一次！"

"不行，我坚持反对于时嫁给夏常！"

老夏沉默了一会儿："我能说反对无效吗？于时和夏常已经领了结婚证了，而且领证快两年了。"

曹殊正在气头上："领证了也不行，我就是不同意。如果于时非要进夏家的门，行，我走。"

怎么每次都是离家出走的套路？夏常气笑了："妈，你的戏过了吧？我才是受害者好不好？又不是您结婚，您着什么急上什么火？"

"你的婚事我能不操心吗？"曹殊怒气冲冲地说，"你是我儿子，我把你养大，你的事情我就应该管。"

"妈……"夏常拉长了声调，"管是应该管，但管多少管多细，就得讲究策略了。您和爸爸的事情，外公外婆管了吗？如果他们非要管不可，您还能来上海嫁给爸爸吗？"

"你……"曹殊更气了，"你和你爸是一伙的，对吧？"

"不能这么说，妈，我和我爸在一些事情上可以达成一致，但并不是所有的事情。"夏常和老妈呛了几句，忽然觉得哪里不对，应该让老夏上才对，他就忙小声说道，"事情是由老爸引起的，也得由他解决。老夏，别怂，上呀。"

老夏气得要打夏常，被于时拦住了。

于时唯恐天下不乱："夏常是我的人了，你们不能随便打他。"

老夏决定和曹殊摆事实讲道理："说吧，你为什么不喜欢于时？要是你的道理对，我会参考的。"

曹殊哼了一声："你这么爱慕虚荣，居然会支持儿子选择于时，文成锦家里多有钱，你又不是不知道？"

"咳咳……"老夏猛烈地咳嗽几声，于时的真实身份以及他和于天的协议，曹殊并不知情，他不是有意隐瞒，而是想等时机成熟时再说也不迟。

毕竟之前不管是孙飞天还是文克对他的股份承诺，都没有兑现。如果于天的承诺也没有兑现的话，他就太没面子了。

事情的进展比预期中要快，老夏现在知道他要面临的狂风暴雨要比想象中的还要猛烈。

深吸了几口气，老夏详细地说出了他和于天的交情以及协议……

说完了，他一摊手："就是这么个事情，你还想知道什么，尽管问。"

曹殊惊呆了，半天才问："你的意思是说，于时的爸爸于天，比孙飞天和文克都有钱？"

老夏认真地点了点头："准确地说，有可能比他们两个人加在一起还有钱。"

"于时是独生女？"曹殊的眼睛放光了。

于时点头："对，独生女，唯一的合法继承人。妈，还有问题吗？"

曹殊上前抱住了于时："你和夏常都领证了，妈怎么还会有意见？高兴还来不及呢。其实妈和你爸一样，最喜欢的还是你。都是为了考验你们的感情，妈才装了坏人。

"别怪妈，妈是希望你们白头到老的。"

"啊！"老夏和夏常面面相觑，没想到曹殊变脸会如此之快，他们都跟不上她的节奏了。

倒是于时，似乎早在预料之中一般，和曹殊手拉手，亲密地聊天。不多时，二人就聊得越加火热，俨然如同失散多年的母女。

事情解决得如此顺利，倒让老夏一时精心准备的说辞突然没有了用武之地，他甚至有一种有力无处使的感觉。

"老妈，你不觉得你投降得太快了吗？"夏常实在忍不住了。

"瞎说什么呢，妈怎么能叫投降？妈这叫从善如流。妈是觉得你配不上于时，才劝她别跟你在一起，别受了委屈。现在既然于时是真心跟你，说明你还算有点本事，妈就只能接受现实了。为了不让于时感觉委屈，婚礼得大办。"曹殊拉着于时的手，"说吧，你想怎么办，妈都答应你。"

夏常算是彻底服了老妈，他同情加怜悯的目光看向了老夏："老夏，这些年来，委屈你了。"

老夏点了点头，看向了于时："儿子，你以后的日子，也不一定怎么样。要做好心理准备，要有打持久战的信心。"

"老夏，传授一点经验吧……"夏常似乎已经看到了自己未来的悲惨生活。

"去去去，别跟我学。每个人的性格不一样，两个人相处的方式也不一样，你学不来，自己琢磨怎么和于时相处吧。"老夏站了起来，见事情比他预料中解决得顺利，开心地哼起了小曲。

第66章
先结婚后恋爱

夏常和于时的婚礼定在了今年的3月1日。

文成锦很纳闷为什么不定在五一或是十一，夏常的回答是：于时迫不及待了。

于时的答复是：早点办了事，省得夏常胡思乱想。

文成锦就又问了："你和他领证后一年多没和他在一起，现在怎么突然着急了？早干啥去了？"

于时依然振振有词："我是为他好，是为了我和他以后的生活美满幸福。毕竟我得完全掌控了于家的家业，才算站稳脚跟。你也知道，于家的一些老顽固们——不对不对，是跟随我爸打天下的元老们，他们对我很不服气。虽然我接手了我爸的股份，是最大股东。但他们都不认可我……我就只好施展浑身才华，让他们相信我是一个值得信赖的年轻人，我做出的决定，符合时代的发展和未来趋势。我是按照三个月说服一名元老的速度，花了差不多一年半的时间，才完成了对所有元老的说服工作。"

"是说服还是打服？"文成锦压抑不住笑意。

"有区别吗？反正都是要让他们听话。"于时忽然好奇起来，"我很想知道你是如何在你家的公司立足的？"

文成锦悄然一笑："我的方法就简单多了——我爸带我拜访了每一个合伙人，和他们交代让他们多关心爱护我，多帮助多批评。他们就都对我变得特别好了……"

"啊，这么容易？"于时不信。

"不信是吧？"文成锦眨着眼睛笑，"开始时我也不信，后来见他们确实是真心对我好，我才信了。"

"不可能！不会的！"于时还是不信，连连摇头，"他们都是老江湖了，不会因为爱护你就关心你帮助你，肯定有别的深层次原因。"

"你说对了。"文成锦大笑，"我问我爸，他就是不说。后来还是我自己发现了秘密……"

"说，快说。"于时激动得跳了起来。

"倒也不是什么秘密，是我爸和叔叔伯伯们承诺，如果是我做出的决策导致了公司的重大失误，后果由他来承担。如果我的决策成功了，他为他们每人多1%的分红。"

于时张大了嘴巴，连连点头："嗯，果然，果然。你我本无缘，全靠我有钱。只要我有钱，一切都好谈。"

"那么后来你的决策有重大失误吗？"

文成锦摇头一笑："还好，还好。我每次都和爸爸商量，实际上表面上是我做出的决策，都是爸爸的决定。我只是一个传声筒。不像你，你现在成了真正的掌权者。"

于时大为感慨："同人不同命。你爸不放心你，扶上马，还要再送你一程。我爸就太心大了，恨不得我一接手就能马上上手。他顶多带了我半年，后来就完全撒手不管了，自己玩得不亦乐乎。他说辛苦了一辈子，再操心下去说不定就累死了。人生就得分清阶段，每个阶段该干什么就得干什么，别错过了再后悔。"

文成锦点头："这么说，现在你家的公司完全由你做主了？"

"是呀，要不我为什么这么长时间不和夏常完婚，其实我巴不得赶紧举行了婚礼，才算真正地又完成了人生一个阶段的任务。人生就是每个阶段都有每个阶段的任务，要打通关，才算没白过。现在，我带着整个公司当嫁妆来嫁给夏常，以后他要是敢欺负我，我就不分他我的嫁妆，看他还敢不敢？"

文成锦连连点头："学到了。对付我未来的他，也用这一手。"

于时立刻切换成了八卦模式："你的未来的他，现在怎么样了？是继续调教莫何，还是打算换人了？"

文成锦微有害羞之意："暂时还觉得莫何可以调教好，就不换人了。换人不但麻烦，还要有时间成本，再加上在莫何身上花费的沉没成本，就太不划算了。"

"你呀你……"于时乐了，"谈个恋爱也要算成本，还行不行呀？"

"你认为人生每个阶段都有每个阶段的任务，我是觉得人生每件事情都有相应的成本，其中最昂贵的是时间成本，一旦付出就永远没有办法收回了。"文成锦很严肃认真，"我会再给自己一些时间，也是给莫何一个机会，如果他能适应了我的风格，我就和他结婚。"

"说的好像只要你点头莫何就马上会娶你似的。"于时嘻嘻一笑，"我发现在对待爱情的事情上，你和我一样充满了自信。"

"一个女孩子如果不敢确定你爱的人是不是爱你，就太失败了。"文成锦忽然叹息一声，"真的很羡慕你和夏常，从一开始你们就相爱，不管中间有多少艰难波折，你们从来没有改变过对对方的爱。"

于时好奇："你和莫何不是一直保持着良好、友爱并且互相信任的关系吗？"

文成锦点头："这倒是，莫何对我从开始就没有变过，从来都是一如既往地关怀与爱护。但我就不同了，我中间有几次有过想要逃走的想法……"

"逃哪里？逃向谁？"

文成锦闭上了眼睛："能不说吗？"

于时不再追问，另外提议："索性在我和夏常举办婚礼时，你和莫何的婚礼也一起办了吧？"

文成锦眼前一亮："让我想想……"

1月20日，临港新片区市政交通项目集中开工仪式举行。

夏常参加了仪式。

仪式结束后，杨汉亮和梁诚心留下了夏常和林全。

夏常嘿嘿一笑，搓了搓手："向两位主任汇报一下，我现在开的车还是宝马X5，不是文成锦的车，是于时送我的。"

杨汉亮大笑："你什么意思吗？是向我们示威，让我们知道你不缺美女送你好车，还是向我们炫耀你总有美女送你豪车？"

"不是，真不是。"夏常憨厚地笑笑。

林全调侃他："是，都是。我现在特别嫉妒夏组长。不但有于时这样的大美女非要嫁给他，还自带丰厚的嫁妆。还有小组新来的年轻人，不管男女，都喜欢和他在一起聊天，向他取经学习。"

"取什么经？学什么习？"梁诚心问道，他笑得很开心。

夏常顺利过关，又重回示范点小组，让他大为舒心。后来夏常在组长的岗位上，做出了非常不错的成绩，得到了上下一致的认可，就更让他感慨——还好，一棵好苗子没有被坏人毁掉。

每个人的成长过程中，都会遇到一些波折和磨难，挺过去了，就是一片全新的蓝天。梁诚心虽然也生怕夏常会失利会失手，但还是没敢出手帮他太多，因为老夏说了要让夏常自己解决难题。

好在夏常总算不负众望，不但顺利过关，还赢得了包括杨汉亮在内的不少领导的认可。

原本杨汉亮确实对夏常有些偏见，他先入为主地在孙飞天和黄括的影响下，认为夏常轻浮且贪心，没有毅力，更没有能力。

在夏常事件上，杨汉亮开始时确实认为夏常身上有事。后来随着事情的深入，慢慢他也意识到了问题，等事情接近真相时，他在梁诚心的提醒下才惊吓出了一身冷汗——好险，幸好他的偏见没有引发偏执，否则他就被带到坑里去了。

现在亲眼见到在夏常的带领下，示范点小组越来越好，智慧城市的建设也赢得各方一致的赞同，杨汉亮暗自庆幸他当初在对待夏常的问题上，还算立场公正。

夏常也清楚现在杨汉亮对他态度的转变，一是他自身清白，二是他的确有能力，他就谦虚地笑笑："梁主任别听林全乱说，小朋友们愿意和我聊天，是想跟我学习事业和爱情上的方法论，他们是虚心好学，是不耻下问。"

"事业和爱情，是年轻人的两大正当追求。"杨汉亮点了点头，"也是我们人类穷极一生所追求的完整人生。"

梁诚心拍了拍夏常的肩膀："临港新片区智慧城市的建设，获得了业界内的一致好评，夏常，你功不可没。有没有做好接下来挑起更大担子的心理准备？"

夏常吓了一跳："主任，我都是已经结婚的人了……"

杨汉亮哭笑不得："结婚和你事业上的进步又有什么关系？"

"结婚的男人，得顾家，得抽出时间陪伴家人。"夏常不好意思地一笑，"我家于时说了，以后我必须得有节假日，必须得保证让她有恋爱的感觉，否则，她就断了我的零花钱。"

"这么惨呀？"梁诚心无比同情夏常，"保持平常心，接受变化，是你眼下最好的选择。"

杨汉亮大笑："先结婚后恋爱，于时的做法没毛病。但要给你加担子的事情，更没毛病。"

第67章
不能辜负自己的青春韶华

"现在的新片区,一天一个样子,一周不来,就认不出了。有没有感觉到一种澎湃向力的力量?"

"有。"夏常很正式很严肃的样子,"感觉新片区就像是奔涌的大河,以势不可当的姿态,浩浩荡荡勇往直前。"

梁诚心语重心长地说道:"所以说夏常,未来的道路才刚刚铺好,还有更远大的征程在等你。现在我们已经把你扶上了马,接下来,是该你自己跃马扬鞭了。"

"有没有信心?"

"有!"夏常表面上拿于时当幌子,其实是谦虚,要给他加担子,他求之不得,他握紧了拳头,"我一定不会辜负领导们的托付。"

"不。"杨汉亮坚定地摇头,"你是不能辜负自己的青春韶华,不能虚度光阴。要在最适合拼搏的年纪,奋斗出奔涌的气势。"

不久后临港新片区举行了集成电路项目集中签约活动仪式。

签约仪式上,夏常和林工博、莫何出席。奔涌作为新片区成长起来的科技公司,第一次得到了同行的认可。不少公司纷纷向奔涌伸出了橄榄枝,提出了合作的想法。

林工博和莫何笑迎八方客,他们在人工智能上面的突破,让他们底气十足。

夏常和于时的婚礼，在 3 月 1 日如期举行。原本于时想在上海最高档的酒店举办，夏常不同意，他喜欢低调。最终在文成锦的帮助下，选在了文家的一栋老洋房里举行。

让夏常没想到的是，文成锦和莫何的婚礼，也同时举行。

夏常抱怨莫何，于时和文成锦打埋伏也就算了，连莫何也不提前告诉他，不够哥们。莫何也很无奈，文成锦不让他说，他可不敢违抗指示。

好吧，夏常理解了莫何的苦衷，毕竟他对此感同身受。

婚礼并没有邀请太多人，只请了各自的亲朋以及父母一辈的亲戚好友。

在婚礼进行到一半时，孙飞天和孙照却不请自来。

老夏脸色都变了，以为孙飞天是过来闹事。文克也做好了保护女儿女婿的准备。

孙飞天却气定神闲，笑着送上了一份厚礼。随后介绍了跟随孙照一起出现的人——他叫谢友，是孙照的新男友。毕业于国外的名牌大学，担任过世界 500 强的高管，现在自己创业。

孙照在投资了谢友的公司后，在相处中，和谢友渐生情愫。现在二人已经到了谈婚论嫁的阶段。

夏常暗中观察谢友一番，心想孙照改变思路了，只要帅就行了，其他方面的需求先放到一边。也对，一个人很难十全十美，越是接近完美的人越挑剔，反倒不如一般人好相处。

黄括和胡沧海虽然人没来，礼却到了。夏常照单全收，反正他们欠他的足够多了。

孙飞天倒是和老夏似乎一笑泯恩仇了，和文克却还是冷眼相对。夏常暗笑，有时人和人之间的积怨，当年也许不过是极小的事情，时间长了，积攒久了，就越积越深，似乎成了了不起的大事。

其实回头想想，孙飞天和文克既没有生意上的冲突，也没有谁撬谁墙脚的矛盾，却还是能到现在也不说话甚至是仇视，想想也挺无语的。

奇怪的是，于时的父母并没有出现在婚礼上。

于时的解释是，于天出国旅游了，因为某种特殊的原因被困在了国外，暂时回不来。她妈和她多年都不怎么联系，她也就没有邀请她。

婚礼过后，夏常被任命为研究院的副院长，继续兼任智慧城市建设示范点小组组长。

智慧城市的建设，任重道远，并非一蹴而就的事情。

成为副院长后，夏常除了主抓智慧城市的建设之外，还要统筹与规划整个新片区的人工智能公司的入驻，他未来的服务对象，就不只是奔涌几家土生土长的本土公司，要对接的是中国乃至全球最顶尖的人工智能公司。

对夏常来说，既是机遇又是挑战，更是一次难能可贵的学习机会。于时在假装表示了反对三秒之后，就笑嘻嘻地接受了夏常越来越受重视的事实。

婚礼后，夏常只休息了一周就又立刻投入到了工作之中。

刚上班，黄括就找上门了。

夏常和往常一样为黄括倒水，犹豫了一下，放了茶叶。

黄括受宠若惊地接过水杯："夏……夏组长，以前的事情是我不对……"

夏常打断了他："黄总找我是有什么事情吗？我们不回忆过去，我们只面向未来。未来，才是我们的星辰大海。"

发完感慨，夏常又收回了水杯，自己喝了一口："抱歉，这是我的杯子，等下给你拿瓶农夫山泉。"

黄括哭笑不得，只好摆手："不用不用，我不渴。"

"我过来是想向夏组长汇报一件事情……"

夏常摆手打断他:"别用汇报,我们不是上下级关系。"

"是,是。是和夏组长商量一件事情。"黄括连连点头,"胡沧海想回公司,又怕你不同意,让我过来征求你的意见。"

"她回颜色是她的自由,是不是接受她是你的权力,和我没关系呀。"夏常笑了,又喝了一口水,"你真不喝水?"

黄括差点气哭:"不喝,真不喝。她之前不是犯过错误吗?如果回来的话,得征得你的原谅。你不原谅她,她也没脸回来。"

夏常忽然想起了什么:"不对呀,她不是被抓进去了吗?"

上次诬陷他的事件,胡沧海作为幕后主使,也承担了相应的法律责任,和其他几人一起被提起了公诉。

黄括更尴尬了:"是进去了。待了快一年,前不久刚出来。她还想做事,就找到我,非要再回公司。"

记得以前黄括是一个特别坚决果断的人,从来不拖泥带水,对别人也敢于下手,为什么在胡沧海的事情上就一再犯低级错误呢?并且似乎他还没有办法拒绝她。

莫非真是一物降一物?夏常问道:"胡沧海到底抓住了你什么把柄,你对她这么上心?你对她有求必应是吧?以前,你可从来没有对任何一人这样过。"

"没办法,每个人都有软肋。更何况胡沧海说她怀孕了……"胡沧海哭丧着脸,"最惨的就是泡妞泡成老公,说的就是我。"

夏常想了一想:"原则上我不反对胡沧海回你的公司,提个建议,最好让她在公司只负责内部事务,别对外。被人知道了她以前的事情,会对公司的形象带来负面影响。"

"是,是,我也是这么想的。"黄括搓了搓手,赔着笑,"夏组长,之前强行收回你的股份,是我的不对,现在正是把股份还你的好时机,请你一定不要拒绝。"

如果倒退到一年多前，夏常还真有心动的感觉，毕竟是拿回原本属于自己的一切，算是物归原主。现在，他非常冷静地摇了摇头："没必要了，我已经和颜色完全没有关系了。更何况，我现在是研究院的人，不能和新片区的公司有利益上的瓜葛。"

从好处想，黄括送还股份，是为了讨好他，也是想让他对颜色进行一些政策上的倾斜。从坏处想，谁敢说黄括此举不是又一个陷阱呢？

黄括摆出一副诚恳的态度："以前的事情，是我做得不对，我已经深刻地认识到了我的错误。现在的颜色，遇到了许多困难，资金上的、技术上的，明着是还你股份，其实还是想借你的影响力和能力，还帮颜色渡过难关。夏常，你一定不要拒绝我！求你了！"

哪里有求人接受股份的好事？夏常就更加冷静了几分："如果你再这么说，我就当你是行贿了，会向上级领导反映你的问题……那么，现在还有别的事情吗？"

见夏常态度坚决，黄括低下头："好吧，我明白了，夏常，你以后是永远不会原谅我了！"

这和原谅不原谅没有关系好吧？是完全两回事！夏常想解释几句，一想算了，摇了摇头："我是一个对过去从来不留恋的人，黄括，如果颜色能在技术上赶超奔涌，我会尽最大努力支持颜色。"

"说到做到？"黄括似乎就等夏常的这句话，眼前一亮，"颜色刚刚获得了关键性突破，在类脑芯片的研发，超过了奔涌！"

第68章
认清现实,放弃幻想

夏常顾不上责怪黄括的欲擒故纵,作为技术迷的他立刻一脸惊喜:"有多大的突破?哪方面的突破?"

类脑芯片的研发有好几个方向,奔涌主要是设计,飞天主要是制造环节,颜色之前也提过要加强对类脑芯片的研发,但并没有公开具体方向。

人脑最不可思议的便是其综合处理海量信息的能力。

人脑被柔软的球状器官所包围,大约含有一千亿个神经元。在任何特定的时刻,单个神经元可以通过突触(即神经元之间的空间,突触中可交换神经递质)传递指令给数以千计的其他神经元。

迄今为止,人脑依然是人类未解之谜之一,人类对人脑的研究与开发,还是处在初级阶段。人脑的许多秘密对于人类来说,就如藏在大海最深处的珍珠,极其渴望而又无法企及。

有科学家说,人类研究人脑,等于是人脑研究人脑。人类所发出的所有思维与想法,都是人脑产生的,研究人脑的念头,也是人脑自己的想法。

2018年,麻省理工(MIT)的工程师设计了一种人造突触,可以实现精确控制流过这种突触的电流强度,即类似离子在神经元之间的流动。

该团队已经制造了一个由硅锗制成的人造突触小芯片。在模拟仿真过程中，研究人员发现该芯片及其突触可以识别手写样本，其识别准确率达到95%。

研究成果发表在 Nature Materials 上，被认为是迈向用于模式识别和其他学习任务的便携式低功耗神经形态芯片的重要一步。

都以为此后类脑芯片会获得突飞猛进的发展之时，不料三四年过去了，世界上无数研究人脑和类脑芯片的团队，都没有再获得更有意义的突破。

就目前而言，类脑芯片的难点主要集中在两个方面，一个是算法。二是材质。

夏常非常期待中国的公司可以在以上两个方面率先有所突破，不管是哪家公司，他都会为之欢呼。

黄括沉默了片刻才说："是在算法上有了全新的突破，和以前相比，提高了 20% 的运算速度。"

"和什么以前相比？"夏常太渴望有新的进展，没跟上黄括的思路。

黄括嘿嘿一笑："以颜色以前的算法相比。"

夏常想当然地认为是和国内外最先进水平相比了，顿时气短："你还有别的事情吗？我还要开会。"

黄括也气笑了："你怎么这么现实？"

"这不叫现实，这叫认清现实，放弃幻想。"夏常呵呵一笑，"现在我们和西方的差距一目了然，如果不奋起直追，只会越来越落后。除了追赶并超越之外，我们没有别的选择。"

黄括忍不住了："你真觉得国内的人工智能公司，能在类脑芯片上有什么突破？别做梦了，国内的很多公司都太喜欢投机取巧了，以前出现过好多次打磨别人芯片当成自己研发成果的事情……"

"以前是以前，现在是现在。"夏常摇了摇头，"以前是有过许多类似的事情，但我依然对中国的人工智能和芯片前景充满了希望，像奔涌，就已经真正在算法上实现了突破。"

"呵呵……"黄括冷笑了，"我不信！"

奔涌在算法上获得的突破，超过了黄括的认知。黄括近年来专注于经营，在研发上没有投入，落后了时代。

研发必须紧跟时代，必须始终保持向上的姿态，否则永远追赶不上世界最先进的技术。

夏常懒得跟黄括过多解释，借故赶走了他。下班后，他直接到了奔涌。

如今的奔涌，今非昔比，不但办公面积扩大了一倍有余，员工也比以前多了一倍还多。

无数分隔开的格子间中，许多人都在埋头苦干。除了噼里啪啦的键盘声，整个办公区域几乎没有别的声音，也没有人员走动。

夏常径直来到了莫何的办公室。

正巧，林工博也在。

在类脑芯片的研发上，莫何比林工博更专业、更有开创性，因此，他是类脑芯片研发的带头人。

莫何正跟林工博争执什么，见夏常进来，就一把拉住了夏常："夏常，你来评评理，是我的想法对还是老林的对？"

"你们在争论什么？"夏常最喜欢参与到二人的争论之中，总能碰撞出灵感的火花。

高级别的智商对决，往往可以闪现最耀眼的光芒。

莫何似乎有些生气："让老林先说。"

林工博哈哈一笑："老莫，我们争论归争论，是事情上的分歧，不是个人的，别带入情绪。是这样的夏常，老莫认为人工智能可以演化出来非逻辑意识，也是在人类编程的逻辑意识之外，可以自我进化类似人类一样的智慧，可以自我认知，自我肯定。"

"你认为呢？"夏常笑眯眯地看向了林工博。

林工博咧了咧嘴："扯什么扯，人工智能的前提是人工，既然是人工，就永远摆脱不了人类智慧的天花板。所谓编程，是在人类的认知范围之内总结出来的一套逻辑，符合通用的物理学和宇宙定律。所以我认为，人工智能永远不会产生自我意识，永远被锁死在了人类智慧的极限之内。"

"其实现在的人类科技，何尝不是被锁死了呢？"林工博感慨一声，"我都怀疑人类是被外星人控制的一个试验品种，地球就是试验田。"

莫何大笑："你是一个唯心主义的悲观者，为什么你也能研发人工智能呢？我觉得你应该学习哲学并且研究神学才对。"

"你可以不理解我的哲学高度，但请你尊重我的人文高度。"林工博一脸严肃，"我可不是悲观主义者，我对人类的未来充满了信心，并且坚信人类终将永生。但可能在我们的有生之年是没有办法实现了，不得不说是一种悲哀。"

莫何连连摇头："不不不，我认为在我们的有生之年，完全可以实现永生。而且，我不认为人类的科技被锁死的说法。近百年来，人类科技突飞猛进，超出了以往几千年的认知，正是人类文明发展到了一定阶段的厚积薄发。

"你觉得呢，夏常？"

夏常沉吟了片刻："我对未来人类的永生持乐观态度，也相信人工智能终将产生自我意识。但任何事物都有两面性，人类永生是利大于弊还是弊大于利，不好说。同样，人工智能产生了自我意识后，是会促进人类社会的科技进步，让生活更加美好，还是会对人类社会的发展带来负面影响，甚至会影响到人类的生存发展，是未知的。但不能因为未知就不去努力不去争取，我们当下还是要继续努力继续研发，并且对未来抱着美好的期许，相信明天并且积极地拥抱明天。"

莫何大喜："这么说，你支持我的论点了？"

"先说说你的突破是什么？"夏常没有正面回答，嘿嘿一笑。

"我在我的算法中加入了突破自我逻辑的命令，不限制人工智能的思维模式，说不定在庞大的穷尽算法之外，人工智能会突然产生和人类一样的智慧火花，从此，生命就多了一个全新的形式。"莫何越说越兴奋，双眼放光。

林工博打断了他："打住，暂停！我不是打击你的梦想摧毁你的希望，而是想告诉你——别改写机器人三定律原则，说不定人工智能产生智慧的一刻，就是人类毁灭的时候。"

"看，说你是一个悲观主义者，你还不承认？"莫何呵呵一笑，"在我的算法中，机器人三定律还会存在，但不会出现限制人工智能自我进化自我演变的逻辑。"

夏常点头："就目前看来，突破是最大的选项。我支持莫何。"

没有人敢保证未来，只能把握现在。

从奔涌出来，夏常回到了临港的新家——结婚后，他和于时在临港买了一套新房。虽然不大，但却是他出钱买下的。

本来夏常没那么多钱，在老夏的资助下，他自己也承担了一部分，才够。

夏常还拒绝了于时想出钱的建议，毕竟婚姻大事，男人应该承担更多的责任。

好在于时随后又在上海和北京各买了一套更大的住宅，夏常也就没说什么。反正婚房是他买的，婚后买再多的房子，也都是夫妻二人共同努力的结果。

一进门，就发现于时正在做饭。

围着围裙穿着家居服的她，既温馨又性感，还哼着小曲，一副怡然自得的样子。

"居然喜欢做饭。"夏常摇了摇头,欣慰地笑了,他原本以为结婚后做饭的重任会落到他的头上,结果被于时抢先了。

"两个好消息,三个坏消息,先听哪一个?"于时上来就给了夏常一个大大的拥抱。

第 69 章
百川归海

夏常有点头大:"能不能归纳为一个好消息一个坏消息?这样还好选择一些。"

"不能。"于时坚决地摇头,"算了,不给你选择的机会了。我就直说了……"

"第一个坏消息是,我以后可能在上海的时间不如以前多了。以前可以每月待一半的时间,以后顶多三分之一了。"

夏常点了点头:"某种意义上来说,其实是好消息,我的自由度更高了……"

话未说完,脑袋上已经挨了一下。

"第二个坏消息是,我爸打算兑现对你爸当年的承诺,要把我家产业的三分之一股份转让到你的名下。"

"啊!"夏常惊喜交加,"其实,这也算是好消息!不对呀,你算错了吧?"

"哪里算错了?"

"你先分我爸三分之一,剩下的三分之二,我们应该平分才对,这样算下来的话,应该直接给我三分之二。"

"你要死呀。"于时拿起铲子就要暴打夏常,夏常吓得抱头就跑。

"君子动口不动手，于时，控制情绪，注意节奏，不要打人！"

于时停了下来："第三个坏消息是……我可能怀孕了。"

"啊！"夏常张大了嘴巴，愣了半天，忽然跳了起来，"这的确是一个彻头彻尾的坏消息。主要是我们还没有准备好当爸爸妈妈……这也太快太准了吧？"

嘴上这么说，夏常心里却是无比窃喜。

于时白了夏常一眼："你说怎么办吧？现阶段我们都忙于事业，要是要孩子的话，会打乱许多计划。"

夏常没正面回答，沉思了一会儿："两个好消息是？"

"第一个好消息是，我已经说服了董事会，决定投资奔涌，打算用5到10年时间把奔涌打造成国内一流的人工智能公司。"

夏常无比震惊："你是怎么说服董事会的？不是说董事会的几个年纪比较大的股东都不同意对科技公司的投资吗？他们不理解新兴的科技公司的运营模式。"

"我只用一句话就说服了他们——奔涌有望在10年之内研发成功类脑芯片，不但可以解决目前困扰人类的大部分绝症，还可以让每个人都能活到150岁以上。"于时得意地吐着舌头笑了，"谁不想活得更长久？在长寿面前，他们没有任何抵抗力。"

确实是个好消息，目前奔涌发展势头良好，发展带来的问题就是需要补充大量的人力和物力，以奔涌目前的状况来看，想要实现盈利还有很长的路要走。融资，就是最佳选择之一。

当然，还有一种选择是奔涌出售专利或是卖掉公司，但都会有后遗症。出售专利，创始人是套现了，研发就有可能中止。卖掉公司，也是同样的问题。

之前文克投资过奔涌，如果再有于时继续投资进来，可以确保奔涌未来几年的持续研发。中国太需要有耐心有长远眼光的战略投资人了，没想到夏常一不小心就娶回家一个。

真是人生幸事呀。

有了文克和于时两家大公司的加持，奔涌的未来前景大为可期。

夏常抱住了于时："谢谢你，于时，你是我的命中贵人。"

于时推开夏常："少肉麻，别拍马屁。我投资奔涌是有前提条件的，就是你必须拿出你的所有聪明才智，帮助奔涌在研发上有所突破。"

"遵命，夫人！"夏常大笑，"那么第二个好消息是什么？"

"第二个好消息是，我同时说服了董事会，要加大在临港的投资。"于时用力地昂起头，"怎么样，我厉害吧？"

"厉害，我的夫人肯定是一等一的厉害。"夏常几乎要兴奋了，"打算在临港投资多少？"

"初期规划是30个亿，后期会追加到100亿左右。"于时轻描淡写地笑了笑，"我们公司的业务范围很广，只能把一部分业务放在临港新片区。"

对临港新片区的定位，于时比谁都清楚，她的目标就很明确："投资奔涌，是发展人工智能前沿产业集群。但公司来临港投资，主要是发展新型国际贸易、跨境金融、高能级航运、信息服务、专业服务等高端服务功能这几方面的业务……怎么样，你欢迎吗？"

"我当然举双手双脚欢迎。但以上业务不归我负责，你还是得直接联系梁主任或是杨主任。"夏常抱住了于时，"还有别的事情吗？"

"没有了，你想干吗？"于时一脸警惕，"你别乱来，我可是怀孕了。"

"想哪里去了。"夏常拦腰抱起于时，把她放到了沙发上，"你现在是一级重点保护动物，做饭、洗衣、擦地一类的笨重活，以后全由我来。"

"不行不行。"于时坚决不同意，起身抢过了铲子，"你一边儿待着去，我来。"

"你也太要强了，还是对我太好了？"夏常还有几分不好意思。

"想多了，不是我多喜欢干活，而是让你干活的话，然后我还得再收拾一遍，比我自己动手还要多出不少劳动量，何苦呢？还不如从开始就动手。"于时推开夏常，"你赶紧的，离远点，别影响我发挥。"

夏常尴尬地挠了挠头："我真这么没用吗？"

"你的用处不在这里，去，回书房做研究去。什么时候在类脑芯片上有了划时代的突破，我就给你做一辈子的饭。"

夏常更加不好意思了："万一研究了一辈子，也没有突破呢？"

"就当我投资失败了。一辈子过去了，反悔也来不及了，就只能认了。愿赌服输，我自己选择的男人，自己含泪承担一切后果。"于时还想再说什么，突然惊呼一声，"哎呀，菜糊了。"

夏常大笑而去。

一周后，在夏常的引荐下，于时代表公司前来临港新片区和杨汉亮、梁诚心洽谈投资事宜。杨汉亮和梁诚心倒是没多少感慨，他们之前就听说过于时有些来历，多少知道一些于时的底细。

而黄括和胡沧海就震惊得目瞪口呆，他们不敢相信于时会是比孙照、文成锦更有实力更有钱的大小姐。

孙照再见到于时时，一脸的尴尬和浑身的不自在，之前在于时面前的优越感都来源于家庭条件和出身，现在完全没有了，她仅有的信心就崩溃了。

还好于时对她一如既往，完全没有高高在上的气势，多少让她心理平衡了几分。

几天后，就举行了签约仪式。除了新片区的领导参加之外，夏常、文成锦、黄括、胡沧海和孙照、林工博、莫何，都参加了。

仪式结束后，夏常和于时举行了一次小型聚会，邀请了文成锦、林工博等人参加。

孙照和黄括也来了，胡沧海借故没有参加，她实在没脸再见到夏常和于时。

聚会上，于时宣布了她对在奔涌投资的决定，文成锦当即表示欢迎，林工博和莫何无比开心。

会后，夏常提议在新片区转上一转，看一看现在的新片区的气象。

除了一座座拔地而起的高楼之外，新片区在智慧城市的建设上，也取得了骄人的成绩。不但有全国各地的兄弟城市前来参观学习，许多由夏常主导的项目，都被列为示范项目。相信新片区的智慧城市建设将会成为未来智慧城市建设的模板。

朝阳升起，滴水湖犹如珍珠，几大园区气象万千。远处，一座座塔吊争相矗立。近处，无数人群正在热火朝天地施工。霞光万道，映照得新片区姹紫嫣红、欣欣向荣。

明天近在咫尺，未来触手可及。

长江浩浩荡荡，奔涌向前，经临港汇入东海。东海碧波万顷，浩瀚无际。

百川归海，万众归心。在东方的东方，夏常和一群新上海人，站立在奔涌的潮头，正在酝酿全新的希望与未来。